人民共和國文化與文學叢書

四編　中國人民大學特輯

程光煒　李怡　主編

第 6 冊

「柳青的遺產」：「交叉地帶」的文學實踐
——路遙論

楊曉帆 著

花木蘭文化出版社

國家圖書館出版品預行編目資料

「柳青的遺產」:「交叉地帶」的文學實踐——路遙論／楊曉帆
著 — 初版 — 新北市:花木蘭文化出版社,2016〔民105〕

目 4+212 面;19×26 公分

(人民共和國文化與文學叢書 四編;第 6 冊)

ISBN 978-986-404-641-6(精裝)

1. 中國文學 2. 文學評論

820.8　　　　　　　　　　　　　　　　105012591

人民共和國文化與文學叢書
四 編 第 六 冊　　　　　　ISBN:978-986-404-641-6

「柳青的遺產」:「交叉地帶」的文學實踐
——路遙論

作　　者　楊曉帆
主　　編　程光煒　李怡
企　　劃　北京師範大學民國歷史文化與文學研究中心
　　　　　四川大學現代中國文化與文學研究中心
總 編 輯　杜潔祥
副總編輯　楊嘉樂
編　　輯　許郁翎、王筑　美術編輯　陳逸婷
印　　刷　普羅文化出版廣告事業
出　　版　花木蘭文化出版社
社　　長　高小娟
聯絡地址　235 新北市中和區中安街七二號十三樓
　　　　　電話:02-2923-1455／傳真:02-2923-1452
網　　址　http://www.huamulan.tw 信箱 hml810518@gmail.com
初　　版　2016 年9月
全書字數　188228 字
定　　價　四編11冊(精裝)台幣20,000 元

「柳青的遺產」：「交叉地帶」的文學實踐
——路遙論

楊曉帆 著

作者簡介

楊曉帆，1984 年生，雲南昆明人。先後於北京師範大學獲得漢語言文學學士學位（2006 年）、文藝學碩士學位（2009 年），於中國人民大學獲得現當代文學博士學位（2013 年）；2011 年曾赴美國哥倫比亞大學比較文學與社會學研究所學習交流一年。自 2013 年 9 月起，受聘於華中師範大學文學院現當代文學專業。2015 年受聘中國現代文學館第四批客座研究員。目前主要從事當代文學研究，特別是 80 年代文學史研究與當代小說批評。

提　　要

　　路遙是新時期文學中較早關注城鄉二元結構問題的作家。本書以「交叉地帶」這一路遙提出的關鍵詞爲主題，以「柳青的遺產」爲歷史參照，考察路遙關於「交叉地帶」認識的形成與改變，及其相應的文學實踐：路遙是如何反映社會轉型期的城鄉關係的？他如何思考個人（特別是底層農村青年）在社會差別（尤其是城鄉差別）中的出路問題？這種關於「交叉地帶」的歷史認識又以何種文學形式呈現出來？雖然路遙面對的是「革命之後」的改革時代，但他的作品也在不斷回應著當代文學「前三十年」針對同一主題提供的歷史資源。

　　第一章討論路遙與「文革」有染的個人經歷與文學創作。第二章聚焦中篇小說《人生》，及其引發的文學爭鳴與青年「人生觀」討論。第三章以柳青的《創業史》爲參照細讀《平凡的世界》。與路遙逐漸被主流文學界邊緣化的情況相似，現實主義文學在 80 年代中後期由盛轉衰。第四章嘗試在 80 年代中後期文學場分化重組的背景中，分析路遙式現實主義寫作的意義，即他如何在內容上背離柳青的遺產，又最終在形式的保留中回到柳青，重新搭建起「城鄉交叉帶」背後整體性的當代史視野。路遙的現實主義因而不是對經驗現實的直接複製，而是通過塑造筆下人物的「理想」人生，提供另一種認識現實的可能態度，以此回應並參與到仍在繼續的改革進程中。這既是路遙身處 80 年代的歷史局限，也是他文學實踐的意義所在。

人民共和國文化與文學叢書
中國人民大學特輯　總序

程光煒　李怡

2005 年，中國人民大學文學院的中國當代文學史專業方面，將重點轉向了以「重返八十年代」為主題的當代文學史研究，這當然是中國大陸視野裏的「當代文學」。博士生課程採用課堂討論的方式，事先定下九個討論題目，分配給大家，然後老師和學生到圖書館查資料，自己設計問題，寫成文章後，分別在課堂多媒體上發表，接著大家討論。所謂討論，主要是找寫文章人的毛病，包括他撰寫文章的論文結構、分析框架、問題、材料運用，自然，他們最為關心的是，這篇論文究竟對當前的當代文學史研究有無新的發現和推動，至少有無提出有價值的質疑意見。因此，每學期總共十八週授課時間，安排一次課堂發表文章，另一次是課堂討論，這樣交錯有序進行。竟未想到，這種開放式的博士生研究課堂，到今年已進行了十一年，湧現了一批有價值有亮點的博士論文，湧現了若干個被大陸當代文學史研究界矚目的青年學者。據稱是大陸中國現當代文學研究界，為獎勵 45 歲以下青年學者而設置的具有很高學術聲譽的「唐弢青年文學獎」，最近連續三年，都有這個課堂上走出去的青年學者獲得。僅此就可以知道，雖然中間的過程困難重重，也有很多不必要的重複和彎路，仍然可以證明，通過課堂討論、大家集中研究中國當代文學史這種方式，事實上有一定的效果。

其實，在 2005 年以前，我們這個學術團隊中已有博士生在做《紅岩》、《白毛女》的研究，取得引人注意的成果。而以「重返八十年代」為主題的當代文學史研究，目的是以中國現代文學史自五四之後，八十年代這個又一個「黃

金年代」為文學高地，在這個歷史制高點上，縱觀 60 年的中國當代文學史，並以這個制高點，把這 60 年文學拾起來，做一個較為總體的評價和分析，建立這個歷史時段的整體性。今天看來，這個目的初步達到了。這套學術叢書，關涉到中國當代文學史的諸多領域，例如文學思想、思潮、流派、現象、紛爭、雜誌、社團等等，雖不能說每個題目都深耕細作，但確實有一些深入，某些方面，還有較深入的開掘，這是被學術同行所認可的。例如，《紅岩》研究、《白毛女》研究、「重寫文學史思潮」研究、「李澤厚與八十年代文學」研究、「現代派文學」研究等。另外賈平凹小說、路遙與柳青傳統、七十年代小說的整理、上海與新潮小說的興起、八十年代文學史撰寫中的意識形態調整、十七年文學等等，也都在這套叢書中有所反映。

　　毫無疑問，中國大陸的中國當代文學史研究，離不開「當代史」這個潛在的認識性裝置。一定程度上，文學史與當代史的表面和諧關係，實際也暗藏著某種緊張狀態。作為歷史研究者，每個人都離不開、跳不出自己生長的歷史環境。但是，所有有識的歷史研究者都意識到，所謂學術研究即包含著對自身歷史狀態的超越。他們所關心和研究的問題，事實上是以他自己的問題為起點的；也就是說，他們研究的學術問題，實際上就是他們自己所困惑的歷史問題。我們想這種現象，又不僅僅是我們的。借這套叢書在臺灣出版的機會，我們想表達的是：學術著作的出版，是一次展示自己學術見解，並與廣大學界同行進行交流切磋的極好機會。因此，十分期望能得到讀者懇切的批評和意見。

2016.2.22 於北京

目次

緒論　路遙走過的路

0.1　「交叉地帶」的發現

　　作爲一名農裔城籍作家，路遙文學實踐中最重要的主題，就是表現新時期變化了的城鄉關係，以及社會轉型期的農村現實與農民命運，尤其是新一代農村青年的人生抉擇。這些小說中的生活故事，大多帶有他個人成長道路的影子，常常像是由不同角色扮演的路遙自己，反覆穿梭於跟現實相切的文學世界中，彷彿要爲那些從現實生活中溢出的情緒，尋找一個妥帖的形式。路遙 1949 年出身陝西貧民家庭，在農村長大讀小學，又到縣城讀初中，青少年時期大部分日子都在農村和縣城度過，中學畢業恰逢「文革」爆發，在經歷了短暫而極度輝煌的「紅衛兵」生涯後返鄉勞動，教過村民辦小學，去縣城做過各式各樣的臨時工，直到 1973 年才考入延安大學，畢業後以《陝西文藝》編輯的身份進入省城文藝團體，於 1982 年成爲擁有城市戶口的專業作家，──這段漫長而艱辛的「進城」之路，決定了路遙以怎樣的身份與個人經驗，躋身於 80 年代文學和社會思潮，也決定了他如何通過同一個母題的不斷書寫來思考文學與現實的關係。

　　路遙用「交叉地帶」一詞來概括他全部創作的題材範圍，如何理解「交叉地帶」，是研究路遙時必須回答的問題。1982 年 8 月 21 日，路遙在回覆評論家閻綱的信中提到：

> 由於現代生產力的發展，又由於從本世紀六十年代中期開始，
> 在我國廣闊的土地上發生了持續時間很長的、觸及每一個角落和每

　　一個人的社會大動蕩,使得城市之間、農村之間、尤其是城市和農村之間相互交往日漸廣泛,加之全社會文化水平的提高,尤其是農村的初級教育的普及以及由於大量初、高中畢業生插隊和返鄉加入農民行列,城鄉之間在各個方面相互滲透的現象非常普遍。這樣,隨著城市和農村本身的變化發展,城市生活對農村生活的衝擊,農村生活城市化的追求意識,現代生活方式和古樸生活方式的衝突,文明與落後,現代思想意識和傳統道德觀念的衝突,等等,構成了當代生活的一些極其重要的方面。〔註1〕

　　這段話幾乎被後來所有路遙研究者引用來論述路遙關於城鄉關係的思考,並且特別強調最後一句,從所謂「現代」與「古樸」生活方式,「文明與落後」,「現代思想」與「傳統道德」中,提煉出一個「現代 / 傳統」的二元認識論。於是,批評家們或感慨路遙逆改革潮流、反現代性的戀土情結,或關注他積極反映農村現代化進程的歷史意識,路遙對「交叉地帶」的文學表達,也因此被放入到「現代性焦慮」這個更為宏大的理論敘述中。這種闡釋框架固然使研究者跳出了地理空間或制度實踐層面的認識局限,更注重發掘城鄉問題背後的文化內涵,但細讀路遙的前半段話,一些重要信息又被忽略了:路遙明確將新時期城鄉結構的歷史成因追溯至 60 年代,儘管他並未點出具體的政治事件,但這段歷史無疑包含了五六十年代的農村合作化運動、「文化大革命」、知青上山下鄉運動、以及剛剛展開的 80 年代農村新政,等等——那麼,這段充滿苦難、貧困、飢餓與青春理想的記憶在路遙心裏烙下了怎樣的印記?如果說路遙是以歷史見證人的身份,用他自己從農村到城市的文學之路為歷史作注,這段歷史經驗究竟怎樣影響了他對新時期城鄉交叉帶的認識與文學表達?

　　事實上,在與閻綱通信之前,路遙對「交叉地帶」的表述還有另一個不同版本。1982 年 7 月 11 日,路遙為《中篇小說選刊》轉載《人生》完成了一篇創作自述。從作為血統農民的兒子經常往返於城鄉之間的特殊體會談起,路遙用「立體交叉橋」的比喻來形容當代生活,表現為「現代生活方式和古樸生活方式的衝突,文明與落後、資產階級意識和傳統美德衝突,等等。」〔註2〕這句話前後的內容,幾乎與路遙後來致閻綱信中的表述完全一致,可

〔註1〕 路遙:《關於〈人生〉與閻剛的通信》,《作品與爭鳴》1983 年 2 月。
〔註2〕 路遙:《面對著新的生活》,《中篇小說選刊》1982 年第 5 期。(文末注明寫於

以被視作路遙論「交叉地帶」的初版本，但非常有意思的是，此處的「資產階級意識」，在後來的版本中被改成了「現代思想意識」。無論是路遙的有意修改，還是編輯「筆誤」，稍稍咬文嚼字，都能從中捕捉到一點歷史轉型期的複雜信息。儘管新時期強調以四化建設為工作重心，告別階級鬥爭，但姓「資」姓「社」的政治警覺性或習慣表述仍然存在。這也是為什麼評論界最初會質疑高加林帶有資產階級個人主義傾向，不能算做社會主義新人典型，後來才在對「現代思想意識」的新解中，越來越肯定路遙小說中「覺醒的自我」。

　　從這一點看，當批評家們僅僅抓住「現代／傳統」、「文明／落後」的關鍵詞來理解路遙的「交叉地帶」時，恰恰沒有注意到，這種意識是在新時期從「革命」到「改革」的歷史轉軌過程中逐漸生成的。正如柄谷行人所說，「所謂風景乃是一種認識性的裝置，這個裝置一旦成形出現，其起源便被掩蓋起來了。」〔註3〕「城鄉交叉帶」就是這樣一處風景，風景之發現意味著 80 年代「現代化」範式〔註4〕逐漸佔據主導地位，但如若往前稍稍回溯，就會發現其實還存在過另一種「看見」風景的可能性。當路遙和批評家有些不合時宜地使用了「資產階級意識」一詞時，在這種對城鄉關係的表述背後，是建國後關於如何克服「三大差別」的一整套理論實踐：城市並不必然因其在物質和精神生活方面都比農村發達，就能以「現代」之名絕對優於農村；就像「十七年」文學中的城市形象那樣，城市現代生活既是豐富的，又是危險的，可能腐化革命青年的正確人生觀，而經濟落後的農村作為革命的策源地，反倒可能提供另一種有別於城市的「現代」想像。雖然在城鄉差距不斷擴大和農民貧困飢餓的殘酷事實面前，這種看待城鄉的認識裝置越來越分崩離析，但

1982 年 7 月 11 日，西安。）

〔註3〕　〔日〕柄谷行人：《日本現代文學的起源》，趙京華譯，北京：三聯書店，2006年，第 12 頁。

〔註4〕　許多學者指出，80 年代「現代化」範式關於「現代性」的理解，有別於毛澤東時代「反資本主義現代性的現代化理論」，後者拒絕將「現代／傳統」這一對縱向維度上社會發展的認識，等同於「先進西方」與「落後中國」的橫向社會比較。而柯文在對海外中國史學研究的批判性分析中指出，用「傳統／現代」的二元區分來闡釋中國社會發展的「現代化理論」，其實源於二戰後美國社會科學界為取代革命範式的意識形態訴求。參見汪暉：《去政治化的政治：短 20 世紀的終結與 90 年代》，北京：三聯書店，2008 年。賀桂梅：《「新啟蒙」知識檔案：80 年代中國文化研究》，北京：北京大學出版社，2010 年。〔美〕柯文：《在中國發現歷史：中國中心觀在美國的興起》，林同奇譯，北京：中華書局，2002 年。

它畢竟像歷史遺跡那樣，構成了識別現實展開方向的重要參照。

然而，路遙的創作，正是以這種建國後嘗試在思想層面克服城鄉差別的危機與失敗為起點的。「紮根農村」的革命動員，只是暫時用集體主義理想將知識青年們穩在農村，並不能在與城市懸殊的物質與文化條件中真正滿足他們的日常生活需要，而本意消除差別的制度實踐過程又出現了自相矛盾的結果。例如意在讓知識青年接受貧下中農再教育的山上下鄉運動，反而在「看」與「被看」的關係中更突顯了城鄉差別的事實，對於回鄉知青路遙來說，從北京來的城市青年不但不曾有過面朝黃土的真切苦難，還以優越的城市出身成為他文學道路上的啟蒙者——路遙的「文革」經驗、成長記憶中陝北農村的現實苦難，都決定了他對城鄉關係的表達，必然在新時期文學的形塑下，逐漸背離「十七年」革命敘述中的城鄉敘事。當路遙在《人生》中寫下高加林義無反顧的進城故事時，認識「交叉地帶」的歷史坐標已經被重新定位，「個人」而非「集體」成為新時期農村題材小說關注的焦點。《人生》中飽含了太多要從歷史重負中突圍的辛酸與不平，正是這種自我意識覺醒、想要擺脫農民在國家制度安排中被歧視身份的強烈追求，深深打動了一代人，而80年代初正在展開的農村體制改革和城市化進程無疑為它提供了歷史合理性。

但必須注意的是，路遙又沒有將80年代城鄉關係的複雜性簡單歸因於改革前的歷史積弊，他的創作常常主題先行，卻很難被籠統歸之於「傷痕小說」或「改革文學」。路遙對「交叉地帶」的理解是非常具體的。1981年10月30日，《文藝報》在西安召開農村題材小說創作座談會，路遙在會上首次提出了「農村和城鎮的『交叉地帶』」，他特別強調新一代農民生活於其中那種帶有改革時代特點的精神苦悶，他們「大部分具有初高中文化水平，他們比自己的父輩帶有更多的城市意識，有比較高的追求，和不識字的農民有許多新矛盾」〔註5〕。這一點感觸其實來自他的個人生活體驗。1980年2月22日，正苦於幫弟弟「農轉非」多方斡旋甚至「走後門」的路遙，在給好友谷溪的信中感歎到，「國家現在對農民的政策明顯有嚴重的兩重性，在經濟上扶助，在文化上抑制（廣義的文化——即精神文明），最起碼可以說顧不得關切農村戶口對於目前更高文明的追求。這造成了千百萬苦惱的年青人。」〔註6〕——在

〔註5〕《深入農村寫變革中農民的面貌和心理——在西安召開的農村題材小說創作座談會紀要》，《文藝報》1981年第22期。

〔註6〕路遙：《致谷溪》。厚夫新近發現的路遙書信，未刊。

路遙看來，農村青年面臨的最大人生困境就是知識啓蒙後的精神追求。雖然80 年代農村改革爲農民鬆綁，讓農民在個體經濟與就業途徑上有更多自由，基本擺脫了原先貧瘠困苦的生活狀態，很大程度上縮小了城鄉收入差別，但戶籍制度的存在，仍然決定著大部分農村青年只能以過客或異鄉人的身份游蕩在城市生活的邊緣〔註 7〕。「富」起來並不能眞正解決「活得有尊嚴」的問題，物質上的富裕反而會加劇農村青年在精神追求方面的相對剝奪感——路遙的全部小說都是在寫這一部分農村青年的命運，這裡面既有弟弟王天樂輾轉進城的艱難，也有他自己成爲城市中一名職業作家後既自負、又五味雜陳的生活故事。

於是，路遙一面保持著與「改革」的同時代性，感受到新時期賦予個人奮鬥的積極動力，一面又彷彿在對新的現實困境的思考中，回望起歷史的風景。雖然路遙所謂「交叉地帶」針對的是 80 年代改革圖景下的城鄉差別，但這同樣是「前三十年」革命敍述試圖克服的問題——如果經濟政治層面的制度實踐不能根本解決社會差別與平等訴求之間的矛盾，那麼文學敍述能不能提供一種關於人生意義的感知方式，讓普通人尤其是底層農村青年，即使在匱乏的世俗生活中也能獲得身心安頓、體會到自我價値實現的尊嚴感與幸福感呢？並不能說路遙就因此回到了「十七年」文學或革命話語對城鄉關係的理想認識，但只有看到這種歷史聯繫，才能更貼近路遙所身處的轉型社會去理解他獨特的文學實踐：爲何《人生》彰明了路遙小說最重要的母題，卻並未成爲他思考新時期城鄉問題的唯一方向？爲何路遙要強行阻斷高加林的進城道路，甚至有些教條和保守地反覆強調青年如何樹立正確人生觀的問題？爲何他要用《平凡的世界》，去申明在 80 年代對現實主義文學傳統的堅持？爲何他對「交叉地帶」的描寫並不止於自然主義的客觀再現或者批判現實主義的制度批評，而是嘗試通過小說主人公的理想主義訴求，去呈現一種以不同方式「看見」交叉地帶後的人生抉擇？

〔註 7〕70 年代末 80 年代初，由於知青返城的就業壓力，爲控制農業人口盲流入城，政策上仍然以壓縮清退來自農村的計劃外用工爲主，要求極低安置農村多餘勞動力。這種情況一直要到 1984 年農村實行家庭聯產承包責任制並逐漸取得經濟實績之後，才有所緩解，國家開始准許部分農民進入集鎭務工經商。但這種改善隨著 1989 年新一輪經濟緊縮，又轉爲對農轉非嚴格控制。1992 年後儘管鼓勵自由流動，城市農民工在城市生活中的福利待遇和身份認同等問題卻越發嚴峻。參見蔡志海：《農民進城——處於傳統與現代之間的中國農民工》，武漢：華中師範大學出版社，2008 年，51～61 頁。

關於「交叉地帶」變化著的理論認識與感覺經驗，決定了路遙對文學表達形式的選擇；反過來，置身於文學思潮與社會變遷中的創作實踐，又會影響到路遙對作為社會現象或歷史結果的「交叉地帶」的理解和把握。對於路遙個人來說，「交叉地帶」不僅是人生路上艱難跨越的城鄉結合部，還是社會差別在身份意識與自我認同方面的心理投射；對於 80 年代文學思潮來說，「交叉地帶」不僅是農村題材小說的內容，還是在寫法和觀念上如何清理「工農兵文學」遺產走向「世界文學」的問題表現；「交叉地帶」不僅僅是新時期城鄉制度變革的結果，更是描述中國社會轉型期各種經驗層疊的歷史寓言。

0.2　「柳青的遺產」

之所以要特別關注路遙如何回應「前三十年」針對同一出題提供的思想與文學資源，並不是為了生硬地把路遙從 80 年代語境中剝離出來，在創作年表上做簡單的時段延長；也不是為了以路遙為個案，證明「沒有『十七年』，何來 80 年代？」的思想史問題；而是為了把路遙的文學實踐，把他關於城鄉關係的問題意識，放到一個更為開闊的歷史視野中去。從上述清理中可以看到，路遙對「交叉地帶」的理解，及其針對同一母題的多種文學實踐，是在他的個人經歷、80 年代文學發展，以及「文革」後社會思潮三方面因素影響下逐漸形成的。可以借用法國年鑒學派歷史學家布羅代爾對歷史時間的三種分類：「短時段」（事件）、「中時段」（局勢）和「長時段」（結構）──路遙關於「交叉地帶」的文學敘述，既有他在現實生活中經歷一個個重大歷史事件後的個人體驗，又有像他或他筆下農村青年那樣在 80 年代改革進程中體會到的解放與束縛，更牽連出當代史經驗中反覆面對社會差別與平等訴求之間衝突的結構性困境。

因此，我選擇「柳青的遺產」作為建立歷史參照系的切入點，並不限於從寫作技巧、思想主題等方面對兩個作家進行平行比較，而是嘗試通過觀察柳青在其歷史處境中的選擇與文學實踐，去呈現路遙在處理自身與時代緊張關係過程中，可能遭遇的類似困境，及其在把握文學傳統過程中重新生成的現實感。這種聯繫得以建立的依據，主要基於三方面考慮：

首先，柳青都被路遙視為他的文學教父，柳青對路遙的影響是切實的、而非研究預設的。路遙 1976 年畢業分配至《陝西文藝》（77 年 7 月恢復《延

河》名稱）編輯部小說散文組，柳青的《創業史》（第二部・下卷）自 1978 年 2 月開始在《延河》上連載，78 年 6 月柳青去世以後，《延河》陸續編發了大量關於柳青的紀念評論文章，其中就包括路遙：《病危中的柳青》（1980 年第 6 期），《柳青的遺產》（1983 年第 6 期）。在 82 年與閻綱關於《人生》的通信中，路遙明確指出對自己影響最大的前輩作家是柳青與秦兆陽。在《早晨從中午開始》中，路遙更與 80 年代末正當紅的新潮文學叫板，大談柳青及現實主義文學傳統。除了散文隨筆，路遙還在小說中直接提到或引用柳青，如《在困難的日子裏》與《人生》題記等。在新時期「去政治化」的時代氛圍中，路遙為何要不合時宜地高度評價這樣一位受「十七年」文學宰制的現實主義作家，是靠近路遙必須回答的問題。

第二，儘管路遙面對的改革時代已不同於柳青面對的「前三十年」社會主義實踐，但路遙嘗試在小說中觸碰的根本問題，仍然是柳青問題的延續：即中國農民的命運，人和土地的關係，農村何去何從，如何將幾億農民安置到「社會主義中國」的現代化進程中去？

《創業史》原計劃有四部，第一部描寫的是 1953 年春秋之間陝西農村下堡鄉蛤蟆灘農民在初期農業合作化運動中的故事，結尾寫到 1953 年 10 月中共中央第三次農業互助合作會議確立「糧食統購統銷政策」。第二部計劃寫試辦農業社，後因「文革」爆發擱筆。柳青自述說《創業史》要回答的問題是「中國農村為什麼會發生社會主義革命和這次革命是怎樣進行的」，面對土改後新的階級分化，他必須在凸顯自發勢力與集體事業的矛盾中，敘述農民如何轉變個人發家致富的私有觀念，接受公有制，心甘情願地為國家工業化積累資本，使農民獲得自己的階級意識，以及作為勞動者主體的個人尊嚴。

如果說柳青試圖完成對社會主義的合法性論證，那麼路遙恰恰處於社會主義的危機時刻。《平凡的世界》以 1975～1985 的十年故事，橫跨人民公社和「文革」後農村改革兩個歷史階段，僅從時間跨度上說也是對柳青遺作的續寫：

一方面必須承認，路遙寫作的起點，正是《創業史》的「失敗」，集體經濟沒有徹底解決農民的溫飽問題，工農差別擴大化，糧食統購統銷與戶籍制度造成了嚴重的城鄉隔離，路遙小說中「城鄉交叉帶」、「農村知識青年的個人奮鬥」等主題的發生，都必須被溯源到柳青以降的當代史中來理解，而與柳青相對，路遙敘述的恰恰是「農村為什麼要發生公有土地家庭承包制的變

革，以及這場改革對社會各階層的重組」，因此，路遙筆下的許多人物情節幾乎是對柳青小說的顛倒與改寫；

但另一方面，我們又會發現，路遙的小說絕不僅僅是「傷痕」敘述，改革的合法性並不能完全建立在對歷史的斷裂態度中，相反地，路遙筆下許多人物的命運遭際其實都來源於改革過程中自生的悖論。從這個意義上說，路遙不只是簡單歌頌改革時代的新人新事，而是在 80 年代的語境中處理著柳青們的歷史遺留物。例如路遙作品中對「勞動」的道德讚譽、對人生意義的不斷追問等，這些「習慣」都部分攜帶了毛澤東時代的歷史記憶，而正因為路遙自覺不自覺地從「柳青的遺產」中汲取這些能與改革時代對話的資源，他的小說才不是對外部現實的機械反映。柳青處於新民主主義革命向社會主義革命轉變、對農村進行社會主義改造的過渡時期，路遙處於後毛澤東時代告別革命、逐漸與 90 年代以後全球化的資本主義世界接軌的過渡時期，他們的創作都包含了大量社會轉型期的歷史信息。假如將毛澤東《中國社會各階級的分析》視為一個元文本，儘管路遙不再像柳青那樣使用這類權威文本給定的階級範疇，但路遙從根本上仍在做著與柳青相似的工作，即在小說中繪製一張社會各階層的關係網絡圖，把個體安置到某個網結上，在時代變革的大震盪中讓個體明晰自身生活方式與歷史潮流之間錯綜複雜的聯繫。如果說在柳青那裡，革命話語雖提供了階級鬥爭這一強有力的模塑工具，但並未給個人留出政治生活以外的多餘空間；那麼路遙所面對的，就是階級鬥爭之後的主體存在問題：即一個被拋出階級共同體、從公社甚至宗族家庭中出走的「個人」。

最後，要在 80 年代語境中討論路遙現實主義寫作的特徵及有效性，可以參照柳青及其所代表的社會主義現實主義傳統。一方面，80 年代現實主義文學規範的確立，本身就起源於對「社會主義現實主義」危機的克服，既包含了一個如何把柳青「80 年代化」的問題。至少在 70 年代末 80 年代前期，關於「寫真實」、「兩結合」等的理論爭鳴、或者「暴露」的傷痕文學、「干預生活」的反思文學等創作思潮，都是以「回收十七年」的方式進行著，因此，路遙的創作實踐中當然部分繼承了柳青的資源。而特定「回收」方式背後的認識裝置，則來源於 80 年代人道主義思潮、新啟蒙話語、文學主體性等不同於「十七年」的異質資源，它們必然影響到路遙的現實主義。另一方面，80 年代中後期以來，由於「純文學」觀念與「重寫文學史」的影響，我們開始

習慣於從內容方面思考現實主義，從形式方面思考現代主義，正是這一點造成了路遙評價的困難，而柳青恰恰提供了一種反過來思考的可能，即把路遙「十七年化」，把現實主義作爲一種有意味的形式。回到社會主義現實主義的經典表述：「藝術描寫的眞實性和歷史具體性必須與用社會主義精神從思想上改造和教育勞動人民的任務結合起來」，暫且不論其實踐中的問題，這種現實主義理論非常接近於詹明信從奧爾巴赫《模仿論》中概括的表述：現實主義並非對「外在客觀世界的某種被動的、攝影似地反映和再現」，而是一種行動，是「通過新的句法結構的創造對現實不斷進行變革的結果」。〔註 8〕從這個意義上說，路遙通過現實主義寫作文本化了的「歷史」，就不再僅僅是一堆已經過時的社會學史料，而是參與了歷史建構，是對一個正在生成的世界的回應。

　　關於路遙與柳青的比較，在路遙研究中不乏專門論述。例如宗元的《魂斷人生——路遙論》就專設一節，將路遙在現實主義道路上對柳青的繼承，概括爲強烈的政治責任感、包含史詩情結的文學抱負、對農民的同情以及深入生活的勇氣和頑強的精神意志，並從兩方面說明了路遙與柳青的不同：首先，路遙「用具有現代觀念的理性意識，取代了柳青單一的政治理念」，反映出從農業文明到工業文明的時代變革中，傳統文化與現代文化在人們思想觀念中的交融與撞擊；其次，如果說柳青「在『文學爲政治服務』的極左觀念的驅使下，逐步萎縮，消解了作爲一個作家的最可貴的個性意識。」那麼路遙則從個人經驗直接入手，更自覺地表達了作家自身的主體性意識。〔註 9〕在宗元的論述中，一種 80 年代生產的「純文學」觀念和「告別革命」的「新時期」意識已經預先裁判了柳青的價值，因此，當他論述路遙對柳青的繼承時，其實更多地局限於小說結構等形式範疇，實際上切斷了路遙在處理 80 年代農村改革、農民出路等問題時，與柳青現實主義創作實踐中社會主義理想的內在聯繫。

　　類似的研究思路也出現在《當代小說中的鄉村敘事》〔註 10〕一書中，在黃曙光的論述裏，《平凡的世界》幾乎完全顚倒了《創業史》所力圖反映的「歷

〔註 8〕〔美〕詹明信：《現實主義、現代主義、後現代主義》，《文藝研究》1986 年第 3 期。這篇文章發表於 80 年代中期文學方法論熱、新潮文學熱中，但研究者在當時情景中可能只注意到了詹明信關於現代主義、後現代主義的論述，而沒有發現他對「現實主義」的洞見。

〔註 9〕宗元：《魂斷人生——路遙論》，上海：上海文藝出版社，2000 年。

〔註 10〕黃曙光：《當代小說中的鄉村敘事》，成都：巴蜀書社，2009 年。

史眞實」:梁生寶們的合作化理想沒有使農民擺脫苦難;曾經因財富上的劣勢
擁有優越的政治身份的農民,再度因貧窮而喪失尊嚴。論者先驗地將柳青和
路遙放到對立面上來比較,固然說出了路遙站在「新時期」歷史制高點上對
社會主義制度陷入僵化模式導致極「左」災難的歷史反思,但也簡化了路遙
對待前三十年改革「前史」時並非斷裂的複雜態度。爲何路遙要將柳青作爲
自己的文學「教父」,在強調「回到文學自身」的大潮中不合時宜地高度評價
這樣一位受「十七年」政治宰制的現實主義作家?——這是本書在前人研究
基礎上需要進一步思考的問題。

0.3 研究現狀與研究思路

　　路遙在 80 年代絕對算得上是一個主流作家,但 90 年代中期以後,廣大
讀者群和茅盾文學獎的榮譽,卻並未讓他輕鬆進入文學經典行列。在「純文
學」的評價標準下,路遙與主流意識形態之間的曖昧關係,他尙顯粗糙的語
言形式,都使他的作品備受爭議,無法在文學史中獲得一個恰當的位置。儘
管在路遙 92 年去世以後,學界以普遍悲痛的情緒掀起了路遙「復活」的熱
潮,但聯繫此時關於「人文精神」大討論、後現代主義與消費文化等時髦議
題,單單塑造一個「高揚理想、道義、責任等終極關懷、震撼靈魂的路遙」
〔註11〕,並不能加深我們對路遙文學實踐的理解,也不能解釋路遙評價中出
現的兩極悖論。而有關路遙的「現實主義」、「城鄉交叉地帶」等關鍵詞的分
析,仍局限在「十七年 / 新時期」、「文學 / 政治」、「形式 / 內容」、「現代 /
傳統」等非此即彼的二元對立中,實則以一種斷裂論的歷史觀,既忽視了路
遙與 80 年代文學變遷的共生關係,又將路遙的文學實踐從社會主義「前三
十年」的歷史經驗中剝離出來。

　　80 年代的新啓蒙話語和「現代化」理論幾乎支配了第一階段的路遙研究。
在圍繞《人生》展開的討論中,對高加林進城之路的分析是以「城市 / 鄉村」
與「現代文明 / 傳統愚昧」兩組概念的同構爲前提的。例如蔡翔在《高加林
和劉巧珍——〈人生〉人物談》中,雖然也從主流意識形態規訓的角度指出
青年們不應當只將人生意義放在個人欲望的實現上,但他同時強調,「倘若在
我們古老而又有待開發的土地上,始終循環著『日出而作、日入而息』的生
活方式,而不能生產更多的精神文明……那麼傳統的生活哲學又怎麼能說服

〔註11〕 王金城:《世紀末大陸文學的兩個觀察視點》,《中國人民大學學報》1999 年第 5 期。

他、束縛住他呢？」〔註12〕再如李劼的《高加林論》〔註13〕，他將高加林放入到當代文學的青年形象譜系中，認爲「在這裡，個性掙脫了歷史殘留的封建枷鎖，以極其強硬的姿態站立起來」，而在李劼看來，路遙安排巧珍、德順老漢代表傳統美德的優越性，則是小說的拙劣之處，路遙沒有意識到「以雙方完全平等爲基礎的愛情要求」才是歷史發展的必然。高加林對鄉土和農村姑娘巧珍的雙重離棄被賦予了合理性，因爲它體現了「渴望現代」的時代精神和自我意識覺醒的「現代人」氣質。

　　這種論述邏輯一直延續到後來的路遙研究中。宗元指出，在路遙關於城鄉文化衝突的寫作主題背後始終存在著「戀土情結與戀史情結的困擾」，雖然與 80 年代李劼們的激進不同，宗元正面肯定了路遙「對鄉村文化、倫理道德的情感認同」，但他繼而強調，「在整體上，作家始終沒有忘卻自己的歷史責任，喪失掉知識分子應有的現代性立場，沒有一味地沉醉於道德化的激情與批判」。與 80 年代的路遙研究相似，宗元的《路遙論》啓用了新時期回到「五四」反傳統與國民性批判的認識裝置，在分析路遙關於農民形象的塑造一節中，宗元按照李澤厚「啓蒙與救亡」雙重變奏的歷史敘述框架：從新文學作家啓蒙視角下愚昧、麻木的農民，到革命文學中反抗的農民，再到十七年文學中政治熱情膨脹而現代理性匱乏的農民，最後到路遙這裡，新時期文學中的農民才眞正「開始主動走出鄉村傳統文化的陰影，在對人的自我發現與自我覺醒中，滋生了強烈的個性意識」。〔註14〕

　　上述判斷在 80 年代中後期有所改變，面對 90 年代以來當代社會的道德危機和主體神話的幻滅，研究者開始反思主導 80 年代的現代化意識形態自身存在的問題。在第二階段關於路遙的研究中，路遙作品或創作心理中所謂情繫「傳統／鄉土」的一面被放到了更爲重要的位置上。路遙筆下的農村不再僅僅是與城市相對的、落後愚昧的前現代洞穴，而是有可能成爲緩衝摧枯拉朽的現代性震驚體驗、療治現代人心靈創傷的精神家園。在 80 年代中期興盛並持續的「文化熱」、「尋根熱」的影響下，研究者普遍選擇從文化心理構成的角度詮釋路遙的「交叉地帶」。「農本文化」、「陝西地域文化」、「儒家意識」成爲路遙研究的常用術語。例如在《矛盾交叉：路遙文化心理的複雜

〔註12〕 蔡翔：《高加林和劉巧珍——〈人生〉人物談》，《上海文學》1983 年第 1 期。
〔註13〕 李劼：《高加林論》，《當代作家評論》1985 年第 1 期。
〔註14〕 宗元：《魂斷人生——路遙論》，上海：上海文藝出版社，2000 年。

構成》〔註15〕一文中，李繼凱就將「城－鄉」交叉表述爲「農村文化與城市文化的交叉、傳統文化與現代文化的交叉、大眾文化與先驅文化的交叉」，並著力讚揚前者之於路遙創作的意義，即農民文化中樸實、善良的人生原則和風土人情，以及儒家文化的道德理想。但有趣的是，當研究者以審美現代性批判的理論視野觀照路遙的鄉土情結時，最終還是得出了與此前相似的結論。以趙學勇的論述爲例，研究者在路遙「對鄉土自然美的描繪和人情美的讚頌」中窺探到鄉土中國「民族文化心理結構的內在規律」，即「這種農民式鄉土觀念的落後和蒙昧」，而在「向二十世紀邁進」的歷史進程中，它必然成爲與時代精神格格不入的東西，即便留戀，我們也「不得不拋棄許多我們曾珍視的東西」〔註16〕。

　　無論是「呼喚現代化」，還是「反思現代性」，當研究者僅僅固執於用「傳統／現代」的二律背反來詮釋路遙的「交叉地帶」時，必然將路遙封閉在「傳統情感與現代理性」、「戀土情結與戀史情結」矛盾衝突的闡釋框架中。石天強的博士論文有效地避開了對以往研究範式的重複：城鄉結合部既不僅僅是客觀地理空間，也不是文化衝突的象徵，而是「敘述人自我心理和身份認同的外化符號」，「所謂的『交叉地帶』不過是作家自我邊緣身份的一種空間隱喻」〔註17〕。石天強抓住路遙既是農民、又是知識分子的雙重身份，聚焦新時期知識分子啓蒙話語與民族國家話語之間從合做到分裂的過程，最終創新性地發現路遙的寫作難度，源於改革時代歷史理性主義與個體虛無主義之間不可調和的緊張關係。

　　值得注意的是日本學者安本實的研究〔註18〕，在《路遙文學中的關鍵詞：

〔註15〕李繼凱：《矛盾交叉：路遙文化心理的複雜構成》，《文藝爭鳴》1992 年第 3 期。

〔註16〕趙學勇：《路遙的鄉土情結》，《蘭州大學學報（社會科學版）》1996 年第 2 期。

〔註17〕石天強：《斷裂地帶的精神流亡——路遙的文學實踐及其文化意義》，北京：北京大學出版社，2009 年。石天強明確指出：「本書對路遙的闡釋將不再堅持所謂『現實主義』的文本界定，這樣說並不是對路遙小說現實主義創作風格的否定——這幾乎是不可能的。」這一辯解實際透露了論者在研究方法上的尷尬，當運用空間地理學、身份認同理論和形象學等文化研究方法分析當代小說時，仍需運用政治經濟學與歷史研究的方法，將作家、作品還原到問題發生的原初語境中，否則將可能無法應對研究對象在共識層面最重要的問題。

〔註18〕安本實的路遙研究包括：《路遙文學中的關鍵詞——交叉地帶》，《交叉地帶的描寫——評路遙的初期短篇小說》，《路遙文學的風土背景——路遙與陝北》等。

交叉地帶》一文中，他將「交叉地帶」解釋為「陝北鎮、縣、地區級的中小城市和環繞這些城鎮的農村」，並且結合路遙「農裔城籍」的出身、經歷，從新中國成立後的各項制度改革，如糧食統購統銷政策、戶籍管理等方面，解釋造成城鄉差別擴大化的歷史原因。如果說「現實主義」作為一種文學形式，解決的是歷史再現的問題，那麼安本實闡述的「交叉地帶」才真正是路遙直接面對的歷史。而這條中國當代史脈絡的浮現，也就為我提供了將路遙與柳青放到同一問題序列中來考察、而非簡單平行比較的可行路徑。

　　基於對路遙研究現狀的上述分析，本書嘗試以柳青所代表的「十七年」文學為歷史參照，追蹤路遙關於「交叉地帶」認識的形成與改變，及其相應的文學實踐：一方面，對照社會主義現實主義文學傳統，路遙的寫作究竟屬於哪一種「現實主義」？他以何種方式續寫了「柳青的遺產」，又如何將其接續到80年代的社會思潮與文學場中？另一方面，參照「前三十年」社會主義實踐克服「三大差別」的理論思考與文學表達，路遙是如何認識社會轉型期的城鄉關係的？當他面對新時期城鄉差別中底層青年的人生困境時，「前三十年」文學能否為他提供可供轉換的歷史資源？

　　前三章分別對應於路遙創作的三個階段：

　　第一章結合60～70年代「教育革命」、「紮根動員」、「知青運動」等制度實踐構成的相關社會歷史背景，集中閱讀路遙70年代至80年代初帶有自傳性色彩的作品。路遙在「文革文學」的體制規訓中學習寫作、初登文壇，在養成他具備政治敏感性與主題先行等創作風格的同時，也為他進入新時期文學製造了轉型障礙。而他與「文革」有染的特殊經歷，例如少年時艱難的求學之路、與北京知青的愛情故事與文學交往、以「造反派」身份在革命政治中浮沉的「傷痕」記憶等，又使他在對城鄉關係的震驚體驗中，逐漸偏離了「十七年－文革」文學關於克服「三大差別」的認識裝置與敘事模式。如果說路遙早期創作中還能看到梁生寶式的農村新人形象，從七八十年代之交「超階級」的愛情故事開始，「洗不掉的出身」似乎越來越成為路遙小說中農村青年默許的人生起點。

　　正是這種關於落後農村與青年理想之間衝突的新認識，促使路遙寫出了《人生》。雖然依照80年代初「回收十七年」的批評標準，高加林形象因其僭越「社會主義新人」的超前性引發爭議，但路遙也因此準確把握住了新時期改革為個人鬆綁、力圖從生產力發展上克服城鄉差別的認識方向。可以把

高加林的進城故事，看作是對《創業史》中徐改霞人生抉擇的續寫，如果說柳青通過徐改霞面對城鄉差別的內心衝突，提出了要正確對待國家利益與個人前途，國家工業化與農村合作化之間的關係問題，那麼高加林渴望擺脫農民出身、實現個人理想的進城衝動，則被賦予了更多歷史合理性。第二章細讀《人生》，嘗試思考如下問題：高加林究竟以何種方式進城？如果路遙不用「走後門」被告發的情節將高加林遣送回村，最終成功留在城市的高加林真的可以獲得幸福感和尊嚴感嗎？儘管路遙用巧珍和德順爺的傳統美德來教諭高加林式的個人主義，但已經被確立了單一城市化方向的農村，真的可以挽留住自我意識覺醒的高加林嗎？80 年代初關於如何塑造農村新人形象的文學批評，以及「潘曉討論」後關於如何對待合理利己主義的社會議題，將構成了理解上述問題的重要背景。

第三章討論路遙在《人生》之後的創作調整。路遙的文學自覺，突出表現在兩方面：一是他對青年「人生觀」問題的格外關注，在與《人生》同期創作的《在困難的日子裏》，以及稍後如《你怎麼也想不到》、《黃葉在秋風中飄落》等同樣涉及城鄉差別的小說中，路遙精心設計了一批與高加林個人主義氣質不同的農村青年形象，在小說中高揚一種面對苦難仍自強不息的理想主義、甚至紮根農村的犧牲精神。路遙曾計劃寫一篇題為《尋找羅曼蒂克》的小說，這種羅曼蒂克的歷史資源是什麼？另一方面，路遙開始以《平凡的世界》更具體地實踐他對柳青的繼承，雖然在創作姿態上已經不同於柳青「穩在農村」的政治意識，但與《人生》相比，《平凡的世界》的確在寫法上回歸了柳青的現實主義傳統，通過社會各階層分析的全景式結構，完成對轉型鄉村的歷史敘述與典型人物塑造，而孫家兄弟同時面向鄉村內外的兩種人生道路，也在高加林之後提供了另一種處理城鄉關係的可能性。通過把《平凡的世界》視為「改革時代」的《創業史》，本章嘗試在兩部作品的人物、主題方面建立歷史聯繫：例如，對照柳青處理 50、60 年代社會分層與平等主義的認識和方法，路遙是怎麼敘述新時期農村改革後出現的貧富分化等問題的？路遙怎樣通過文學與現實的關係，提供一種關於人生意義的感知模式，讓普通人在社會重組過程中把握住自己的位置？

第四章嘗試在 80 年代中後期文學場分化重組的背景中，討論路遙式現實主義的意義。對於路遙來說，堅持現實主義文學不僅是一個藝術形式的問題，還意味著如何在 80 年代思考中西之辯與城鄉之辯。隨著 80 年代「文化熱」

與「現代化理論」的影響深入，「中西之辯」逐漸喪失了毛澤東時代基於國際共運與第三世界發展的理論視角，關於新時期城鄉關係的理解，也越來越傾向於「傳統／現代」、「落後／文明」的二元認識論。「尋根文學」對文化闡釋的側重逐漸改變了農村改革小說的方向，「先鋒文學」思潮則以「純文學」的美學原則對「現實主義」文學成規發起挑戰。正是在這樣的歷史背景中，路遙逐漸被主流文學界邊緣化。

在研究方法上，力圖做到史論結合。盡量從作家傳記資料、期刊雜誌和檔案文獻的整理中，為作品分析搭建一個「歷史化」的語境，再從立足當下的問題意識出發，組織並闡發材料相互關聯後生發的意義。由於路遙英年早逝，許多帶有回憶性質的路遙評傳，或混淆其虛構性作品渲染路遙生平軼事，把作品當作寫傳記用的文獻，或傾向於從「苦難」、「飢餓」、「勞動」等主題中抽象出路遙創作的道德內涵。得益於新近收集發現的路遙早期作品和書信材料，本書意在分析，路遙如何將其人生經驗重新整理，並化入到虛構作品的敘述中去──也正是在這一過程中，無論是文學思潮的體制規訓，還是「大歷史」格局中社會變革的種種事件風潮，都將以身處其中的作家為媒介，以「文本化」的形式被不斷閱讀。

第1章 「洗不掉的出身」：路遙的 「文革」十年 [註1]

　　1966 年末，延川中學 66 屆初中畢業生路遙從外地串聯回來，成立了紅衛兵組織「橫空出世誓衛東戰鬥隊」。據路遙的摯友海波回憶，雖然早在中學語文課上，路遙就以其作文《在五星紅旗想到的》以及改編話劇《紅岩》在全校「文名大振」，但他真正自命題的第一個作品，卻是這份為紅衛兵組織起草的戰鬥「宣言」——「寫的很長，用了兩整頁白紙；寫得『氣勢磅礴』，看得讓人興奮。其中的兩句話最為搶眼：『大旗揮舞衝天笑，赤遍環球是我家』」。而「路遙進一步的寫作是大字報，……，文采非凡，『聲討』對方時，寫得激情四濺，『控訴』別人時，寫得聲淚俱下。雖然『寫手』不少，但路遙總是最主要的執筆者和最後審定者。」[註2]

　　在今天秉持「純文學」觀的批評者看來，大字報寫作當然不能算路遙創作實踐的起點，但令人疑惑的是，當研究者們圍繞《人生》、《平凡的世界》等重要作品談論路遙的藝術成就與局限性時，路遙「文革十年」的文藝創作卻很少被納入考察範圍。從附錄《路遙創作年表》中可以看出，從 1969 年在新勝古大隊黑板報發表詩歌《老漢走著就想跑》開始，路遙陸續創作了數首頗有賀敬之味兒的政治抒情詩，1972 年更在自辦刊物《山花》上發表了小說處女作《優勝紅旗》。截止 1977 年以寫作追憶周總理一文明確與「文革」十年告別，路遙已正式發表了《基石》、《父子倆》等多篇小說，並以實習記者

〔註1〕 此處使用通常關於「文革」（1966～1976）的時間段界定。但本節也擴展論及所謂八十年代的「前三年」（1976～1979）。

〔註2〕 海波：《我所認識的路遙》，《十月》2012 年第 4 期。

的身份寫作了《銀花燦燦》、《燈光閃閃》等多篇歌頌農業生產先進人物的新
聞通訊、散文隨筆，；另外還與谷溪等人合寫了長詩《紅衛兵之歌》、長篇通
訊《吳堡行》、歌劇《第九支隊》，等等。或許因為這段時期的作品帶有濃重
的「文革文學」味道，人們才習慣性地將路遙的文學自覺，追溯到 1980 年輾
轉發表的反思「文革」之作《驚心動魄的一天》。但也正因為研究者忽視了路
遙這段早期習作，當回答「誰是路遙」時，恰恰有意無意地錯過了「農民的
兒子」這一肩負了苦難精神與人文關懷的標籤背後，更為豐富的歷史細節。

　　「紅衛兵」造反派路遙，縣革委會副主任路遙，回鄉知識青年路遙，小
學民辦教師路遙，毛澤東思想文藝宣傳隊隊員路遙，工農兵文藝創作組自辦
刊物《山花》發起者路遙，延安大學中文系工農兵學員路遙，《陝西文藝》編
輯路遙……在這些與「文革」有染的身份背後，是農村青年路遙一步步從社
會角落登上政治舞臺、擠進文壇、走進城市的艱辛之路。比之高加林的「人
生」、少安少平兄弟的「平凡的世界」，路遙早期經歷的跌宕曲折一點也不亞
於小說，幾乎為他後來的創作主題儲備了大半素材。而從「文革」進入「新
時期」，路遙作家姿態和現實感的形成，更與這一段「研文習武」的曖昧往事
難脫干係。

　　本章截取路遙早期人生經歷中最重要的三個片段：上學、與北京插隊知
青的交往與文學活動、以及紅衛兵武鬥經歷──考察路遙在小說中處理這些
個人經驗時，如何遵循、又溢出了「文革文學」、「知青文學」與「傷痕文學」
的敘述成規？把這些個人經歷放回到 60～70 年代「教育革命」、知青運動、「文
革」等流動於城鄉之間的政治背景中，路遙對農民命運及農村問題的思考，
相比柳青的「十七年」經驗有了怎樣的變化，路遙關於「城鄉交叉帶」的寫
作主題是如何發生的？──生於 1949 年，長於「十七年」，「文革」十年之於
路遙及其文學道路，究竟意味著什麼？

1.1　與「文革文學」有染：並不容易的「紮根故事」

1.1.1　《父子倆》：從「梁生寶」到「高三星」

　　1976 年，「延安大學工農兵學員」路遙，在該年第 2 期《陝西文藝》上，
發表了他人生中的第三個短篇小說《父子倆》。表面上看，這篇小說是緊跟
「文革文學」關於「兩條路線鬥爭」主題的寫作：民兵隊長高三星發現父親

趁夜給自留地鬧騰了一袋化肥，他嚴厲地批評了父親投機倒把的農民小生產者落後意識，親手將父親送到了派出所，給高老漢上了一堂憶苦思甜的思想政治課。高三星與高老漢之間的較量，很容易讓人聯想到路遙文學創作道路上的精神導師——柳青。在《創業史》中，梁生寶與梁三老漢之間不同「創業」理想的衝突，也是以堅持集體主義，批判個人發家致富思想為主題的。而故事的結尾，同樣是「中間人物」被改造，將生活主動融入革命洪流，新一代農民則成長為大公無私的社會主義新人。在高老漢眼裏，兒子不再是他熟悉的「那個光著腚子，拿著小鐵鏟在黃河沙灘上玩『修渠打壩』的三娃」，而是有些陌生的「個頭高大、在黃河畔領導修建三級抽水站的突擊隊長兼民兵隊長的高三星」〔註3〕——這儼然是梁生寶成長故事的「文革」版本。

特別的是，路遙在父子較量中插入了戲劇性轉折的第二幕。起初還軟硬兼施逼兒子放手的高老漢，「眼仁裏突然飄過兩朵火花。他覺得兒子這一番指教中，有兩句話值得他認真研磨研磨。他心裏反覆品味這兩句話：『……爸爸呀，你真糊塗！咱要把眼光放遠點嘛……』。高三星的意思，是要提醒父親不能為了一己之私葬送社會主義事業的遠大理想，但聰明的高老漢偏偏悟出了言外之意：「阿呀呀，我這個瓷腦！翻不開個歪和好了！走走走，我把化學肥料，你在後面把老子押上，咱立馬就到派出所去！」

> 老漢見兒子「怔」住了，便自喜自樂地說，「你小子，精！」他把黃銅煙嘴嗆在口角里，用牙咬著，從口袋裏掏出「雞啄米」式的打火機，一邊打火，一邊吐字不清地說：「你小子估算得對著哩！九九歸一嘛！有它這麼一件事，不揚股好名聲？有股好名聲，吃公家那碗飯，還難？我沒念過書，是個睜眼瞎子，可耳朵不聾！你當我沒聽說大學要招生？」他吸了一口煙，望著表情嚴肅的兒子，精明地微笑了：只要自家受點委屈而能給兒子換來美事，那還不好？兒子又不是別人的！再說，為自家後人謀美事，社會上又不是光他高進發老漢一人！

高三星這才恍然大悟，原來高老漢是要用「一袋化肥」當道具配合他演一齣「苦肉計」：掙表現，讓兒子上大學，進城當公家人。三星不動聲色，等化肥交了公，當老漢正為兒子作為全社學習榜樣的光榮得意時，公社張書記才拿出高三星的決心書，「小夥子下決心咧！決心不報考大學啦，留下改變咱

〔註3〕路遙：《父子倆》，《陝西文藝》1976年第2期。

乾河畔的面貌呀。」老漢的如意算盤徹底被打碎了，從惱怒到自省，小說匆匆收尾，重新回到革命理想主義的大團圓結局。

因為額外插入了「上大學」這一情節，《父子倆》在反對「走資本主義道路」的農村題材之外，便多講了一個 70 年代的「紮根故事」。高老漢的小九九暗藏了動搖「紮根」信念的兩個新苗頭：一是大學又要招生了，農家子弟有了新奔頭；二是憑政治表現可以走一條上大學的捷徑，此一時的「紮根」不過是為了彼一時的「農轉非」做個人打算。塑造並歌頌紮根農村的青年典型（特別是回鄉知識青年），這一題材創作並不新鮮，並且一直是 50 年代以來配合知青政策與城鄉統籌發展的動員手段，但如果把它放到「文革」教育革命的歷史背景中，這一尋常之筆就有了言外之意。

1966 年「文革」爆發大學停止招生，直到 1970 年底，部分大學才開始按照毛澤東「七‧二一」〔註4〕指示招收工農兵學員。雖然高校恢復招生，並優先照顧文化程度較低的貧農子弟，但「這項政策在消除了昔日高考所帶來的不公平的同時又產生了另外一種不公平，也就是高校招生的實際權力由教育部門和高校轉移到基層黨組織手中。『領導批准』的招生環節意味著招生的決定權很大程度上操縱在不從事教育領域業務管理的行政領導手中，這就在某種程度上為行政領導的子女升學『走後門』提供了方便。」〔註5〕為了糾正這一不良風氣，1972 年 5 月 1 日中共中央發布《關於杜絕高等學校招生工作中『走後門』現象的通知》。隨後周恩來主持教育政策調整，於 1973 年 4 月 3 日由國務院批轉科教組《關於高等學校 1973 年招生工作的意見》，提出要在招生中增加文化考察。但這次所謂「教育革命」中糾「左」的嘗試，很快被「批林批孔」的高潮打斷，同年 8 月 24～28 日在中共十大會議上，王洪文作報告大談「反潮流革命精神」，張鐵生、黃帥等人迅速被推崇為教育革命戰線

〔註4〕 「七‧二一指示」源自毛澤東為 1968 年 7 月 22 日《人民日報》刊載的調查報告《從上海機床廠看培養工程技術人員的道路》一文撰寫的編者按：「大學還是要辦的，我這裡主要說的是理工科大學還要辦，但學制要縮短，教育要革命，要無產階級政治掛帥，走上海機床廠從工人中培養技術人員的道路。要從有實踐經驗的工人農民中間選拔學生，到學校學幾年以後，又回到生產實踐中去。」按照「七二一指示」招生的對象是三年以上實踐經驗、初中以上文化程度的工人、貧下中農、復員軍人和青年幹部。招生辦法是群眾推薦、領導批准、學校複審。

〔註5〕 高軍峰，姚潤田：《新中國高考史》，福州：福建人民出版社，2009 年，第 152 頁。

的反潮流典型。事情在 1975 年又有反覆，7 月～8 月間，李昌、胡耀邦赴中
科院準備以當年中國科技大學的招生工作為試點，計劃恢復由高中畢業生自
願報名，擇優錄取的考試辦法。但自 1975 年 11 月 24 日中共中央召開打招呼
會議，「反擊右傾翻案風」運動全面展開，鄧小平重提「四個現代化」的整頓
工作被迫中斷。12 月 2 日《紅旗》雜誌發表北大、清華批判組文章：《教育革
命的方向不容篡改》，隨後《人民日報》掀起的「教育革命大辯論」，實際上
重申了「必須從有實踐經驗的工人農民中間選拔學生」，「社來社去」、「三大
革命」的重要性〔註6〕。

　　正是在這樣的背景下，《父與子》中一段「上大學」的插曲，巧妙地呼應
了「教育革命」的新政策、新方向，凸顯了路遙在選擇題材時敏銳的「政治
眼光」。加之「教育革命」的幾番波折一直與「走後門」、「反特權」、「接受貧
下中農再教育」等話題糾纏，始終關涉知識青年上山下鄉運動，儘管路遙並
未在小說中刻意強調高三星的教育背景，這篇小說也不難躋身於鋪天蓋地的
針對知識青年進行「紮根教育」的各色文藝宣傳作品中。翻閱刊載《父子倆》
的《陝西文藝》，作為知青插隊重鎮的省份，這份刊物自 1973 年 7 月創刊起，
就接連不斷地發表了類似《在廣闊的天地裏——記延川縣插隊的北京知識青
年赤腳醫生孫立哲》，《第一張試卷——記回鄉知青卜振發》〔註7〕等歌頌紮根
農村好青年的作品。高老漢關於「大學招生」的宏論，完全可以被編入「批
鄧、反擊右傾翻案風」的黑材料中，是慫恿農村青年謀私利、靠上大學拔根
進城的壞思想，是盲目強調城鄉差別、只圖個人享受不圖集體發展的壞典型。
而高三星簡直就是邢燕子、董加耕式的青年榜樣，更是新形勢下政治正確的
柴春澤式的「反潮流」人物。

1.1.2　危險的「大學夢」：這一個「反潮流」典型

　　然而「紮根」真的這麼容易嗎？不管這段「上大學」的插曲是否真是路
遙為迎合時事、發表便利的有意為之，熟悉路遙早期經歷的人，或許都會心
生疑問：當路遙寫下高三星的決心書時，他怎樣看待自己無法紮根農村的動

〔註6〕　程晉寬：《「教育革命」的歷史考察：1966～1976》，福州：福建教育出版社，
　　　　2001 年，第 529 頁。
〔註7〕　李知、谷溪：《在廣闊的天地裏——記延川縣插隊的北京知識青年赤腳醫生孫
　　　　立哲》；王殿斌、倪運宏：《第一張試卷——記回鄉知青卜振發》，《陝西文藝》
　　　　1974 年第 4 期。

搖呢?

　　寫作《父子倆》時,路遙已經是一名延安大學中文系的工農兵學員,並以實習記者、編輯的身份在《延河》〔註8〕編輯部工作了一年多,9月正式畢業分配至《陝西文藝》編輯部小說散文組工作。「上學」之於路遙是一個久遠艱辛的夢。海波從鄉俗常理分析路遙7歲時何以作為長子卻被過繼給大伯父,其實並非家庭貧困所迫,而是路遙自己的積極爭取。「小小的路遙為什麼會這樣做呢?為了實現自己的理想:上學。」〔註9〕1963年高小畢業考上延川中學,家裏供不起,是靠村領導劉俊寬借給路遙二斗黑豆才交上報名費。1966年初中畢業參加中專考試,被西安石油化工學校錄取,但「文革」爆發、高校停止招生,徹底斬斷了路遙的「大學夢」。隨後一番扶搖直上、又一墜千尺的政途,更成為路遙上學的阻力。1973年高校恢復招生,縣革委會先後把路遙推薦給北京師範大學和陝西師範大學,但政審通不過,說路遙當過「造反派」頭頭,還涉嫌武鬥中的一起命案。後來是縣委書記申易親自出馬,其弟申沛昌時任延安大學中文系黨總支書記,才以「走後門」的形式最終把路遙保進了延安大學。

　　路遙自己是如此歷經波折才走進學校、走出農村的,他不是沒有經歷過「十七年」社會主義幫農民翻身的好,也不是無法擺脫農民小生產者的自私狹隘性,當高三星以對黨的一顆感恩之心要為集體事業紮根農村時,《父子倆》的喜劇基調裏,其實多少藏著路遙的一絲無可奈何。受「十七年」與「文革」洗禮的理想性,若從小說走進現實,恐怕終歸是難以踐行又難以割捨。

　　拔根難,紮根更難。50年代初,國家對城鄉之間的人口流動並沒有嚴格限制。1953年4月17日政務院發出《關於勸阻農民盲目流入城市的指示》,規定未經勞動部門許可,不得擅自從農村招工。1955年開始號召家在農村的畢業生回鄉支持建設,不過由於「大躍進」期間招工失衡,農村青年仍有許多機會進城就業。但從60年代開始,戶籍制度的嚴格執行,幾乎阻斷了農民子弟進城的道路。60年代初農村回鄉知青的人數迅速增長,「1963年共青團中央統計:全國農村已有小學以上文化程度回鄉青年近3000萬人。他們中間,不僅包括高校、初中畢業生,還包括為數可觀的高中畢業生。」〔註10〕無論

〔註8〕 1972年陝西作協恢復工作後《延河》復刊,後來改名為《陝西文藝》,並於1977年7月恢復《延河》的刊名。

〔註9〕 海波:《我所認識的路遙》,《十月》2012年第4期。

〔註10〕 劉小萌:《中國知青史——大潮(1966〜1980年)》,北京:當代中國出版社,

是戶籍制度的約束，還是知青政策的行政干預，國家的本意除了發展城市工業化外，當然也希望以資源轉移的方式發展農村經濟，避免城鄉差別的進一步擴大。但據 1962 年統計，「安心留在農村務農的回鄉知青僅占總數的 30% 左右。不安心的原因，除了生活艱辛、勞動繁中意外，主要是認為在農村沒有前途。」〔註 11〕現實中的「高三星」們動搖了，路遙只不過是其中很普通的一個。

　　隨著 1963 年知青工作重心逐漸轉向城市知青的動員、安置，「文革」再教育理論掀起上山下鄉高潮，加上期間又有幾次嚴重的返城風波，回鄉知青不再成為國家關注的重點，農村知青紮根農村，彷彿越來越成為天經地義的事。紮根故事在《父子倆》裏曇花一現，路遙大約也清楚這個故事沒有多大搞頭。高三星太普通了，他甚至連回鄉知青的身份都不明確，很可能只是一個普普通通的農民。路遙愛讀報，不知道《父子倆》的這段插曲是否受到「柴春澤」事件的啟發。城市青年柴春澤中學畢業後主動請纓要到艱苦的內蒙翁牛特旗插隊落戶，1973 年他接到父親的一封家信，稱有一個招工回城的機會，不可錯過。柴春澤覆信斷然拒絕了父親的建議。這封信後來以《敢於同舊傳統觀念決裂的好青年》為題刊登於 1974 年 1 月 5 日的《人民日報》上，柴春澤把個人的紮根選擇上升到批判資產階級法權的高度，一舉成名，隨後開展「深入批鄧、反擊右傾翻案風」，更使柴春澤被樹立為由國務院知青辦全面宣傳的反潮流典型。

　　柴春澤的信中有一段對父親指病根、開藥方的話：

　　　　革命老前輩，抗日戰爭扛過槍，解放戰爭負過傷，有的抗美援朝還跨過鴨綠江，這只能說明過去，現在同樣必須堅持無產階級專政下繼續革命。而無產階級專政下的繼續革命，離不開消滅私有制，決裂舊觀念，違反了這一觀點，就是搞修正主義的開始……爸爸，我現在百分之百地需要你對我進行紮根教育，我不同意你這拔根教育。〔註 12〕

　　在《父子倆》中，高三星也從回憶往事入手對父親進行了一番心理剖析：

　　　　爸爸曾經歷了一個多麼可怕的前半世！地主的皮鞭和資本家

2009 年，第 13 頁。

〔註11〕劉小萌：《中國知青史——大潮（1966～1980 年）》，北京：當代中國出版社，2009 年，第 26 頁。

〔註12〕《敢於同舊傳統觀念決裂的好青年》，《人民日報》1974 年 1 月 5 日。

　　的文明棍曾給他的身上留下了受屈辱的「紀念」——傷疤。同時，
也給他小生產者的心靈裏留下了很難癒合的舊意識的創傷。

　　　　你的病根在這裡，要好好療治哩。

　　同樣是父子較量，同樣是「文革」兩條路線鬥爭的對應物，紮根故事成
爲一個寓言，代表了「革命接班人」受洗前的最後宣誓。然而它們之間的差
別也昭然若揭，即使暫且不討論知青政策對城籍知青的特殊「照顧」，城市出
身「紅二代」的紮根故事，也根本無法代表農村出身的「農二代」面對「拔
根」誘惑時的焦灼與堅持。

　　然而，路遙筆下的高三星還是簡簡單單地成爲報紙上各類典型人物的翻
版。這幾乎是路遙早期習作中一直難以擺脫的弊病。它們其實都有著報刊通
訊式的整齊風格，絕不拖泥帶水，以生動具體的人物事件落實政策宣傳。只
有初中文化水平的農村文學青年路遙，不可能接觸大量的文學藝術經典，縣
文化館和新華書店裏的畫報、雜誌，才是他最初學習文藝創作的重要資源。
而當他以實習記者身份走鄉串戶，爲工作需要寫通訊，同時也攢私貨爲小說
積累素材時，他一定吃透了政策需要與文藝宣傳之間的緊密關係。《優勝紅
旗》〔註13〕寫的是社會主義勞動競賽，《基石》〔註14〕寫的是老革命搶險救
災，《銀花燦燦》〔註15〕歌頌扶苗救棉的女社員，《燈火閃閃》〔註16〕歌頌水
電建設大軍，《不凍結的土地》〔註17〕讚揚爲撬凍土保莊稼不畏嚴寒的老農
民……讀者很難從這些故事中讀出獨具「路遙」個人觀感的東西，但它們的
順利發表也昭示了路遙的成功。

　　於是，本可能打開作家心門的《父子倆》，終於還是選擇了「不冒險」。
爲什麼高三星不能去上大學呢？報考了大學他就不能再回來「改變咱乾河畔
的面貌」了嗎？高三星看到了舊社會給高老漢留下的痛，卻不問生活在新中
國的新農村近二十年，老漢爲何依然做著讓兒子考功名、當「公家人」的舊
夢？若再仔細整理高老漢的思路，讓高三星上大學的籌碼不是知識，而是政
治表現，這裡似乎也已經暗示出「推薦上大學」政策節外生枝的弊病。可以
想像，就算高三星沒有交決心書，這個出身農民、積極參與社會主義建設、

〔註13〕路遙：《優勝紅旗》，《陝西文藝》，1973 年創刊號。
〔註14〕路遙：《基石》，《山花》，1973 年第 15 期。
〔註15〕路遙：《銀花燦燦》，《陝西文藝》，1974 年第 8 期。
〔註16〕路遙：《燈火閃閃》，《陝西文藝》，1975 年第 1 期。
〔註17〕路遙：《不凍結的土地》，《陝西文藝》，1975 年第 5 期。

一顆紅心的民兵隊長，仍然有可能成為公社推薦上大學的首選人物。而高老漢所說的「精」，恰恰是因為他瞄準了兒子這種憑藉其特殊身份享有特殊待遇的優勢。如果路遙多給「公社書記」一些筆墨，不難發展處一條「走後門上大學」的故事線索，那麼，張書記或許就會成為《人生》中的反面人物高明樓，又或者是路遙「人生」中的恩人申易。可惜，《父子倆》還是這樣草草收筆了，而高三星的故事還沒有真正開始。

1.1.3 《高家兄弟》：紮根教育的內在危機

相比《父子倆》的單薄，陳忠實早兩年同樣發表在《陝西文藝》上的《高家兄弟》，格局就要大得多。小說開篇也套用柳青的《創業史》，以題敘的形式追述了高家兩代人從解放前到新中國討生活、建家業的全過程。然後圍繞1973 年大學恢復招生、村支部討論推薦人選問題的衝突，將高家兄弟倆的分歧一步步放到路線鬥爭的政治舞臺上。現任黨支部委員兆豐毅然投了弟弟兆文的反對票，推薦另一名赤腳女醫生秀珍上學，批評兆文不顧生產、滿腦子個人主義。小說主線是兆豐對兆文進行「紮根教育」，其它持正反意見的若干人物逐一登場：兆豐的老婆婦女隊長玉蘭支持兆豐，但原因僅僅是黨員幹部在利益面前必須堅決退後；秀珍沒信心，覺得自己文化水平低，不如兆文受教育將來為家鄉做的貢獻大；公社文教幹部祝久魯要為兆文上學打通關節，主張把真才實學的好青年用到發展國家科學的大事業上……兆豐的任務很艱巨，他不僅僅要為弟弟找病根，還要釐清各種不夠「革命」的半弔子思想，教育弟弟的同時，自己還要接受「再教育」：什麼才是真正的兄弟之「愛」？「文化大革命」批判的修正主義教育路線究竟「壞」在哪裏？72 年由貧下中農推薦的辦法為什麼行不通了，今年用分數錄人的政策就是正確的麼？雖然小說的結尾照例是由掌握真理的黨支書記出場辨明是非，兄弟和好，皆大歡喜，但《高家兄弟》對政策的圖解與宣傳至少多了些擴展性討論，而英雄人物從出場到落幕也有了一個思想不斷成熟的變化過程。

也難怪陳忠實迅速以《高家兄弟》、《公社書記》等作品大受好評，成為70 年代被陝西文壇普遍認可的青年作家。1975 年元月，路遙和陳忠實同時參加《陝西文藝》編輯部主板的工農兵作者創作座談會，在後來刊載的會談紀要中〔註 18〕，陳忠實的發言大段被轉述，路遙只是被點名提及。在一篇

〔註18〕 《努力創作更多更好的社會主義文藝作品——《陝西文藝》編輯部召開工農

總結陝西省近兩年短篇小說創作的評論文章中，批評家讚賞了路遙在《優勝紅旗》中展示的文學天賦，但對陳忠實的評價則更高、占去了更多篇幅〔註19〕。在海波的回憶中，路遙是很在意名氣的，「當時，路遙在陝北是首屈一指的新秀，但放在全省就不一樣了，和他處在同一水平線上的還有好幾位。無論從成就還是實力方面看，他並不佔優勢，這令他非常著急。……他讓我看他寫的短篇小說《不會作詩的人》，同時還要我看看陳忠實的《高家兄弟》和賈平凹的《姚生枝老漢》，意思是比較一下。我看了後感覺陳、賈的兩篇比他的強，就率直說了自己的看法。他聽了，好一會沒有說話，再開口時已把話題引到其它方面去了。儘管他仍舊談笑風生，但我能感覺他的迷茫和焦急。」〔註20〕

其實，陳忠實的小說，寫得比路遙「笨」。從語言上看，《高家兄弟》裏不斷出現「反革命修正主義教育路線」等口號標語式的句子，人物說起話來像革命樣板戲，不如路遙貼近農村鮮活的口語俗語。從政治敏感度上看，同樣是緊跟形勢，陳忠實不如路遙懂得點到為止。路遙的機巧，是他既在舊題材中套入新內容，以「路線鬥爭」捆綁銷售「教育革命」，打出一張安全牌，又仰仗高三星自始至終的堅定信念，迴避開了過多討論政策形勢可能出現的紕漏。陳忠實則寫的太多。例如從身為幹部的兆豐拒絕包庇弟弟的事跡來批「走後門」也就夠了，陳忠實偏還要多寫一個受人尊敬的教師祝久魯：「你先回去，好好勞動，要相信，國家是需要人材的」；「務莊稼，餵牲畜，我沒你精；文化教育的事，我比你接觸得多些！科學這東西，是硬的，要真才實學，衛星不是憑口號能喊上天的！」；「我是為國家負責」……這些話本來只是為了羅列修正主義教育思想的罪證，但祝久魯說得誠懇，反而暴露出教育革命政策中「勞動」、「生產」與「現代知識」、「技術革新」之間存在的衝突。陳忠實用許多筆墨描寫兆豐的體力勞動之「美」，但他也寫兆豐努力學珠算、識字讀文件，還「一定要叫兆文把書念好，鬧社會主義；兆豐反對的不是弟弟上學，而是兆文的動機，所以必須先通過紮根教育改造世界觀，但如果舊學校把兆文變得不像貧下中農了，教育革命的新路線就一定能保證「知識」不會再使青年們脫離農村麼？就這樣，陳忠實在小說裏給自己出了許多難

兵作者創作座談會的情況報導》，《陝西文藝》1975 年第 2 期。
〔註19〕 延眾文：《新的人物，新的世界──談談我省近兩年來的短篇小說創作》，《陝西文藝》1975 年第 1 期。
〔註20〕 海波：《我所認識的路遙》，《十月》2012 年第 4 期。

題。

　　1975 年座談會，陳忠實談起《高家兄弟》的緣起，說是因為不滿於當時招生工作中普遍的走後門現象，才有了動筆諷刺的念頭，但後來經過幹校學習後，又覺得「只著眼於批評那種不正之風，思想太低，教育意義有限。……在我們黨和革命隊伍中，在工人階級、貧下中農和解放軍裏，有無數保持著延安精神和發揚黨的光榮革命傳統的好同志，他們立黨為公，不謀私利……這才是我們生活的本質和主流……」〔註 21〕。拐錯了一個彎，陳忠實才懸崖勒馬，抓住「本質和主流」。但或許也因為陳忠實的「笨」，《高家兄弟》才得以比《父子倆》更豐富、更耐讀。

　　然而，不管是路遙還是陳忠實，即便他們在語言、人物心理描寫上都師法柳青，也再不及柳青當年的大氣。同樣可以被讀作一種紮根故事，柳青沒有阻止改霞自己面對招工進城的機會做一番人生抉擇：是為了追求個人生活理想，還是為了實現支持國家工業化的革命理想，柳青容許改霞的心裏有矛盾、有辨不明的曖昧，而不是讓她像高三星一樣表決心，或者像兆文那樣乖乖接受梁生寶的改造。柳青不是為了樹一個壞典型，他就是要讓改霞走出去，把評判留給後人。從「農村姑娘」到「新型婦女」，改霞的困惑，也是社會主義實踐在農村必然遭遇的問題。柳青沒有急於給出答案，而正是這種對理解國家政策、政治動員預留一些歷史空間的認識，使得《創業史》有可能超越「當代性」的限制，給讀者更多「歷史性」的思考。

　　「文革文學」成規沒有給路遙、陳忠實們留下這樣的空間。從「十七年」小說到「文革文學」，正如洪子誠所說，後者雖然並沒有整體推翻「十七年」的文學成規，但「政治的直接美學化」更改了「這些命題、規定內部的結構關係」：文革文學「明確了『社會主義建設和鬥爭』和中共領導的革命的絕對地位」。塑造工農兵英雄人物成為嚴格規定、不得稍有違反的律令，且「不允許有什麼思想性格的弱點」〔註 22〕。與「文革文學」有染的路遙、陳忠實們，難免要帶著腳鐐起舞，但這段經歷，也的的確確成為他們進入新時期文學的基石。

〔註21〕《努力創作更多更好的社會主義文學作品——〈陝西文藝〉編輯部召開工農兵作者創作座談會的情況報導》，《延河》1975 年 2 期。

〔註22〕洪子誠：《當代文學史》，北京：北京大學出版社，2010 年，第 208 頁。

1.2 「交叉地帶」的發現：土著知青的「古典」愛情

1.2.1 《姐姐》：另一種知青小說

　　1969 年，因涉嫌武鬥命案，路遙被免去了剛任期一年的縣革委會副主任職務，回村務農。這恐怕是他人生中最失意屈辱的時候，本來十九歲就是縣團級，前途不可限量，卻一夜之間化爲泡影。據說在他被隔離審查期間，還收到了初戀愛人林紅的絕交信。這是一個心高氣傲的農村小夥（回鄉知識青年）和一個來自北京的美麗女知青之間的愛情故事，故事的結尾，男兒逞英雄把唯一的招工名額讓給了他的愛人，而回城的少女卻再也沒有回來。很多年後，「癡心女子負心漢」或「癡心男子負心婆」，幾乎成爲路遙作品中最愛用的「俗套」，但有趣的是，故事背後與知青一代有關的歷史印記卻漸漸被淡忘。

　　要理解這一段人生變故對路遙創作實踐的影響，不妨從他 1981 年的短篇小說《姐姐》〔註23〕開始。姐姐是村裏最漂亮的姑娘，姐姐也算的上農村知識青年，高中畢業，只是碰上鬧「文革」，考大學和招工都沒指望了，只好在農村裏勞動，不過姐姐能吃苦，「村裏人都說她勞動頂個男人」。這樣令全村人驕傲的姐姐，卻愛上了省裏來的插隊知青、「特務兒子」高立民。這又是一段古典愛情：「落難書生，小姐搭救，私定終身，考中狀元」，但愛情的結局卻不是「衣錦團圓」。粉碎「四人幫」後，立民的父母平反昭雪，立民考上北京的大學，像路遙一樣，姐姐只等來了一封信：

　　　　我不得不告訴你：我父母親不同意咱們的婚事（你大概在省報上看見了，我父親又當了副省長）。他們主要的理由是：你是個農民，我們將來無法在一起共同生活。我提出讓它們設法給你安排個工作，但他們說他們不能違背《準則》，搞「走後門」這些不正之風，拒絕了我的請求。父母親已經給我找了個對象，是個大學生，她父母和我父母是老友，前幾年又一同患過難。親愛的小杏，從感情上說，我是愛你的。但我父母在前幾年受盡了折磨，現在年紀又大了，我不能再因爲我的事兒傷他們的心。再說，從長遠看，咱們若要結合，不光相隔兩地，就是工作和職業，商品糧和農村糧之間存在的現實差別，也會給我們之間的生活帶來巨大的困難。由於這

〔註23〕路遙：《姐姐》，《延河》1981 年第 1 期。

些原因，親愛的小杏，我經過一番死去活來的痛苦，現在已經屈服
了父母——實際上也是屈服了另一個我自己。我是自私的，你恨我
吧！啊，上帝！這一切太可怕了……

立民是有理由的，他愛小杏，但他也要孝敬父母。立民的父母也是有理
由的，黨爲他們平反覆職，他們又怎麼能違背黨性「走後門」呢。就像後來
很多研究者指出《人生》中路遙給予高加林太多同情，路遙似乎並不忍心把
立民寫成一個忘恩負義的花花公子，也不願意借被害人之口血淚控訴他虛僞
的辭藻。路遙寫道，「那些年這個人是夠恓惶的了」，「孤孤單單的，像一隻入
不了群的乏羊」，破衣爛衫、食不果腹，也許注定要當一輩子反革命的兒子。
高立民是「血統論」的受害者，是需要被新時期話語撫平創痛的人，這像極
了「傷痕文學」的敘事主題。批評家曾鎮南就指出：「作者還力圖不把立民寫
成簡單的壞胚子，使他的痛苦流露幾分眞誠，以加深對愛情悲劇的社會原因
的揭示。」〔註24〕而最後那段有關工作和職業上城鄉區隔的論述，更像是作
者忍不住越俎代庖，突然爲主人公插入了一個脫出歷史情境的強有力的辯
詞，彷彿在說，立民跟小杏一樣，都只不過是被城鄉二元制度犧牲的可憐人
兒。

於是，道德審判缺席，小說迅速轉向一個不知是絕望還是黑暗中透出光
明的結局。這幾乎就是幾個月後寫成的《人生》結尾的草擬：

> 爸爸一隻手牽著姐姐的手，一隻手牽著我的手，踏著鬆軟的雪
> 地，領著我們穿過田野，向村子裏走去。他一邊走，一邊嘴裏嘟嘟
> 囔囔地說：「……好雪啊，這可眞是一場好雪……明年地裏要長出好
> 莊稼來的，咱們的光景也就會好過了……噢，這土地是不會嫌棄我
> 們的……」姐姐，你聽見了嗎？爸爸說，土地是不會嫌我們的。是
> 的，我們將在這親愛的土地上，用勞動和汗水創造我們自己的幸福。

如果沒法審判絕情之人，就只能讓土地慰藉她的女兒。不論當年林紅的
信中是否有與高立民一般的懺悔，也不論當年的路遙，是否眞如小說中的姐
姐那樣放下了被背叛的憤恨、回歸到質樸的鄉村倫理，《姐姐》都可以被看作
路遙以自己爲原型的一次記憶書寫。

對照路遙自己的愛情故事，《姐姐》的寫法很耐人尋味。路遙刻意把姐姐

〔註24〕曾鎮南：《向現實的深處開掘——讀〈延河〉陝西青年作家小說專號》，《延河》
1981 年第 3 期。

寫成了一個普通農婦。從小說一開頭,被迫棄學的姐姐就一點也不嫌棄艱苦
的勞動,甚至還非常愉悅。姐姐就是後來巧珍的前身,粗淺的文化教育沒有
讓她養成高加林式的志氣與清高,姐姐也從未想過要改變自己的農民出身。
路遙有意淡化了姐姐從知識青年向一個徹底的農民轉變過程中可能遇到的各
種心理問題與現實問題,給姐姐埋下了樸素的紮根熱情。這或許具有一定的
歷史真實性,但它也在寫法上讓小說人物與原型刻意疏遠開來。可以設想,
如果姐姐被塑造成像當年的路遙那樣已初具文名的農村知識青年,小說還可
以按照這樣的邏輯寫下去麼?土地真的可以慰藉姐姐麼?高歌曾特意描述路
遙被打回原籍後勞動的情景:「迫於生計,他吆起牛,耕開了地,穿上一件亮
紅亮紅的線衣,扶著步犁,單調地來回於對面山上」,大媽還在一旁嘮叨王家
老陵沒有當官的風水〔註25〕。路遙此時心裏的苦,恐怕千言萬語都道不盡,
但在《姐姐》中,從讀書到棄學,從可能走入另一個世界的鳳凰女跌落回一
地雞毛的農舍,路遙用倉促而又詩意的筆法分擔掉了與姐姐同命相憐的沉重
感。而只有當小說映像到路遙真實的個人經歷時,文本內部才會漸漸張開它
無法自圓其說的縫隙。

　　不妨想像,如果林紅在若干年後加入新時期知青文學書寫的行列,她會
如何敘述這段往事呢?路遙或許會被敘述成田園牧歌的黃土地上用心呵護
自己的好哥哥,或許只不過是她孤獨無依時的寄託、說服自己紮根農村時的
最後一點安慰。或許就像韓少功《遠方的樹》那樣,林紅就是插隊知青田家
駒,路遙就是純樸的農村姑娘小豆子,田家駒有了城裏的蛋糕牛奶,就不稀
罕小豆子的楊梅醬了。而進廠後嫁給軍官的林紅,或許也曾像田家駒一樣在
體驗過回城的諸多艱辛與挫敗後,感到一絲後悔與惋惜。但最後,「他想通
了。也許,愛情不過是愛情。即使是最美麗的兒女情長,能夠當飯吃?作衣
穿?能夠解決能源問題和經濟危機?能夠代替畢加索和愛因斯坦?……需
要拋棄什麼,就拋棄吧。人要鬥爭和前進,不能把好事都占全。不要奢望完
美。」〔註26〕。田家駒為了實現畫家夢才辜負了小豆子,那麼林紅棄路遙而
去是不也有許多難言之隱?這是「傷痕文學」主題下的知青記憶,林紅們的
悔恨和哀痛正佐證了「文革」對青春的埋葬、對心靈的扭曲。借助新時期意

〔註25〕 高歌:《困難的日子紀事──上大學前的路遙》,引自《路遙十五年祭》,李建
　　　　軍編,北京:新世界出版社,2007年11月,第44頁。
〔註26〕 韓少功:《遠方的樹》,《人民文學》1983年第5期。

識形構的知青文學，林紅和路遙的故事是可以被重新敘述的，林紅們即使有過背叛與委曲求全的時候，也同樣是歷史的受害者，需要被理解與寬慰。

在這樣的知青文學版圖裏，沒有路遙的位置。這多少可以解釋爲何路遙雖然也在 79～81 年間寫過幾個以知青爲主角的小說，但直到 1981 年的《姐姐》，才改頭換面地把自己這段經歷寫出來。楊健曾在《中國知青文學史》中一針見血地指出知青文學自 60 年代以來對農村知青群體的忽視，並以路遙的《人生》作爲一次創作回潮的標誌，但「導致這一題材作品出現的因素，並不是農村知青代言人的出現，也不是回鄉知青自我意識的蘇醒，而是由於『改革文學』對農村政治問題的關注，它是作爲『改革文學』的農村題材出現的。」〔註 27〕楊健的敘述提醒我們注意知青運動中城籍知青與回鄉知青的歷史隔膜。土著知青路遙，沒辦法在 1981 年用知青文學的感傷、悔恨或鄉戀，講圓這段鄉村愛情。放在新時期初的文學思潮中，《姐姐》是個彆扭的文本，它緣於「傷痕主題」下的知青故事，卻又在姐姐無非被簡單歸罪於「文革」的「傷痕」上止步；它把「反思」的界限推至由來已久的「城鄉分治」，但在「改革文學」所希望主導的積極的歷史烏托邦圖景中，又不能給主人公更多時間去迷惘與徘徊。小說中「知青返城」、「恢復高考」剛剛拉開「新時期」歷史轉軌的序幕，一條分界線就慢慢顯影，立民們的舊傷還未撫平，新的陣痛已迫不及待地在姐姐們身上發作。

回到小說的結尾，「土地是不會嫌棄我們的」。——這不也是許多知青小說中曾撩動主人公心弦那最詩意的聲音麼？這是梁曉聲的「神奇的土地」、孔捷生的「南方的岸」，還是曾與林紅同一批插隊延川縣的史鐵生的「遙遠的清平灣」。但是，姐姐的土地並沒有這許多詩意，它不是站在城市裏回望鄉村時發現的風景，而是她逃不脫的宿命。雪景雖好，但只有當它可以爲來年帶來一粒粒飽滿的莊稼果實時，它才是美的。這兩者之間的隔膜，恐怕才是路遙當年的眞實體會。

1.2.2　回鄉知青的文學夢：想像的共同體

路遙比姐姐幸運，最終與另一位北京知青林達結爲伉儷。《延川縣志》載：「1969 年 1 月 23 日，北京 1300 多名知識青年來本縣插隊落戶。」〔註 28〕據

〔註 27〕楊健：《中國知青文學史》，北京：中國工人出版社，2002 年版，第 329 頁。
〔註 28〕《延川縣志》，延川縣志編纂委員會編，西安：陝西人民出版社，1999 年 10

《1962～1972 年城鎮知識青年跨省區下鄉人數統計表》所示,安置於陝西省插隊知青人數全國總計 2.62 萬,全數為北京市來的插隊知青〔註29〕,這恐怕是知青山上下鄉運動中非常特殊的現象。來延川插隊的北京知青大多是來自101 中學、清華附中等重點學校的優秀學生,他們帶著革命理想主義的激情和帝都的純正血統來到這片土地上。在後來許多關於路遙的回憶文字中,「這些北京知青和陝北黃土地上的青年那種一眼即可分辨的差異(從談吐、舉止、做派、到教養、氣質及知識層面)都深深地觸動著路遙的心靈」〔註30〕,回憶者多半把它歸之為一種巨大的心理落差和不平衡,並且成為催促路遙重新思考人生目標、走出鄉村的極大動力。李小巴就回憶道,「一天傍晚,他陪我在小縣城裏逛,他笑著對我說:『北京知青來了不久,我心裏就有種預感:我未來的女朋友就在他們中間。』我當時聽了十分驚異,我認為這是不可能的事。我幾乎認為這是一個不量力的陝北後生在口吐狂言。」

在李小巴眼裏,路遙心中「落難書生,小姐相救」的夢,不過是癩蛤蟆想吃天鵝肉。就算路遙在回鄉知青裏也算佼佼者,但回鄉知青畢竟不是落難的公子。「文革」十年中,雖然回鄉知青的人數數倍於下鄉的 1400 多萬城鎮知青,但始終不是政府工作、輿論關心的重點。1970 年 3 月國務院專門在北京市召開了延安地區插隊青年工作座談會,此後為了遏制知青被歧視迫害等惡性事件發生,專門從北京市抽調了一批帶隊幹部負責監管知青的勞動、學習、上調等。這種政策上的照顧突顯了知識青年在農村的特殊身份:「他們雖然穿著農民衣,接受著農民的『教育』,卻享受著一些農民永遠無法獲得的優惠……下鄉知青並沒有成為名符其實的『社會主義新型農民』,而是成為農村中的一個特殊群體。他們非農、非工、非學,在城市人眼裏雖是『半個鄉下人』,但在農民眼裏,卻是不折不扣的『公家人兒』(陝北農民稱知識青年為『公家人兒』,以與自身區別,的確言簡意賅,精當無比。)」〔註31〕另外,在若干年後的招生、招工中,分配政策也更傾向於插隊知青,插隊時間甚至

月,第 38 頁。
〔註29〕 劉小萌:《中國知青史──大潮(1966～1980 年)》,北京:當代中國出版社,2009 年 4 月,第 112 頁。
〔註30〕 《星的隕落》,曉雷、李星主編,西安:陝西人民出版社,1993 年 6 月,第164 頁。
〔註31〕 劉小萌:《中國知青史──大潮(1966～1980 年)》,北京:當代中國出版社,2009 年 4 月,第 279 頁。定宜莊:《中國知青史初瀾(1953～1968 年)》,北京:當代中國出版社,2009 年 4 月,216～224 頁。

可以計算入工齡作爲補償。

　　同樣是陝籍作家農民出身的賈平凹，就曾感嘆土著知青與插隊知青的地位懸殊：「在我的經歷裏，我那時是多麼羨慕著從城裏來的知青啊，他們敲鑼打鼓地來，有人領著隊來，他們從事著村裏重要而往往是輕鬆的工作，比如赤腳醫生，代理教師，拖拉機手，記工員，文藝宣傳隊員，他們有固定的中等偏上的口糧定額，可以定期回城，帶來收音機，書，手電筒，萬金油，還有餅乾和水果糖。他們穿西褲，脖子上掛口罩，有尼龍襪子和帆布褲袋，見識多，口才又好，敢偷雞摸狗，能幾個人圍著打我們一個。更喪人志氣的，是他們吸引了村裏漂亮的姑娘，姑娘們在首先選擇了他們之後才能輪到來選擇我們。」〔註 32〕城市戶口在物資職業分配上享受的優惠，吃「公家糧」的清閒，這些即使對於一個普通的農民來說，也是有極大吸引力的。而西褲、尼龍襪子、萬金油等，更直接照出插隊知青不同於土著知青的精神氣質。插隊知青離開了城市，卻以這種方式把「城市」搬到了鄉村。

　　但與賈平凹的憤懣不同，路遙似乎並沒有在這種隔膜中感受到許多不適。如果說賈平凹從切切實實的城鄉物質差距中看到了所謂「知識」背後的等級，那麼在路遙看來，「知識」恰恰與「愛情」一樣，它們與具體物質之間的隱秘聯繫是可以被剝離掉的。而 70 年代的「文學」就是這樣一種知識，爲路遙提供了一條與北京知青共享同一個精神世界的出路。

　　「文學社團」、「同人刊物」，這些後來通常被聯繫到「文革」地下文學、青年獨立思潮上去的語彙，同樣可以被用來講述路遙體制內的創作起點。進「縣革委會通訊組」、「縣工農兵文藝創作組」、「工宣隊」搞編創，以通訊員身份走訪全縣各個農業學大寨的先進典型，跟著曹谷溪等人辦文學小報，即使是緊跟形勢的作品，也使路遙眞正躋身於延川文藝創作隊伍的名人堂中。然而有趣的是，這種名分的獲得，恰恰是以路遙的農民出身爲基礎的。1972年、73 年的《陝西日報》、《人民日報》點名表揚了路遙，「城關公社劉家圪嶗大隊創作員王路遙同志，一年中創作詩歌 50 餘首，其中有 6 首在報刊上發表」〔註 33〕，「劉家圪大隊回鄉知識青年王路遙，在農業學大寨的群眾運動中，親眼看到廣大貧下中農發揚自力更生、艱苦奮鬥的革命精神，……他一邊積極參加集體生產勞動，一邊利用業餘時間搞創作……熱情地歌頌了人

〔註32〕賈平凹：《我是農民——鄉下五年的記憶》，《大家》1998 年第 6 期。
〔註33〕《〈山花〉是怎麼開的？》，《陝西日報》1972 年 8 月 2 日。

民群眾的革命精神和爲社會主義革命和社會主義建設多做貢獻的精神風貌……」〔註34〕。留意報上提及路遙名字前的修飾語就可以知道，路遙的作品被當作「工農兵」創作主體的成績獲得大力宣傳的。當時延川縣除了一個農具修理廠，沒有別的工廠，除了縣中隊，沒有別的駐軍，而所謂延川縣工農兵文藝創作組的骨幹成員中，陶正是清華大學紅衛兵插隊延安，聞頻是中學老師，只有路遙才是眞正的農民。

這多少有些反諷。60、70 年代旨在消除三大差別的知青運動，讓路遙得以躋身北京插隊知青中深切地體會到了城鄉二元結構下的階層差別；而某種意義上，又是「文革文學」的制度安排和組織形式，使得路遙有可能以文學爲通道，獲得對階層差別的想像性超越，甚至與北京來的知識青年合筆，爲他自己所從屬的農民階級正名。例如，路遙與曹谷溪、陶正等人創辦的詩刊《山花》，就是 70 年代初「文革文學」體制下號召開展群眾寫作「新詩運動」的一部分，「它的使命是使之成爲工農兵業餘作者交流的場所，豐富革命群眾的文化生活」。而當時文教局支持下的毛澤東思想文藝宣傳隊，也雜糅了來自北京的下鄉知青和大多數來自農村的業餘文藝愛好者〔註35〕。

從 1970 年左右到 1976 年，路遙就是這樣一個戶口在農村，人在縣城工作的業餘文藝工作者。名義上是縣文藝宣傳隊的編劇，每月能領十八塊錢工資，脫產搞創作。同時又以農民身份參加各種會議、學習班，不光不交伙食費，還能有六毛錢的誤工補貼。直到 1976 年大學畢業被分配到《陝西文藝》編輯部工作，眞正成爲城市戶口的「公家人」，成爲批評家李星所說的「農裔城籍」作家。路遙不能以（插隊）「知青作家」或「右派作家」的主體位置加入到新時期「歸來者」的書寫中去，無論是階級出身，還是文學青年初涉文壇的作者形象和他所習得的文學成規，這段特殊的歷史經驗都已經決定了路遙無法擺脫這種始終居於夾層中的寫作狀態：「我是一個血統的農民的兒

〔註34〕 《重視群眾文藝創作，牢固佔領農村思想文化陣地》，《人民日報》1973 年 11 月 30 日。

〔註35〕 參見〔日〕安本實：《路遙的初期文藝活動──以「延川時代」爲中心》，《路遙評論集》，李建軍編，北京：人民文學出版社，2007 年。另，陝西省延安地區革命委員會政工組編寫了兩輯《知識青年在延安》，宣傳知青紮根熱情，讚美陝北老區貧農對知青的關愛，其中就有路遙的妻子林達的作品《在燦爛的陽光下》，內容是自己在延川縣接受貧下中農再教育三年中，參觀毛主席太相寺故居時的體會，要做貧下中農的好兒女。輯中還有谷溪的《山村紅醫》，陶正的《風雨中》等。參見《知識青年在延安》，1971 年 9 月第 1 輯，1972 年 11 月第 2 輯。

子。……我較熟悉身上既帶有『農村味』又帶有『城市味』的人，……這是我本身的生活經歷和現實狀況所決定的。我本人就屬於這樣的人。」〔註 36〕如果說地處城鄉結合部的「縣城」中學，在眞實地理空間意義上第一次讓路遙體驗到他後來所說的「城鄉交叉帶」，那麼躋身於北京插隊知青中，徐徐打開愛情故事與小說人生的第一頁，就是他在心理空間上對「城鄉交叉帶」的第二次體驗。

1.2.3　「交叉地帶」：看見「城市」的兩種方法

　　以回鄉知青身份出入北京插隊知青的文學小圈子，給路遙製造了一個參照另一群體或社會階層重新打量自己的機會：「我」是誰？「我」過著怎樣的生活？「我」的出路在哪裏？美國社會學家默頓曾用「參考群體」理論解釋一種「相對剝奪感」的發生，當「一個群體的成員把原則上他並不歸屬的那個群體的規範當作正向框架。……對於期望無以兌現，希望成爲泡影的個人來說，預期社會化就出現了負功能」〔註 37〕。「相對剝奪感」的重心不是「剝奪」，而是在新的參照系下才可能「相對」發生的「邊際人」效應，路遙就是這樣一個主動脫離其隸屬群體、又在封閉社會結構中無法進入到參考群體中去的「邊際人」，而「交叉地帶」其實就是自我認同發生危機時刻的空間隱喻。

　　然而從地理與國家發展的區域規劃來說，城鄉「交叉地帶」其實一直存在著，從社會分層的等級結構來說，「相對剝奪感」也時有發生，正如蔡翔所分析的，這本身就是社會主義在「革命之後」的語境中必然面臨的問題，即平等主義與社會分層之間的矛盾：「一方面，它強調平等，另一方面在現代性的制約下，又同時對社會重新分層。這個社會分層實際包括了三個方面：第一是幹部和群眾的差別；第二是腦力勞動和體力勞動的差別；第三是城市和鄉村的差別。一個無差別的社會實際上不可能存在，社會主義也是如此。」〔註 38〕閻雲翔在下岬村的田野調查中，也指出了社會主義等級制度結構的三個基本要素：一是村集體對農民生活的全面控制，通過黨的幹部依靠權力強制實施，官本位的等級制度造成了幹部與群眾的差別；二是「自從 50

〔註 36〕　路遙：《關於〈人生〉和閻綱的通信》，《作品與爭鳴》1982 年第 2 期。
〔註 37〕　〔美〕羅伯特・K・默頓：《社會理論和社會結構》，唐少傑等譯，北京：譯林出版社，2008 年，第 375 頁。
〔註 38〕　蔡翔：《革命・敘述：中國社會主義文學：文化想像：1949～1966》，北京：北京大學出版社，2010 年，第 367 頁。

年代後期以來得到官方認可的城鄉之間的分離與不平等」。這兩點與蔡翔的分析相符,但他還特別指出了第三點,「毛澤東時代社會流動中的階級路線和紅色道德標準爲社會主義等級制度提供了一種強有力的意識形態依據。……賦予貧下中農較高的社會地位和精神上的一種優越感(自來紅)。」〔註39〕這種「革命的窮棒子」心態,甚至讓改革後的農民,面對經濟政治上都翻了身的原「四類分子」,仍然可以有「咽不下這口氣」的驕傲。

這裡存在著一個被柄谷行人稱之爲「認識裝置」的東西:以什麼樣的眼光觀察別人的生活?以什麼眼光看待自己?在不同的認識裝置下,人與人、階層與階層的差別可以通過不同形式被再現、被看見、被忽略、或者被壓抑,而自我認同就是在這個「看」與「被看」的相互關係中完成的,並有可能以此建立一種全新的關於主體位置的期待與想像,在這個位置上個體得以能動地參與到生活世界中去。可以說,階級分析的理論語言,就是這樣一個「認識裝置」:「階級不僅意味著一種客觀的社會結構,而且還存在於表達結構之中,表現爲區隔、思想的傾向、風格和語言。更進一步說,主體能動性並不僅僅體現於對客觀行動的選擇,而且表現在對表達性思想和態度的選擇。」〔註40〕特別是從解放前至「十七年」土改經驗中形成的關於階級劃分與階級鬥爭的思考,「階級」並不僅僅以經濟因素的生產資料佔有爲唯一標準,還要關涉到勞動分工、生活方式、教育程度、階級意識與政治組織等多個方面。

比如關於「什麼是農民」的理解,從客觀性現實來說,它當然是被戶籍身份劃分捆綁在資源相對匱乏的土地上、甚至必須爲國家工業化完成資本原始積累的階層,它承受了太多社會主義制度性的歧視;但從表達性現實來說,它又是中國革命的主體,就像土地改革中「翻身」的實質,並不僅僅是使農民在經濟上富裕起來,更是要在一種新的階級關係描述中,讓農民接受一套全新的關於什麼是「美」、什麼是「高貴」、什麼是「幸福」、「誰養活誰」、「我與土地的關係」等問題的答案,「把自己從自然和社會力量的被動的受害者,轉變爲一個新世界的積極的建設者」〔註41〕,從而眞正獲得擺脫被奴役地位

〔註39〕閻雲翔:《中國社會的個體化》,陸洋等譯,上海:上海譯文出版社,2012年,第40頁。

〔註40〕黃宗智:《中國革命中的農村階級鬥爭──從土改到文革時期的表達性現實與客觀性現實》,《中國鄉村研究(第二輯)》,北京:商務印書館,2003年,第69頁。這裡借用黃宗智「表達性現實」與「客觀性現實」的理論表述。

〔註41〕韓丁:《翻身──中國一個村莊的革命紀實》,韓倞譯,北京:北京出版社,

的主體意識和尊嚴感。客觀性現實與表達性現實之間的脫節是不可迴避的問題，特別是在 60〜70 年代城鄉差別加劇的背景下，但不可否認，這套認識裝置也的確爲底層農民在經驗到階層差別與相對剝奪感時，提供了一種緩衝與應對的可能方案，使個體有可能擺脫舊有等級制度形成的社會習慣中「出身論」的轄制，成爲充分具有能動性的歷史主體。而趙樹理、柳青等「十七年」農村題材小說，正是在「政治美學化」的意義上，有效地參與到了這一認識裝置的構造過程中。

閱讀路遙 70 年左右到 76 年《父子倆》之前的全部作品，其中充滿了「十七年」小說中社會主義新人譜系下「新農村」裏的「新農民」形象。有高三星、二喜（《優勝紅旗》）這樣以爲革命事業奠定「基石」爲榮，以爲鄉村集體利益服務爲己任的年輕人，有像《我老漢走著就想跑》這類小詩中生活得有滋有味的父輩農民。僅僅以「文革文學」的「假大空」否定這些作品的「真實性」，無助於深刻的討論，有趣的問題是，爲何這些人物在後來《姐姐》這樣的作品中漸漸消失了，爲什麼當路遙同樣頌揚在土地上勞動、守護鄉村價值的「農民」時，情感卻變得沉重起來？《姐姐》並非如 80 年代的批評家所言，僅僅是「一個富家子弟遺棄一個貧家姑娘」〔註 42〕的古典愛情故事，若如前所述引入回鄉知青與插隊知青隔膜的歷史背景，就必須回答這個悲劇的「現代」成因，而僅僅將它歸結爲「對殘餘的封建等級門閥觀念的批判」〔註 43〕，更不能超出 80 年代「啓蒙」話語將前三十年社會主義實踐經驗簡單化的局限。

一方面，小說在敘事上面臨的困難，體現了路遙所習得的「十七年」文學資源在表達這一問題時的無力感。如蔡翔所說，在社會主義前三十年的文學中，的確有許多反映幹部與群眾差別的作品，例如批判官僚主義作風以及「文革文學」中狠鬥「走資派」、反特權等，都是這一線索上的主題。但是對於腦體差別、城鄉差別的表達卻處於一種被遮蔽的狀態，或者說表達得不是非常清晰，而且經常會通過個人主義或資產階級思想這樣一些定義，來掩飾或遮蔽這些矛盾，迴避了在日常生活物質消費、欲望滿足等方面農民階層與

1980 年，第 714 頁。
〔註 42〕白描：《論路遙的小說創作》，《延河》1981 年第 12 期。
〔註 43〕沙平：《各具特色，各有深意——評〈姐姐〉與〈銀秀嫂〉》，《延河》1981 年第 6 期。

非農民階層之間的不平等。而城市與和鄉村的差別,則主要以對國家的高度認同來克服。「這一被壓抑或遮蔽的矛盾在 1980 年代得到了一種『報復性』的敘述,但是這一『報復性』的敘述不僅沒有制止社會分層的趨勢,反而使得這一分層獲得了一種合法性的支持。」〔註44〕

另一方面,這兩篇小說又都與路遙的個人經歷存在著巧妙的互文關係,當作者竭力與小說中的人物保持距離時,也就暗示出「十七年」社會主義實踐為克服階層差別建立的整套「認識裝置」遭遇了危機。站在改革前夜,高三星投身於農村集體經濟建設的快樂,已經無法給現實生活中的農村青年路遙帶去人生的飽滿,而一步跨進新時期,超階級愛情幻滅後,像姐姐那樣回歸傳統的鄉村倫理,也只能讓他暫時妥協。

如前面分析指出的,《父子倆》中插入了「高考」與「紮根」的矛盾,實際上是路遙 70 年代小說中第一次正面觸及社會分層結構中的「差別」問題,而《姐姐》的知青小說背景更使他筆下的農村青年必須面對一次認識論意義上的考驗:如何打量「外面的世界」,如何打量「外面來的人」。這裡的「外面」,不僅僅指城市或者城裏人,它還可以指在新的階層分化中,在經濟、政治或社會地位上都優於農民的特權階層。「交叉地帶」就是這樣在路遙對階級「差別」或所謂社會分層結構的全新體驗與書寫中漸漸顯影的。「所謂風景乃是一種認識性的裝置,這個裝置一旦成形出現,其起源便被掩蓋起來了。」〔註45〕路遙的「交叉地帶」就是這樣一處「風景」,當「個人 / 集體」、「農民階級」(底層 / 農村)、「知識分子階級」(精英 / 城市)等語彙,在從「十七年」經「文革」進入「新時期」的歷史轉型中發生意義變遷時,當階級分析理論這一認識裝置出現內在危機時,新的認識裝置就會主導個人對世界的張望。80 年代制度變遷雖然為農民「鬆綁」,但社會分化(階級分化)仍然是被解放的個體必須面對的問題。於是,如何描述這種「差別」以及身處其中個體的命運感、個體與共同體的關係,如何處理社會主義前三十年文學表達「差別」的遺產,高三星和姐姐們的出路在哪裏,也就成為路遙新時期小說必須不斷重返的母題。

〔註44〕 蔡翔:《革命·敘述:中國社會主義文學:文化想像:1949~1966》,北京:北京大學出版社,2010 年,第 368 頁。

〔註45〕 〔日〕柄谷行人:《日本現代文學的起源》,趙京華譯,北京:生活·讀書·新知三聯書店,2006 年,第 12 頁。

1.3　什麼「傷痕」，怎樣「和解」：新時期文學的起源性問題

1.3.1　轉型的難度：「歸來」的農民作家

　　1976 年 9 月，路遙畢業分配至《陝西文藝》（1977 年 7 月恢復《延河》名稱）編輯部工作，以文學編輯的身份正式開始了他的體制內生活。1976 年 10 月 6 日，中央政治局正式做出粉碎「四人幫」反黨集團的決議。1977 年，路遙在第一期《陝西文藝》上發表散文《難忘的二十四小時——追記周總理一九七三年在延安》。當年 11 月，寫下《不會作詩的人》，小說講的是人稱「瓷腦」的公社書記劉忠漢，拒絕在農村強制推行「四人幫」的「小靳莊」經驗，因為不會寫詩慘遭排擠，這個故事既響應了中央揭批「四人幫」罪行的號召，又以真詩、假詩之辯，為新時期文藝政策正名。1978 年 5 月 11 日，《光明日報》刊發《實踐是檢驗真理的唯一標準》，同年 6 月 28 日，《人民日報》發表評論員文章《評「四人幫」的極「左」》，開始以「假左實右」的表述將對「文革」的歷史評價帶入新的軌道。9 月，路遙完成中篇小說《驚心動魄的一天》，寫縣委書記馬延雄以個人犧牲制止了「文革」中一場危及群眾生命的武鬥。12 月十一屆三中全會召開，否定「兩個凡是」，停止使用「以階級鬥爭為綱」的口號，將黨和國家的工作重心轉移到經濟建設上來。1979 年初理論工作務虛會召開，鄧小平發表講話，提出要堅持四項基本原則，走「中國式的四個現代化」道路。1 月，路遙發表小說《在新生活面前》，「現代化」一詞出現 7 次之多，小說講述了鐵匠主任曹得順老漢如何在工廠技術革新面臨下崗的緊迫情形下，努力學文化，積極參與四化建設。此時全國各地掀起知青返城風，春節後農業生產進入大忙季節，但多數下鄉知青繼續逗留城鎮，陝西省占 2／3 以上。4～5 月間，路遙完成小說《夏》，寫最後留守的四位知識青年之間的衝突與愛情。8 月 17 日～30 日，國務院知青領導小組在北京召開了部分省、市、自治區上山下鄉先進代表座談會，要求新聞單位加大宣傳「紮根農村不動搖」，當月，路遙寫作《青松與小紅花》，寫「文革」期間身處逆境的公社書記馮國斌與知識青年吳月琴之間的深厚友情。1980 年，在 10 月完成《姐姐》之前，路遙於 4 月發表了寫好人好事的《匆匆過客》，9 月發表《賣豬》，批評借「公家」之名剝奪農民利益的腐敗之風。

　　從這一段個人寫作史與國家政策編年史的混合排列中,足見路遙對政治的高度敏感。這些主題先行的作品繼承了他 76 年前與「文革文學」有染的創作風格:從內容上看,題材的選取緊跟時事,仍然帶有讀報式寫作的特點;從形式上看,可被歸入陝西老作家柳青、王汶石等一脈的革命現實主義傳統中,「正面反映社會鬥爭,塑造先進人物形象樓主要以故事爲線索結構作品,用行動和對話刻畫人物,有較大氣勢。」〔註 46〕然而,跟其它陝西所謂第二梯隊的作家相比,至少在《驚心動魄的一天》獲得全國中篇小說獎之前,路遙並不是最被看好的文學新星。陳忠實與他的寫法屬同一路數,但作品數量多,又繼賈平凹的《滿月兒》78 年獲獎後,以小說《信任》獲得了 1979 年全國優秀短篇小說獎。賈平凹則在語言形式、題材上都有所創新,《滿月兒》獲獎後更寫出了《病人》、《二月杏》等突破文壇成規的實驗之作。除這二人外,莫伸、京夫、鄒志安也都是路遙強有力的競爭對手。

　　在一篇總結陝西省 80 年前幾年反映農村生活短篇小說的評論中,批評家將新時期初最熱門的農村題材分爲兩類:一是寫幹部與農民之間的溝壑,批評官僚作風、塑造基層好幹部形象,反思農民的封建舊習;二是寫農村勞動生產在計劃經濟、集體獨大中存在的問題,反映經濟政策調整的緊迫性〔註 47〕。這兩類題材無疑都緊密配合了粉碎「四人幫」後,反思「文革」、批「左」、推動農村經濟改革的官方意識形態,也以農村題材寫作加入到新時期文學思潮從「傷痕文學」到「改革文學」的總體規劃中。對照路遙此一階段的寫作,雖然兩種題材他都有所涉獵,卻不又像其它作家安分於此。像《在新的生活面前》這樣的作品,他甚至跳出了農村題材作家的身份限制,寫起蔣子龍式的工廠故事。粉碎「四人幫」後,「題材」問題一直是文藝界討論的熱點,突破禁區,不迴避凡人小事,路遙把握政策很精妙,但又有點「打一槍換個地方」的意思,難免有些蜻蜓點水、後勁不足。

　　在幾乎是針對路遙創作的第一篇專論中,白描提出了一個很有意思的說法,認爲造成路遙此期創作局限性的兩個原因:一是他從寫詩開始小說創作,由此形成的美學趣味,「總喜歡用強烈的光線照射他的人物,情緒激昂,格調高揚,行文運筆總是火爆爆的。這樣的作品有它一定的感染力,但嚴格說來,

〔註 46〕肖雲儒:《論陝西小說創作形勢》,《延河》1981 年第 1 期。
〔註 47〕陳深:《生活的波濤與藝術的足跡——我省近年反映農村生活短篇小說漫評》,《延河》1980 年第 10 期。

對於小說它還不很地道，這裡追求的還是屬於生活表面的詩意。看來轟轟烈烈，實則缺乏一種湧動於水平面之下的雄厚持久的力量。」〔註 48〕二是他進了機關以後，深入生活的經驗少了。白描的評價，其實已經道出了路遙從「文革」跨入新時期時必然面對的轉型的難度：

第一條批評，針對的是路遙小說中的「文革」習氣，政治火藥味濃烈，藝術修養不足。新時期文學最初合法性的建立，是以批判題材決定論、主題先行論、「三突出」等一系列「四人幫」文藝政策爲起點的，要把被所謂「文藝黑線專政論」顛倒的歷史重新顛倒過來。儘管「回收十七年」的方式，仍然強調文以載道的政治任務，但「純文學」的藝術標準也逐漸確立。什麼是生活深層的詩意呢？它不再是重大題材所天然具備的，也不再必須是政治抒情詩式的激情昂揚。這對路遙結構小說的能力即「怎麼寫」提出了考驗，新聞特寫式的創作已經不能滿足新時期文學自律的美學要求。

第二條批評，則涉及新時期初作家身份的轉型問題。所謂「進了機關」，也就是「脫離群眾」。在白描的心理期待中，出身農民的路遙應該更能寫好農村生活，但路遙有他的野心和難言之隱。從農民、工農兵學員的身份艱難轉變爲一名體制內作家，路遙似乎更樂意跳過鄉土文學的題材界定，與文學思潮直接對話。在這個「認同重組的時代，所有的社會階層都要按照『新時期』的意識形態和國家所建構的身份結構體系，對其『文革』時期的歷史身份進行重新評價，進而建構新的身份形象。」〔註 49〕新時期初的「歸來作家」群主要是由右派作家和知青作家組成的，其中也不乏有人在「文革」期間公開發表過作品，「傷痕文學」的歷史敘述因而成爲重建個人身份認同的重要媒介，或悲情控訴，或艱難懺悔，都旨在擦除個人檔案中那些與新時期歷史敘述不夠合拍的章節。如前兩節所示，路遙從紅衛兵到回鄉知青的特殊經歷，使他有可能加入到這一主流敘述中去，但他的農民出身又始終使他處於批評家定位傷痕、反思或知青小說的邊緣地帶。

1.3.2 縣裏來的紅衛兵：脫離農村題材的「傷痕小說」

在大多數路遙研究者的敘述中，《驚心動魄的一幕》是路遙眞正走上全國

〔註 48〕 白描：《論路遙的小說創作》，《延河》1981 年第 12 期。
〔註 49〕 何言宏：《「知青作家」的身份認同──「文革」後知識分子身份認同的歷史起源研究》，引自《中國知識青年上山下鄉研究文集（中）》，金大陸、金光耀編，上海：上海社會科學院出版社，2009 年，第 271 頁。

文壇的成名作〔註50〕。小說寫於 1978 年 9 月，屢屢遭到退稿，直到 1980 年才得遇《當代》主編秦兆陽的賞識，邀他 5 月赴京改稿，發表於第 3 期《當代》上。秦兆陽很快在《中國青年報》上發表了「致路遙同志的信」：

> 初讀原稿時，我只是驚喜：還沒有任何一篇作品這樣去反映文化大革命呢！……這不是一篇「針砭時事」的作品，也不是一篇『反映落實政策』的作品，也不是寫悲歡離合、沉吟於個人命運的作品，也不是以憤怒之情直接控訴「四人幫」罪行的作品。它所著力描寫的，是一個對「文化大革命」的是非分辨不清、思想水平並不很高、卻又不願意群眾因自己而掀起大規模武鬥，以至造成巨大犧牲的革命幹部。〔註51〕

正如秦兆陽所說，與「傷痕文學」思潮初期大量苦情戲不同，路遙寫了個有些「超前」的故事。海波曾回憶，路遙選這個題材是有意為之，因為他認為高層一定會扭轉「傷痕文學」哭哭啼啼的局面，「而扭轉的最好辦法就是鼓勵一些正面歌頌共產黨人的作品，進而起到引導作用。」〔註52〕對「傷痕」的刻意渲染，不僅要通過反思「文革」為新時期提供合法化論述，更要從「階級鬥爭擴大化」的歷史廢墟中，重新黏合出一個改革共同體：被「文革」群眾運動打碎的國家政權、被以「走資派」命名打倒的黨的幹部、被貶斥為牛鬼蛇神的知識分子……這些「人民公敵」需要被重新納入到「人民」中來。從這點看，《驚》巧妙地綜合了普通百姓的災難故事與「知識分子－幹部」憂國憂民的反省故事〔註 53〕，雖然僅僅以縣委書記馬延雄一人為中心，卻寫出了社會各階層的「大和解」。比如干群關係，馬延雄身陷牢獄還不忘提醒「抓

〔註50〕 《驚心動魄的一天》斬獲當年「文藝報中篇小說二等獎」，1979～1981 年度《當代》文學榮譽獎，以及第一屆全國優秀中篇小說獎。

〔註51〕 秦兆陽：《要有一顆熱情的心──致路遙同志》，《中國青年報》1982 年 3 月 25 日。

〔註52〕 海波：《我所認識的路遙》，《十月》2012 年第 4 期。

〔註53〕 許子東用普洛普民間故事敘事學分析的方法，從 50 部「傷痕文學」小說中概括出四種敘述模式：一、契合大眾審美趣味與宣泄需求的「災難故事」（少數壞人迫害好人）；二、體現「知識分子－幹部」憂國情懷的「歷史反省」（「壞事最終變成好事」）；三、先鋒派小說對「文革」的荒誕敘述（「很多好人合做壞事」）；四、「紅衛兵－知青」視角的「文革記憶」（「我也許錯了，但絕不懺悔。」）。即使簡單參照這四種模式，也可以看到路遙作為昔日的紅衛兵造反派與回鄉知青，並無法完成第四種敘述類型。參見許子東：《重讀「文革」》，北京，人民文學出版社，2011 年。

革命、促生產」、關心農民疾苦，小說更專門設計了公社大隊書記柳秉奎這個莊稼人形象，由他帶領眾鄉親刑場救人。相比被造反派煽動的「群眾」形象的模糊化處理，路遙顯然想要更具體地在這群「綠林好漢」中重新塑造一個寬厚善良的群眾形象。他們仍然把馬延雄看做「百姓的父母官」，「不論他有多少錯誤，也不能讓人把他整死，得允許他改。」

「和解」的主要途徑是「以己度人」、「知錯能改」。小說裏有一段造反派周小全的心理描寫，這個昔日被馬延雄打成「反革命」的受害者，漸漸意識到自己也成了一名「迫害者」：

> 在這大動蕩的歲月裏，人們就是這樣不斷地肯定著自己和否定著自己，在靈魂的大搏鬥中成長或者墮落。

> 「他想：……是的，是馬延雄派出的工作組把他打成了反革命。可是，是馬延雄自己想出派工作組的主意嗎？不是的，是上面叫派的！」就是說，馬延雄僅僅是個執行者，他當時也許認為他也是執行毛主席的革命路線哩，是革命哩。但以後上面又說是錯了。那麼我現在說我是革命哩，捍衛毛主席的革命路線哩，就保證不會錯嗎？比如說：你為什麼打他呢？在每次批鬥會上，他不是都誠心誠意向你做檢查嗎？他錯了，就檢查，就改正。你錯了呢？你有勇氣檢查和改正嗎？他承認錯誤和今天來這個會場一樣是勇敢的。是的，他是一個勇敢的人，敢於承認自己的錯誤，也敢於和自己認為的錯誤鬥爭。……〔註54〕

在這裡，是「做一個人」的意志，最終使周小全放下了私人恩怨、甚至被「革命」背叛的痛苦與困惑。於是，貧下中農與走資派，紅衛兵小將與官僚特權階層之間的階級鬥爭，被轉換為人性中善與惡的鬥爭，馬延雄最後的選擇，與其說是黨員幹部在社會動蕩中為群眾利益犧牲的責任擔當，不如說更是自然意義上的個體成長為一個大寫的「人」的精神之旅。《驚》的附標題是「一九六七年紀事」，刨去「文革」背景，小說就是對雨果《九三年》中人道主義、英雄主義的回響，而 80 年代人道主義話語也的確成為改革時代最能體現「大和解」共識的普遍性追求之一。正是在這一點上，儘管《驚》的語言風格與革命通俗小說式的文體形式仍然保持著濃烈的「文革文學」色彩，路遙已非常成功地為小說植入了一股「新時期」意識。

〔註54〕路遙：《驚心動魄的一天——1967 年紀事》，《當代》1980 年第 3 期。

那麼,作爲一個農民出身的作家,爲什麼偏偏是路遙寫出了這樣一個縣城背景下紅衛兵武鬥的故事?爲什麼他要把縣委書記當作小說主角呢?

如前所述,與「傷痕文學」同步的農村題材創作,主要針對極左政治對鄉村生產、生活秩序的破壞,多寫「壞幹部」或「壞政策」;而在主流傷痕文學中,農民也大多被處理爲模糊的背景,或者災後慰藉受難者的「群眾」形象。與路遙相似,陳忠實、莫言、賈平凹等人,在新時期初似乎必需被首先歸入到農村題材、軍事題材等特定題材範圍中,然後才能被拿到「傷痕文學」等主流文學思潮中去批評;而像右派作家與知青作家的作品,就不需要經過「題材」劃分這一步。農村和城市參與「文革」的情況不同,恐怕是造成這種現象的原因之一。按照「十六條」規定,「文革」的重點是「整黨內那些走資本主義道路的當權派」〔註55〕,當城市中如火如荼地展開這一造反奪權運動時,農村的情況卻有些尷尬。在9月14日中共中央《關於縣以下農村文化大革命的規定及附件》中,農村「文革」的任務已與「十六條」有所出入,要求「仍按『四清』的部署結合進行,依靠本單位的革命群眾和廣大幹部把革命搞好。北京和外地的學生,紅衛兵,除省、地委另有布置外,均不到縣以下各級機關和社、隊去串聯,不參加縣以下各級的辯論。縣以下各級幹部和公社社員,也不要外出串聯。」〔註56〕《規定》後附錄了黑龍江雙城縣反映本地開展「文革」的困惑:爲響應「十六條」炮打司令部、鬥了縣委書記縣長,「公社和大、小隊幹部大多數被鬥了。在這種情況下,有不少社隊幹部出走了,有的不知下落,生產無人負責了。」秋收生產臨近,農村顯然無法像城市一樣承擔砸碎基層政權的無序火鍋,而幾次通知之間的相互矛盾,更加劇了農村幹部與群眾理解上的混亂。由此可以解釋,爲何農村題材傷痕小說,更集中於控訴「生產」混亂下農民的疾苦而非「革命」的暴力。而像路遙能正面寫紅衛兵武鬥的,則更是少數。

路遙的特殊,在於他曾以紅衛兵造反派身份眞正參與了「文革」。66年末（10月後）67年初,初中生路遙串聯去了北京〔註57〕,爲後來榮登造反派領

〔註55〕 《關於無產階級文化大革命的決定》,1966年8月8日。

〔註56〕 《中国共產黨中央委員會關於縣以下農村文化大革命的規定及附件》,1966年9月14日。

〔註57〕 安本實採訪了與路遙同在城關小學、延川中學的吳江,確認路遙在他們10月串聯之後,沿相同路線去了北京:縣城－延水關（黃河的渡河地點）－山西省永和－交口－太原－石家莊－北京。張德仁編《人生》(經濟日報出版社1997

袖積蓄了強有力的政治資本。據《延川縣志》記載，3 月，在首批徒步北京串聯返回的紅衛兵影響下，延川紅衛兵組織紛紛起來造反，至 67 年 5 月派系明朗化，「延川地區毛澤東思想造反總司令部」（「司令部」）要鬥爭縣委書記張史潔，而「延川縣紅色造反第四野戰軍」（「紅四野」）要保護張免受批鬥。路遙擔任的就是「紅四野」一方的軍長。

縣志中關於武鬥的記載，不亞於路遙小說的「驚心動魄」：

1967 年 11 月 3 日	延川中學「紅色造反派總司令部（簡稱紅總司）在大禮堂文藝演出時，與延川中學「紅色造反派第四野戰軍」（簡稱紅四野）發生嚴重衝突。次日，紅四野煽動五六百農民進城毆打紅總司的學生、幹部。本縣武鬥從此開始。
下旬	延川縣革命造反派司令部（簡稱「延總司」）搶劫永平公社步槍 13 枝，子彈 160 發。
12 月 4 日	紅四野配合延安地區「聯合造反指揮部「，搶劫延川縣人武部輕機槍 4 挺。
1968 年 3 月 14 日	凌晨 5 時半，「延總司」聯合延長油礦，清澗武鬥隊攻打延川縣成，「紅四野」死亡 3 人，傷 1 人。
4 月 17 日	「紅四野」與「延總司」武鬥隊在白家原遭遇，雙方共死傷 8 人。
5 月 17 日	「紅四野」武鬥隊襲擊永平，被永平油礦「紅工總」武鬥隊打死 4 人。
7 月	根據中共中央《七·三》《七·二四》布告精神，經解放軍駐延支左部隊斡旋，延川兩派群眾組織相繼解散武鬥隊，上交武器，武鬥之風遂被剎住。〔註58〕

9 月 15 日縣革委會成立後，路遙以群眾代表身份任副主任，但很快就因武鬥涉嫌迫害幹部被撤職。此事後來不僅給他推薦上大學製造了障礙，據說到了 82 年清理「三種人」時，還讓他杯弓蛇影了一陣。對照這段經歷，《驚》中的周小全，幾乎就是當年路遙自己的投影：怎麼看待這場讓自己風光一

年版，收錄了被認為是這個時期以天安門為背景的路遙的照片。

〔註58〕《延川縣志》，延川縣地方志編纂委員會編，西安：陝西人民出版社，1999年，38～39 頁。

時，又一夜之間粉碎所有夢想與激情的革命？雖然路遙在很多年後說，「文革」是「盲目狂熱的情緒支配下的荒唐行為」、是「漫長而無謂的鬥爭」，但在曉雷的回憶中，當這個二十多歲的青年穿著褪色紅衛兵裝來找他談寫作時，「他談他武鬥時穿林越莽，眼看著與他同行的同學死在槍彈之下，我談學生跟蹤追來，把批判我只專不紅成名成家的大字報敲鑼打鼓地送到文工團的二樓上⋯⋯」〔註59〕──不同於後者驚懼滄桑的表情，路遙年輕稚嫩的臉龐上是不是也曾浮現出那麼一點單純的激情與悲劇英雄式的驕傲？而「造反有理」的口號，畢竟給幼年時因貧窮備受屈辱的路遙，提供了一次命運轉折的機會，讓他在政治舞臺上出人頭地。他究竟是受害者、迫害者，還是背叛者？──這些問題本可以在小說中更深入展開，但路遙又一次迴避開了小說與人生衝突的瞬間，只在歷史敘述中留給周小全式的紅衛兵視角一個小小的角落〔註60〕。

在新近發現路遙致《當代》編輯劉茵的信中，路遙坦言《驚心動魄的一幕》「所反映的內容，都是我親身經歷和體驗過的生活，其中的許多情節都是那時生活中真實發生的」，他甚至還建議編輯，「這篇作品最好以中篇小說發表為好」，擔心如若以報告文學類編發，會引起不必要的麻煩：

〔註59〕曉雷：《星的隕落──關於路遙的回憶》，西安：陝西人民出版社，1993年，25～26頁。

〔註60〕這裡並非質疑路遙對「文革」的反思深度，若從《驚》的寫法上看，小說其實很好地繼承了「十七年─文革」的崇高美學傳統，沒有初期「傷痕文學」的感傷主義。1974年，路遙曾與金谷合寫長詩《紅衛兵之歌》，裏面浸透著革命小將的理想主義激情。雖然路遙寫作《驚》時的1978年已經身處新時期意識的氛圍之中，但他是不是仍然沿用了崇高美學的認識框架來理解與敘述歷史呢？正如王斑所說，「崇高美學激勵個人努力尋求歷史的崇高主體性，以偉大的革命英雄為榜樣。這樣，無數不同的個體被抽象化為一個偉大英雄，即歷史的創造者⋯⋯毛澤東時代彌漫著一種創造歷史的偉大使命感，這種莊重氣氛在『文化大革命』中達到了頂點。」儘管路遙以革命通俗小說筆法把造反派形象極盡妖魔化、野獸化，但他還是選擇了莊重而非戲謔的筆調來再現這場革命風暴，而馬延雄就是由風暴喚醒的孤膽英雄。這裡還可以比較2011年賈平凹出版的長篇小說《古爐》。賈平凹第一次正面描寫農村「文革」軼事，同樣寫到「聯指」與「聯總」兩大造反派勢力武鬥，但「文革」政治在小山村裏最終演變成與革命無關的宗族派系衝突，革命家的野心、鄉村幹部的貪欲，眾生亂哄哄登場，最終還是要回歸到由鄉村倫理穩固的日常生活秩序中去。比較《驚》和《古爐》，就能看到路遙的特殊性。參見王斑：《歷史的崇高形象──二十世紀中國的美學與政治》，孟祥春譯，上海：上海三聯書店，2008年，第193頁。賈平凹：《古爐》，北京：人民文學出版社，2011年。

　　「文化革命開始時，我是初中三年級學生。關於那段生活，三言兩語簡直說不清楚，有機會我向您詳細講述。現在只好告訴您一些一般的情況：我當時和我所有同齡人一樣（十五六歲），懷著天真而又莊嚴的感情參加了這場可怕的革命。我是一個幾輩子貧困農民家庭出身的孩子，一邊衝衝殺殺，一邊又覺得被衝擊的人並不都壞，但懾於當時的革命威力，只好硬著頭皮革命下去。後來一些壞人從一般性折磨縣委第一書記，發展到準備在肉體上消滅他。這是一位很忠誠的老同志，在縣上幹了許多好事，全縣的老百姓都保他。在這時我們一些農村來的學生由於受自己的農民家長的影響，也開始非常同情縣委書記。於是我們就和縣上一些當時被稱為「老保」（注：「老牌保皇派」的貶稱）的幹部聯合在一起（我曾是學生紅衛兵組織的頭頭之一），在 1967 年公開表態保縣委書記（他現任延安市第一書記，黨的十一大全國代表）。這樣反而加快了那些壞人想消滅他的步伐。我們這些保他的人為了他的生命，也為了讓農民站到我們這一派來，就把縣委書記偷運出縣城交給了農民。農民們便這個村轉到那個村把他藏了起來。當時縣委書記為了不讓兩派因為他而發生武鬥，哭著哀求讓保他的人讓他繼續留在城裏接受造反派的批鬥，哪怕鬥死他，他也願意。他說他不能背離毛主席發動的文化大革命，因為他跟了一輩子毛主席。後來我們就用綁架的形式，強硬地把他弄到了農村。他還幾次試圖從農村回城裏去接受造反派的批鬥，但都被另一派和農民「關」了起來。這樣縣上兩派就開始武鬥，陝北上至軍分區，下至各公社的槍支彈藥全被搶光了，並且軍隊也分成兩派，整整打了一年。後中央發了 7·24 布告才平息下來，是全國武鬥最持久的地區。在 1966 年～1967 年文化大革命最暴裂的時候，包括我們縣委書記在內的許許多多陝北老幹部，為了群眾的利益，表現了可歌可泣的獻身精神（這是老區幹部最輝煌的品質），許多人為了黨和人民的利益，獻出了自己的生命。這些人都是帶著迷惑不解的心情死在最初的風暴之中。當然，也有投靠一派、指揮武鬥、出賣靈魂等等這樣的幹部。我自己的組織裏也充斥著壞人，一切都顛倒、混亂！尤其是文化落後的山區簡直全部

變成了「武化革命」。

我經歷了這些，並且在林彪事件還未發生之前就冷靜下來，讀了紅寶書以外的另一些哲學經典著作，也讀了資產階級的一些平等博愛的書，於是在內心裏開始檢討我自己和整個這場運動。同時，也瞭解了各地在這場運動中發生的無數悲慘的事件，思想發生了驟然的變化。以後我就鑽圖書館，讀了不少書（包括大量文學作品以及人物傳記）。（……）四人幫打倒後，我寫過一點短篇，在本省和外省的個別刊物上發表過（如想瞭解我的創作情況，還可以看一下延河 1979 年第 10 期上的短篇小說《夏》）。這時候，由於打倒了四人幫，許多政治問題都逐漸明朗，文化革命初的那段瘋狂生活又出現在我眼前，關於過去的種種思考使我內心充滿了想要把它表現出來的焦躁，於是就寫了那個中篇小說。由於一切都是經歷過的、熟悉的，寫的很快，往往白天黑夜激動的渾身發抖，有時都忍不住爬在桌子上哭出聲來。

　　　　　　（……）〔註61〕

從這封書信中可以看出，「文革」這段特殊的紅衛兵記憶之於路遙人生與文學創作的深遠影響，也佐證了前述幾個要點：一是農村武鬥中幹群關係的特殊性，二是路遙在林彪事件後那段讀書沈寂期中，對資產階級人道主義思想的接受。而新近發現路遙與谷溪的書信，更披露了另一個相關事實：1979年左右路遙在幫助弟弟王天樂農轉非的過程中，曾書信託谷溪做中間人，利用延安縣縣委書記張史潔的關係「走後門」。這位張史潔就是《驚》中馬劍雄的原型，也是路遙在給劉茵信中提到的縣委書記〔註62〕。在 1980 年 2 月 1 日致谷溪的信中，路遙寫道：「你不知道！他暗示要我依他摸樣兒塑造一個高大的縣委書記形象，他是不願意讓我直接看到他的這些不美氣的做法的。」〔註63〕此時，《驚》還未正式發表，很難確定路遙在寫作和改稿過程中，是否有託張史傑辦事的人情考慮，但這個小說背後的故事，越發暴露出僅僅以「傷痕文學」解讀《驚》的貧乏無力。

〔註61〕 路遙：《致劉茵》，1980 年 5 月 1 日。該書信爲厚夫老師收集，未刊。
〔註62〕 梁向陽：《由新近發現的路遙 1980 年前後給谷溪的六封信看路遙的創作》，未刊。
〔註63〕 路遙：《致谷溪》，1980 年 2 月 1 日。該書信爲厚夫老師收集，未刊。

　　比較《楓》、《晚霞消失的時候》、《動物兇猛》等一批出自城市子弟紅衛兵之手的同題材作品，農村青年路遙的「革命」似乎特別容易被附著許多「求生存」、「爲貧瘠屈辱所困」、政治野心之類的個人動機，彷彿「革命」的正統地位也有城鄉之別。在許多紅衛兵回憶錄中，從老紅衛兵到造反派，所謂「血統論」的槍口對準的並非「黑五類」，而是發生在「幹部子女」與知識分子後代之間關於「誰是接班人」的權力鬥爭。作爲農民出身的路遙，一開始就只不過在參與一場「想像的革命」。這篇小說同樣可以被讀作一個農村青年的進城故事，在這條紅衛兵之路的盡頭，路遙初次以短暫的「公家人」身份洗去了身上的黃土。只有認識到這一點，我們才能理解路遙在《驚》中選擇這以種方式講述「文革」的原因與難度——這是一個從小山村「長征」去了首都北京，又回到縣裏鬧革命的年輕人。

1.3.3　超階級的愛情：是「和解」還是「被改造」？

　　1979 年，路遙完成了另外兩篇帶有「知青小說」特點的作品：《夏》、《青松和小紅花》。《夏》的男主人公楊啓迪，愛上了同爲插隊知青的蘇瑩，卻遲遲不敢表白。路遙一開篇就詳細交待了人物的出身差別：蘇瑩是「走資派」的女兒；楊啓迪的父母雖是省城的印刷工人，但是他從小就跟鄉下的祖父祖母生活，可以說是像路遙一樣的「農裔城籍」：「他習慣而且也喜歡農村生活。雖然他也想回城市去找一個他更願意幹的工作，但在農村多呆一兩年也並不就像有些人那樣苦惱。拿馬平的話說，他基本上就是個『土包子』。他承認這一點。」楊啓迪愛上了蘇瑩，如果放到「文革」的路線鬥爭中看，他就是愛上了「階級敵人」，但作爲工農階級出身的楊啓迪，卻覺得自己「土」得配不上蘇瑩。而蘇瑩則完全沒有一般傷痕小說中苦大仇深的樣子，反倒經常在關鍵時刻幫助楊啓迪從可能落入小資情調的戀愛愁緒中擺脫出來，重新將個人關聯到集體和國家大事上去。楊啓迪的告白一波三折，不久，蘇瑩身邊出現了一個神秘人物，能流利朗讀英文版安徒生童話的知識分子張民，楊啓迪的自尊心遭遇了重創：

> 　　他繼而想到，他和張民的風度、氣質都不能相比——他是「土包子」，而張民和蘇瑩一樣，是「大城市」型的。他以前缺乏自知之明，竟然沒有認眞考慮這些差別。而他和蘇瑩的差別僅僅至於這些嗎？他父母都是省廳局級幹部，而他的父母卻是普通的工人。雖然

她父母親現在「倒了黴」，被當作「走資派」打倒了。但他通過她深深瞭解她的父母親。他們都是廉潔奉公的好幹部，是打不到的，他們是好人！但不是「好領導幹部」就一定能和「好工人」的家庭結親嘛！〔註64〕

楊啓迪眼中的「差別」意味深長。他超越「文革」意識形態否認了「走資派」和工農群眾之間的階級敵人關係，這一點完全符合批判「文革」極左路線的「新時期」意識，但「停止階級鬥爭」並沒有改變「好幹部」與「好工人」之間的溝壑，再加上所謂「大城市」型與「土包子」的對比，楊啓迪的自卑，完全可以被溯源到關於克服「城鄉差別」，「幹部／知識分子」與「工農群眾」差別的問題脈絡中去。如前一節所述，兩人愛情中遭遇的問題，恰恰暴露出社會主義實踐所承諾的平等政治的危機。如果說楊啓迪以自由的愛情意志批判了「文革」中對人劃分三六九等的血統論、出身論，那他也應該以工農階級的「主人翁」精神勇敢去愛，為什麼反而承認起了自己的血統卑微呢？

在楊啓迪試圖鼓起勇氣對蘇瑩的第一次表白中，這種血統上的差別被路遙機智地轉述為這樣一個場景：楊啓迪站在蘇瑩的房中，為掩飾自己的心慌意亂，開始看牆上的世界地圖：「五分鐘過去了，七個洲一百多個國家都看完了，可是頭一句要說的話還沒有想出來！」當他看到印尼時，終於想起一句開頭的話。他嘴唇顫了幾下，說：「小蘇，這印度尼西亞的島嶼就是多！怪不得人稱千島之國哩……」。蘇瑩沒有聽清，楊啓迪只好寫到紙上給她看，沒想到蘇瑩大笑，奪筆在那個「島」字下面劃了幾下：

他趕忙低頭去看她劃什麼。不看不要緊，一看嚇一跳！原來，他在慌亂中竟然把「島」字寫成了「鳥」字！一股熱血轟地衝上了腦袋，他很快把右手托在桌子上，好讓失去平衡的身體不要傾斜下去。嘴裏莫名其妙地說：

「……咱們的豬還沒餵哩！」

在她對這句話還沒反應過來之前，他又趕忙補充說：

「我得去餵豬呀！」

他像逃避什麼災禍似的拔腿就走。

〔註64〕路遙：《夏》，《延河》1979 年第 10 期。（寫於 1979 年 4 月～5 月，西安）

地圖與喂豬，世界知識與農村勞動，這種反諷式的喜劇效果把楊啓迪的自卑變成了一件很自然的事。路遙後來在《人生》中又使用了同樣的橋段，巧珍絮絮叨叨地對煩躁的高加林說，「你們家的老母豬下了十二個豬娃，一個被老母豬壓死了，還剩下……」，「她除了這些事，還再能說些什麼！她絕說不出十四種新能源和可再生能源的復合能源！」〔註 65〕──路遙固然是同情巧珍的，但這一筆也誇張地表達出高加林與巧珍之間嚴重的不和諧，彷彿給高加林的薄情寡義鋪墊了一些「不得不」的合理性。不同於《人生》的愛情悲劇，1979 年的《夏》必須講圓這一個「和解故事」。站在巧珍的位置上，楊啓迪選擇的第一條出路是改造自己：他拼命看書，「讀政治經濟學，演算高等數學。除過自修英語，又加上了一門日語。」但這條路因為張民的出現變得力不從心。「知識」拼不過，只好比「政治傾向」。時逢周總理逝世，四五天安門事件，在一場關於批判張春橋的政治辯論，張民的正直被肯定。於是，對祖國的愛暫時治癒了楊啓迪失戀的痛苦，讓他放下個人之愛，去珍惜同志之愛。而一場搶險救災後，楊啓迪捨身救起張平，才發現張民原來是蘇瑩的親哥哥。結尾皆大歡喜，「共同的愛」最終既讓楊啓迪收穫了愛情，又使不同出身的青年們走到了一起。個人與集體、國家的從屬關係被保存下來，而愛情不再是一個需要被遮遮掩掩、時刻接受政治考驗的危險地帶，就像在許多「傷痕小說」中敘述的那樣，「愛，是不能忘記的」，它恰恰成為重新黏合社會各階級、撫平「傷痕」的重要力量。

　　然而，工人與幹部的差別，「城市型」與「土包子」的差別真的能被愛情克服麼？在《青松與小紅花》中，蘇瑩變成了插隊知青、「高知」（省美術學院副院長）的女兒吳月琴，楊啓迪則變成了生產隊隊長、農村青年運生。小說的主線雖是公社書記馮國斌和吳月琴身處「文革」逆境，從彼此誤會到互相支持的故事，但也插入了一段愛情，因為運生無微不至的關懷，吳月琴決心要跟他一起生活：

　　　　我不愛別的，就愛你的好心腸。你就答應我吧！咱倆死死活活
　　就在一塊生活吧！我不會給你做針線，可我能吃苦！我情願跟你苦
　　一輩子……

　　　　（……）

　　　　小吳！你的一片好心我都領了。可我不能這樣嘛！我是個土包

〔註 65〕路遙：《人生》，北京：十月文藝出版社，2009 年，第 146 頁。

子老百姓，只念過三天兩後晌書。我的開展就在這土圪塔林裏呢。你是個知識人，你應該做更大的事，你不應該一輩子屈在咱南馬河的鄉山圪塔裏。國家總有一天會叫你去幹更合適你幹的工作。你要是和我結婚了，就等於我把你害了。……

　　（……）

　　運生，你心太好了，以後，我要像親哥哥一樣看待你，你媽就是我的親媽，我就是她親閨女！是你親妹妹……〔註66〕

　　「土包子」和「知識人」的矛盾又一次出現了，但這次故事的結局不再是以愛情克服差別。運生怕謠言毀了月琴的前程，迅速託人介紹了鄰村的媳婦。小說被收入《路遙文集》時，路遙更在原雜誌發表的基礎上增加了一段結尾：「兩年以後──一九七七年。又是一個秋收的季節，吳月琴以優異的成績考取了首都一所著名的理工科大學。」小說收尾於運生夫婦、村民和馮國斌為她送行的感人場景。比較兩篇小說中超階級的愛情故事，如果說《夏》中對祖國「共同的愛」將不同階級出身的個體聯結在一起，實現了克服城鄉差別的愛情；那麼在《青松與小紅花》中，「尊重知識、尊重人才」的共識，則要求在承認差別的基礎上犧牲愛情。在運生的自我評價中，「城鄉差別」、農民與知識分子的差別，重新被轉移到對國家資源配置下勞動分工必要性的認同中去。為什麼吳月琴就不能嫁給運生呢？就像馮國斌多次強調「補償」一樣，在這個小說裏，吳月琴是一定要回到大城市去的。

　　於是，無論是楊啟迪故事中被顛倒的「血統論」，還是運生不肯「害」了月琴的表白，階層差別彷彿失去了被打破重組的可能性，甚至被內化到了工農階級出身的青年心裏。儘管在《青松與小紅花》裏，路遙還是花了很多筆墨去讚美農民的美德，甚至讓最初被馮國斌視為有「資產階級味」的吳月琴完成了一番接受貧下中農再教育後的自我改造──「她從運生和運生媽媽的身上，看到了勞動人民的高貴品質」，「這些泥手泥腳的人，就是她做人的師表」，「她把那條為了在寂寞無聊中尋找刺激而胡亂做成的所謂『吹鼓手褲』，悄悄塞到箱子底下，換上了一身洗得發白的藍色學生裝。」──但農民的形象，在運生、楊啟迪們心裏，已經與揮之不去的「土包子」、「受苦」等聯繫在了一起。劉禾將這種現象稱作一種「歧視的政治」，「在階級鬥爭的過程中，有一些人變成被歧視的對象。不像我們以前所說的被歧視對象是右派或右派

〔註66〕路遙：《青松與小紅花》，《雨花》1980 年第 7 期。（寫於 1979 年 8 月，延安）

子女，我認為不是這樣，根本受歧視的是農民。」「這樣一種歧視性的東西在某種意義上並不完全是社會主義自身所生產出來的東西，它還沉積了原來的本質的東西。在社會主義裏面，其實這種歧視性東西在城鄉這種結構性裏面一直被壓抑著，最起碼在意識形態和文化層面是被壓抑著的。」〔註 67〕而所謂壓抑性機制，就是第二節所述那種用以克服差別的「認識裝置」，它在一定意義上雖然壓抑了從舊社會身份等級制度繼承下來的那種「讀書人」、「公家人」對「莊稼人」天生的優越感，卻又在 60、70 年代遭遇了嚴重的表達性現實與客觀性現實脫節的危機。雖然路遙在這一時期的寫作中，還沒有專門表達農民在城鄉結構中的邊緣位置，但這兩篇小說已經暗示出這種關於歧視的「隱蔽的政治」，在 70、80 年代轉型的歷史節點上如何被逐漸公開、合法化、自然化的過程。

　　從《夏》開始，超階級的愛情成為後來路遙小說中不斷出現的主題：如《青松與小紅花》、《姐姐》、《月夜靜悄悄》、《風雪臘梅》，等等作品。而《姐姐》成為一個新的轉折點，當姐姐驕傲地說：「立民可不是階級敵人，咱和他劃的什麼界限？」，立民已用城鄉差別、工農差別重新劃出了一條不可跨越的新的界限。就像《青松與小紅花》中的高考制度恢復，《姐姐》中的知青返城，雖然新時期制度以「補償」的方式，將曾經被「革命」視為他者的群體重新動員參與到經濟建設的共同體中來，卻並不能給運生、姐姐們一個城市中同樣的位置。姐姐也去參加高考了，但教育起點的資源分配差異已經先天決定了她的劣勢。70 年代末知青返城，國家為了解決城市就業壓力，又嚴格控制從農村招工、大量清退城市農民工。1978 年初明確提出，今後城鎮用工基本不從農村招收，優先招收下鄉城市知青。1979 年 3 月，國家計委更制定了《關於清理壓縮計劃外用工的辦法》。1979 年 1 月 29 日，中共中央作出《關於地主、富農分子摘帽問題和地、富子女成份問題的決定》。吳月琴、高立民們終於「翻了身」，運生、姐姐們卻只能以「洗不掉的出身」為前提，尋找他們生活的意義。

　　從「十七年」文學到「文革文學」，超階級愛情或婚姻家庭的組合，在情節功能上主要是為了實現「動員」與「改造」。同樣是城鄉差別、資產階級和工人階級的差別，從一開始就被界定好了「誰落後，誰先進」的等級秩序。

〔註 67〕　《「80 年代」文學：歷史對話的可能性——「路遙與『80 年代』文學的展開」國際學術研討會紀要》，張書群整理，《文藝爭鳴》2011 年第 16 期。

在雙百時期,「一個主要的模式是:無產階級的主人公,與小資產階級背景的人交往,雖然在時代空氣較爲寬鬆的條件下,表現了男女在愛情過程中的人情、人性的美好與痛苦的掙扎,但整體的情節結構仍有相當的一致性,如主人公最終拋棄小資產階級的情人,成爲更好的無產階級革命的鬥士(如宗璞《紅豆》、楊沫《青春之歌》),或爲終於發現小資產階級的情人的劣根性,在無產階級愛人溫柔敦厚的品德感召下,重回到素樸實在的無產階級另一半的懷抱(如鄧友梅《在懸崖上》)。或爲克服階級差異,在自我檢討後仍願意與無產階級的戀人在一起(如陸文夫《小巷深處》)。」〔註 68〕相比這些作品,在《夏》、《青》等表層的和解故事下,「誰改造誰」的邏輯被顛倒過來。

在有關土著知青路遙愛情故事的回憶中,也有這麼一段「改造」花絮。當路遙被革職回到村裏,以「貧宣隊員」身份進駐延川縣百貨公司搞「路線教育」時,他愛上了插隊來接受「再教育」的北京女知青,儘管愛情以悲劇告終,她還是「『改造』了路遙,改造的結果在某些方面影響了路遙的一生」:

> 路遙喜歡在下雪天沿著河床散步,據說這是他們相識時的情景;路遙喜歡唱《三套車》和《拖拉機手之歌》,據說這是他們相戀時唱過的歌曲;路遙喜歡穿大紅衣服,據說這是那女子的專愛;路遙曾用過一個筆名叫『櫻依紅』,據說其中暗含那女子的名字。……
> 〔註 69〕

外國歌曲、紅衣服,這些在 60 年代初「千萬不要忘記階級鬥爭」語境下還曾被批判爲個人主義趣味的資產階級生活方式,如今已成爲一名農村青年展開其主體想像的重要內容。如果不願像運生一樣主動放棄愛情,或者像姐姐一樣承受被背叛的痛苦,就必須像路遙一樣,以模仿、改裝甚至直接追求的方式,把自己從農民階級、從土地中剝離出來。「和解故事」最終演變成了「改造故事」,彷彿出人意料的,「和解」並沒有消滅階級「差別」,反而將社會分層的等級化固定下來了。告別階級鬥爭,固然使革命風暴中動蕩的國家重新回歸到穩定的經濟建設上來,但「階級」理論中曾動態地表述差別、克服差別的那一部分有效機制,並沒能得到足夠的批判與繼承。

〔註 68〕黃文倩:《在巨流中擺渡:「探求者」的文學道路與創作困境》,臺北:國立臺灣師範大學出版社,2012 年,第 137 頁。關於「十七年」文學傳統中超階級愛情的敘述,還可參見劉劍梅:《革命與情愛:二十世紀中國小說史中的女性身體與主題重述》,上海:上海三聯書店,2009 年。

〔註 69〕海波:《我所認識的路遙》,《十月》2012 年第 4 期。

　　1980 年多天，在《姐姐》完成不久後，路遙重新返回個體經驗，開始創作《在困難的日子裏》，1981 年春完筆之後，他緊接著就以短短二十天時間，完成了 13 萬字的《人生》。走進「新時期」不久，路遙似乎已經漸漸意識到，改革雖然給個人鬆綁，把農民從被牢牢捆綁在土地上的集體經濟中解放出來，但他與千百萬農村青年，仍然必須面對社會分層中歧視的政治。這不僅僅是傳統的問題，也是現代性的問題，不僅僅是社會主義的問題，同樣是 80 年代的問題。

1.4　小結　「柳青的遺產」：個人、階級與社會差別

　　路遙在「文革文學」的體制規訓中學習寫作、初登文壇，一方面，它使得路遙無論在內容還是形式上，都承接了工農兵文學的「十七年－文革」傳統（現實主義的創作風格、革命通俗小說的文體形式、理想性與崇高美學，等等）；但另一方面，文學直接為政治政策服務、近於新聞通訊的讀報式寫作，又使他的作品過分依賴「主題先行」，錯過了許多可能基於個體特殊經驗與主流政治意識形態對話的空間。與「文革文學」有染的寫作慣性，造成了路遙進入新時期文學時的轉型障礙，同樣也成為他與新時期文學思潮共生的重要資源。

　　本章挑選的文本，都與路遙的個人經歷存在著某種互文關係，當作家以個人經歷作為小說原型，卻又自覺恪守政治規訓時，寫法上刻意突出與隱匿的部分，必然泄露出他無法自圓其說的寫作困境，以及文本之外歷史的多重面向：

　　《父子倆》配合「教育革命」政策塑造紮根典型，卻迴避了現代知識與中國鄉村的內在矛盾；《姐姐》為承認新時期「平反」政策的合法性，不對拋棄姐姐回城的知識青年問責，看到了城鄉二元結構下農村為國家建設犧牲的歷史遺弊，卻忽略了知青運動（包括新時期「知青返城」政策）中城市知青與回鄉知青的身份隔膜；《驚心動魄的一天》試圖脫離農村題材、以黨的好幹部為中心反思「文革」，卻錯過了以農村出身的紅衛兵視角去講述小鎮「文革」故事；《夏》、《青松與小紅花，》以「打倒四人幫」、「現代化」、「人性論」等普遍價值，完成了告別「階級鬥爭」的和解故事，卻暫時擱置了新一輪社會分層中權力分配將繼續壓迫農民階層的「和解的幻覺」。

　　關注路遙 60～70 年代的個人經歷，並非要用精神分析的方式挖掘他的內

心世界,也不僅僅看重其史料價值,而是嘗試通過這些文本去呈現路遙理解自身命運方式的轉變。正如第二節所述,「交叉地帶」的發現並非自然而然、與生俱來的,它不僅是路遙在個人成長經歷中感受到的「城鄉差別」,還關聯著如何歷史地去理解工農差別、幹群差別、腦體差別等人民內部矛盾,或者說階級的重新分化,以及在權力與資源分配中某個階層或個人被壓抑、被排斥的等各種問題。這些問題既可以被追溯到費孝通稱作鄉土中國「差序格局」內「上尊下卑的等級文化」,也可以被追溯到「十七年」一系列為克服三大差別的制度安排,還可以被追溯到60～70年代並集中表現在「文革」時期的資產階級法權批判,以及「新時期」改革開放以來為個人「鬆綁」、但以市場化為導向允許「先富後富」的結構性變化中去。因此,需要思考的是,作為一名在社會主義體制內接受了現代知識教育的農村青年,路遙是怎樣在小說中表達社會差別的?社會主義「前三十年」文學傳統是否給他提供了有效的思想資源?經60～70年代進入80年代,關於「社會差別」的認識裝置發生了怎樣的變化,在這種新的自我意識觀照下,小說中農村青年們的位置與出路在哪裏?

把路遙放到柳青的脈絡裏,可以為這些問題的討論提供一個長時段的歷史參照:

柳青說,《創業史》表現的主題只有一個,「就是農民接受社會主義公有制,放棄個體私有制」,「革命改變了所有制,也在所有制改造的同時,改造人們的精神世界。我的小說的描寫重點在於人們的精神世界。」〔註70〕面對土改後農村新的階級分化,合作化運動在某種意義上就是要解決社會分層與平等主義的矛盾問題。一方面,農民要接受公有制,心甘情願地為國家工業化資本積累犧牲個人利益,另一方面,這場革命又必須變成農民自身的內在要求,即將「犧牲」轉化為「光榮」,創造一種全新的農民形象,使其在社會差別客觀存在的整體性結構中仍然享有一種「主人翁」的尊嚴與「階級意識」。盧卡奇指出,階級意識作為一種意識形態同時包含了虛假與革命性兩方面:首先是一種「受階級制約的對人們自己的社會的、歷史的經濟地位的無意識」,而階級意識意味著要突破這種限定,「在一種客觀的可能性中意識到自身階級利益與社會總體的關係,並根據這些利益來組織整個社會。」從此,「社會的鬥爭就反映在圍繞著意識,圍繞著掩蓋或揭露社會的階級特性

〔註70〕蒙萬夫:《柳青傳略》,西安:陝西人民教育出版社,1988年,第163頁。

而進行的意識形態鬥爭之中。」〔註71〕

在柳青的小說裏，個人始終是以代表某一特定階級的典型形象出現的，代表貧農的梁三老漢，代表富裕中農的郭振山，代表可能會成為工人階級或城市小資產階級的徐改霞等等，所謂佔有物質財富的差別、城鄉差別，在一定程度上，可以被革命主體與他者的差別、走社會主義道路還是資本主義道路的差別等認識，暫時制衡甚至懸置起來。無論是個人發家致富的「私心」，還是為集體事業謀福利的「公德」，不同思想衝突的背後始終是不同階級利益的合法性論爭，階級分析理論才是小說中表達社會差別與自我意識的基石。

然而，這種克服差別的寫作傳統在路遙這裡逐漸失效。如果說在路遙「文革」時期的作品中仍能找到梁生寶式的「青年農民英雄形象」和建設社會主義新農村的激情，從80年代初告別階級鬥爭的「和解故事」開始，路遙筆下農村青年的痛苦與追求，已經建築在對農民「血統」卑微的自我認同上，而鄉村則越來越像知青小說中「南方的岸」或「這一片神奇的土地」，承載苦難與詩意，給無法出逃的兒女提供心靈上的慰藉。

一方面，這種變化，深刻地暴露出「前三十年」社會主義實踐並沒有從根本上解決社會差別，尤其是城鄉差別的問題。例如路遙60～70年代的個人經歷，「文革」中雖格外強調階級鬥爭、批判官僚特權階層、城市知識青年「再教育」、甚至在紅衛兵運動中發展出關於「血統論」、「出身論」的極端論述，但對於像路遙一樣的農村青年來說，「文革」只是提供了一個暫時打破城鄉區隔，從「土包子」到「公家人」，從「莊稼漢」到「文學青年」的機會與想像，而政策安排或階級鬥爭模式在客觀現實中的城鄉差異，反而將「差別」更鮮明地公開化了。

另一方面，在承認社會主義實踐沒有取消差別的前提下，也必須看到，在「新時期」初全社會徹底否定「文革」的一系列清算、平反中，相比那些原本屬於城市的「歸來者」，像路遙這樣的「外來者」仍然處於邊緣地帶。農村經濟政策調整，是否就能在意識層面上克服農村青年「洗不掉的出身」感呢？從下一章開始，我們會發現路遙80年代寫作還將繼續面臨個人出路與社會差別的問題，但性質已經與柳青完全相反。路遙面對的是「非集體化」經濟中鄉村的結構重組，是從計劃經濟向市場經濟轉型過程中新的社會分層。

〔註71〕　〔匈〕盧卡奇：《歷史與階級意識》，杜章智等譯，北京：商務印書館，1992年，第113頁。

當階級鬥爭話語失效時，個人所感知到的社會差別就只能被表達爲「城／鄉」之間在物質資源、文化資本上的巨大溝壑，而不再能被放回到階級關係中去考察；相應的，個人出路也被局限到「進城」與「回鄉」的獨木橋上，而不再可能以意識形態鬥爭的方式重新定義有關社會差別的理解與價值判斷。「當社會重新分化爲階級而階級話語本身又趨於消失之時，現代平等政治勢必面臨嚴峻的挑戰」。〔註 72〕——這是路遙必須面對的與柳青截然不同的時代難題。

〔註72〕 汪暉：《去政治化的政治：短 20 世紀的終結與 90 年代》，北京：三聯書店，2008 年版，第 36 頁。

第2章　高加林的「感覺世界」：路遙式 個人主義的由來

> 人生的道路雖然漫長，但緊要處常常只有幾步，特別是當人年輕的時候。沒有一個人的生活道路是筆直的，沒有岔道的。有些岔道口，譬如政治上的岔道口，事業上的岔道口，個人生活上的岔道口，你走錯一步，可以影響人生的一個時期，也可以影響一生。

這段《人生》題記，引自柳青《創業史》上部第十五章的開頭。這是徐改霞的人生抉擇：是選擇「純潔的愛情」，紮根農村，與梁生寶一道搞互助合作；還是選擇「熱烈的事業心」，招工進城，參加到國家工業化的建設中去。柳青把城鄉差別與社會主義理想之間的矛盾擺到了人物面前，這既是對兩位農村青年的革命考驗，又是一次以文學方式探討理論問題的有意嘗試〔註1〕。且不說對農村合作化前景信心百倍的梁生寶，即使是內心搖擺的改霞，社會差別的存在，也並非他們人生道路上的絆腳石，反倒如試金石一般，幫他們把外在的革命規訓內化為自身的生活要求。——與此相反，站在人生岔道口的高加林，從一開始就面對著由差別帶來的沉痛的「失敗感」：

〔註1〕 羅崗對趙樹理思想主題的概括，同樣適用於柳青。即從「革命中國」向「現代中國」的發展過程中，其動力機制與社會性質間可能存在的衝突，具體到青年人生觀方面，包括三個問題：「第一個是精英流失與本土轉化的問題；第二個是安心工作與遠大理想的問題；第三個是個人名利與消滅差別的問題。」參見：《「80年代」文學：歷史對話的可能性——「路遙與『80年代』文學的展開」國際學術研討會紀要》，張書群整理，《文藝爭鳴》，2011年第16期。

　　高中畢業沒有考上大學（註2），已經是很大的精神創傷。虧得在民辦中學教書,「既不要參加繁重的體力勞動,又有時間繼續學習,對他喜愛的文科深入鑽研」——這是腦力勞動與體力勞動的差別;本來希望當幾年民辦教師,通過考試轉為正式國家教師——這是吃國庫糧的「公家人」與靠山吃山的「莊稼人」之間的城鄉差別;結果大隊書記高明樓以權謀私,讓兒子高三星頂替了他的位置——這是幹部與群眾的差別。「現在一切都結束了,他將不得不像父親一樣開始自己的農民生涯。他雖然沒有認真地在土地上勞動過,但他是農民的兒子,知道在這貧瘠的山區當個農民意味著什麼。」——這是農村青年高加林對「洗不掉的出身」的自卑感。於是,路遙在小說頭兩章就確立了高加林的行動方向:

> 一種強烈的心理上的報復情緒使他忍不住咬牙切齒。他突然產生了這樣的思想:假若沒有高明樓,命運如果讓他當農民,他也許會死心塌地在土地上生活一輩子!可是現在,只要高家村有高明樓,他就非要比他更有出息不可!要比高明樓他們強,非得離開高家村不行!他決心要在精神上,要在社會的面前,和高明樓他們比個一高二低!

　　反官僚特權、批「走後門」的不正之風,鑒於鄉村內部權力結構的不平等,如果把高加林的悲劇放到農村土改後可能進一步產生階級分化的歷史延長線中來看,《人生》其實可以被看作是建國以來旨在克服社會差別的社會主義實踐中的一例。但有意思的是,為了爭取自己的平等權利,路遙筆下的高加林並沒有像高增福追隨梁生寶那樣,在農村發起社會主義革命,也沒有像徐改霞那樣對「進城」動機展開自我批評,而是直接選擇以獨異的「個人」身份離開農村,仰仗「城市優於鄉村」的等級秩序,從外部擦去他在鄉村權力關係中的弱勢地位。的確,城市資源比農村豐富的事實不可否認,要有出息,「進城」是條捷徑,但從價值判斷和感知結構來說,延續第一章關於路遙小說中「洗不掉的出身」這一感覺形成的歷史分析,城裏人就一定比農民高貴嗎?無論是基於個人報復,還是對城市生活的渴望,高加林的人生抉擇都暗含了這樣一個不證自明的前提:「我們農民就是不行」。這既背離了毛澤東

〔註2〕從這一細節推斷,高加林應該是 1958 年生人,1977 年參加高考失利後回村做了三年民辦教師,而 1981 年左右,正好是農村最後落實包產到戶新政策之前,也合乎小說中公社書記高明樓調整生產隊規模的情節。

時代所強調的農民階級的主體意識，也暴露出「前三十年」社會主義實踐克服三大差別努力的失敗。

作為對社會主義制度性歧視的反應，高加林的個人奮鬥具備其歷史合理性，自我價值不再被集體主義或階級鬥爭話語完全排斥，得以轉化為個人改變出身命運的進取意識，正是這一點深深打動了一代人。雖然《人生》看起來重複講述了一個「癡心錯付薄情郎」的古典愛情故事，但正如當時一個工人讀者所言：「沒有一次鍾情與絕情不同就業、留城、開後門、發揮才幹……這些當今社會十分敏感的問題相聯繫。離開了作品對城鄉差別、腦力勞動和體力勞動差別這些重要問題的探索來議論高加林究竟該同情還是該批判，作品的認識價值與美學價值將大為縮小。」〔註3〕

因此，需要思考的問題是：一個農村青年的人生故事，為何會被認為代表了一代青年的精神苦悶？比較知青「返城」或陳奐生「上城」的文學敘述，高加林的進城方式究竟有何特殊性？假若《人生》的結尾，高加林不被遣返回村，他能夠在城市中獲得幸福感與尊嚴感麼？當「柳青的遺產」遭遇危機時，路遙在高加林的人生故事中給出了怎樣的關於「社會差別與個人出路」的獨特思考？從梁生寶到高加林，在新時期文學關於「社會主義新人」的再討論中，高加林為 80 年代文學的展開提供了怎樣的形式與內容？

2.1　「回不去」的高加林：在「十七年」文學的延長線上

高加林終於如願以償進了城。《人生》下篇一開頭，路遙就以敘述人的強勢姿態插入了這樣一段議論：他先簡要敘述了高加林的進城前史，校園生活曾經讓他把自己的思想感情與生活習慣都與城市融為一體，但正當他與城市分不開時，高考失利又使他被迫回到了陌生的土地上——

> 當時的痛苦對這樣一個嚮往很高的青年人來說，是可想而知的，也是可以理解的。但這並不是通常人們所說的命運擺佈人。國家目前正處於困難時期，不可能滿足所有公民的願望與要求。如果社會各方面的肌體是健康的，無疑會正確地引導這樣的青年認識整

〔註3〕 李光一（上海絲質地毯廠）：《不和諧——評話劇〈人生〉》，《上海戲劇》1983
　　　年第 4 期。

個國家利益和個人前途的關係。我們可以回顧一下我國五十年代和六十年代初期對於類似社會問題的解決。令人遺憾的是,我們當今的現實生活中有馬占勝和高明樓這樣的人。他們爲了個人的利益,有時毫不顧忌地給這些徘徊在生活十字路口的人當頭一棒,使他們對生活更加悲觀;有時,還是出於個人目的,他們又一下子把這些人推到生活的順風船上。轉眼時來運轉,使得這些人在高興的同時,也感到自己順利得有點茫然。

細讀這段話,路遙隱蔽的價值判斷背後其實存在著進一步發問的空間:

首先,路遙特別強調,高加林之所以痛苦,是因爲他是一個「嚮往很高的青年」。但爲什麼向上的追求只能在城市中實現呢,難道 50 年代董加耕、邢燕子式的紮根典型就不是嚮往很高的青年人嗎?

第二,路遙並沒有簡單批判 50 年代以來形成的城鄉二元格局,而是帶著歷史的同情去理解生產力狀況與人民物質精神需要之間存在的矛盾,一方面承認社會主義實踐並沒有給高加林們提供平等的發展空間,甚至迫使農村青年爲國家整體發展犧牲個人利益,但另一方面他又肯定了 50～60 年代關於個人前途與國家利益一致的意識形態規訓的勝利。那麼,爲什麼這種曾經有效的克服差別的文化實踐與青年教育,在七八十年代卻失效了呢?

這兩個問題都涉及這樣一個歷史參照:50～60 年代與新時期。無論是新時期初關於「社會主義新人」的規劃與調整,還是青年「人生觀討論」;無論是路遙對高加林進退兩難命運的情節安排,還是 80 年代關於《人生》的批評,「十七年」社會主義資源都是一個幽靈般的存在。

2.1.1 「鬆綁」以後:進退兩難的農村「社會主義新人」

1981 年夏,路遙僅用 20 天時間寫成了 13 萬字的《人生》初稿,秋修改於西安咸陽,冬又改於北京,82 年 3 月發表在《收穫》雜誌上,刊後注明「《青年文學》供稿,將由中國青年出版社發行」。路遙後來自述《人生》的寫作動機,「完全是在一種十分清醒的狀態下的挑戰」,「我要給文學界、批評界,給習慣了看好人與壞人或大團圓故事的讀者提供一個新的形象,一個急忙分不清是『好人壞人』的人。」〔註4〕這一「初衷」深深契合了當時文學界關於「社

〔註4〕路遙:《早晨從中午開始》,廣東:廣州出版社,2000 年,第 19 頁。

會主義現實主義」以及如何寫「社會主義新人」問題的討論。所謂分不清好壞的人，針對的就是「文革文學」中那種「高、大、全」的英雄人物。

1979 年鄧小平在文藝工作者第四次全國代表大會上講話，明確提出文藝創作要著力描寫與培養社會主義新人。此後各大文藝報刊陸續推出關於「新人」問題討論，並從各類題材中揀選出了一批「社會主義新人」典型：比如工業題材有喬光樸、解淨，軍事題材有劉毛妹，知識分子題材有陸文婷──而農村題材在塑造「新人」方面的欠缺很快突顯出來：「就短篇小說而言，在反映工業題材的作品中，喬光樸（《喬廠長上任記》），丁猛（《三千萬》）等一批社會主義現代化創業者的形象，已經深刻地留在讀者的印象裏。在反映農村生活的短篇小說中，我們雖然也看到了像羅坤（《信任》）這樣具有一定時代特點的農村基層幹部，像榮樹和荒妹（《被愛情遺忘的角落》），鄭雲山和王二蘭（《結婚現場會》）、小果和清明（《小果》）、芳兒（《勿忘草》）、韓寶山（《鐝柄韓寶山》）這樣一批具有時代特點的年青一代，但比起其它題材的作品來，在描寫新人方面不能不說還有較大的差距。是不是農村中沒有那樣的時代新人呢？」〔註5〕

正是在這樣的背景中，《人生》成為批評家可能解決農村「新人」問題的突破口：「為什麼新時期的文學，已經產生了不少新人形象……，而唯獨至今還沒有產生過比較成熟的、公認的當今農村的新人形象呢？這僅僅是作家們的一個疏忽嗎？喬光樸出現的時候，正是李順大、陳奐生們以他們的苦難而又初露笑容的姿態出現的時候；農村經濟的復蘇和繁榮走在整個社會經濟生活的前面，而在精神上，農村人物總比其它領域的人物基點要低，這究竟是為什麼？……正因為如此，我讚賞《人生》。」──〔註6〕對於批評家來說，儘管高加林是否符合「新人」標準還暫且存疑，但他至少是一個有別於「陳奐生」們的精神上的強者。而雷達的問題更值得進一步討論：以什麼標準來衡量「精神上的基點」之高下呢？為什麼塑造「社會主義新人」的任務會出現城鄉有別的不同效果？如果農村題材的整體規劃限制了「新人」形象的表達，為什麼唯獨高加林可以在眾多農民形象中脫穎而出？

「是的，陳奐生、馮麼爸、孫三老漢、如今都高興的很，他們雖然遲疑過一陣子，但他們一旦相信政策『篤定』不變，就忍不住喜淚交流」。在雷

〔註5〕繆俊傑：《著力刻畫農村社會主義新人形象》，《人民文學》1981 年第 5 期。
〔註6〕雷達：《簡論高加林的悲劇》，《青年文學》1983 年第 2 期。

達看來,這類農村新人形象的欠缺之處,在於「認爲『農民就是農民嘛』,老農民無非勤勞、刻苦、忠厚、善良、保守……」〔註7〕,把農民僅僅看做「見錢眼開的凡夫俗子」,忽略了農民性格的多樣性。雷達的批評,反映了新時期初農村題材再造新人的難度:與其它題材塑造社會主義新人的任務一致,「新人」應當首先是一個「有傷痕的新人」,「傷痕」的存在不僅能從形式上解決「文革文學」中英雄人物政治化、非人性的問題,而且還可以在歷史敘述上完成改革意識形態的合法化證明;但是,「有傷痕的新人」又必須迅速轉向「改革新人」,正如雷達所言,被動接受新政策恩惠的農民,還不能代表具有新時期意識的農村新人。在「傷痕文學」的規範下,如《李順大造屋》、《許茂和他的女兒們》、《被愛情遺忘的角落》等先於《人生》的作品,重心都主要落在對「文革」極左經濟政策破壞農村發展的批判上,雖然也熱情歌頌了農村新政策,但還沒來得及發現農村中新的因素與萌芽。

　　1981 年 10 月 30 日,《文藝報》在西安召開了農村題材小說創作座談會,如何看待從「大鍋飯」到「責任制」的農村經濟政策調整,成爲是否拓寬「新人」定義的新的時代背景:陳忠實指出,責任制以後農民生產積極性提高了,但也出現了各忙各家、對集體事業不關心的複雜現象,「只寫今天實行責任制,明天就有錢花,那太膚淺、太表面了!」鄒志安指出,農村新人首先是那些不滿現狀,按照黨的指示參與改革的人,但是「一部分人,沒有進行改革的能力,但有傳統的美德,積極向上的美好心靈,和進行艱苦卓絕的勞動的毅力」〔註8〕,他們也能被看作農村「新人」嗎?雖然很多與會者都提到了柳青及其《創業史》,但在柳青的時代曾被認爲毋庸置疑的「社會主義新人」標準,如今卻成了棘手的問題:如果農民小生產者發家致富的單幹思想是符合改革新需要的,「中間人物」梁三老漢是不是也可以轉變爲一個新人形象?如果梁生寶失去了他爲之奮鬥的「合作化」事業,他又應當用什麼來給自己的「新人」氣質賦予意義?

　　與雷達一樣,作家們的困惑,源於農村題材如何再造社會主義新人的焦慮,而座談會上的爭論實際暴露出這樣一個問題:當農村新政要求重組「十七年」農村社會中個人與階級、集體的關繫時,新時期的作家、批評家仍然在以回收「十七年」的方式建立關於「新人」的期待視野。儘管「新人」不

〔註7〕雷達:《〈魯班的子孫〉的沉思》,《當代文壇》1984 年第 4 期。
〔註8〕《深入農村寫變革中農民的面貌和心理——在西安召開的農村題材小說創作座談會紀要》,《文藝報》1981 年第 22 期。

再必然是毫無「私」心的英雄，但如雷達所謂精神上的較高基點，仍然內涵著一個「集體主義」的較高要求。由於新時期的「土地觀念」已經有所改變，作家「既要反對脫離今天的生活實際去表現『一大二公』，也要防止拘泥於生產責任制而把他們的思想與小生產的狹隘觀念等同起來」〔註9〕，那麼，應該如何定義新的集體觀念呢？其它題材之所以比農村題材更容易塑造「新人」，正是因為：同樣是肯定個人日常生活的物質需要，同樣是鼓勵性格多面的人物，工業題材中的工廠、軍事題材中的軍隊、知識分子題材中的科研系統，都能給被改革「鬆綁」的個人暫時提供一個精神追求上的「共同體」指向，儘管告別階級鬥爭話語，轉向以經濟建設為中心，但當「革命者」轉變成為四化建設奮鬥的「建設者」時，這個「新人」仍然是符合「社會主義」這一限定詞的。相比之下，農村「非集體化」催生歷史斷層的變革顯然要劇烈得多。《創業史》開頭作為題記的鄉諺在一定程度上被改寫了：「創業難……」，被借用來敘述「李順大造屋」式的歷史「傷痕」；「家業使弟兄們分裂，勞動把一村人團結起來」也不再是絕對的真理，恰恰是實實在在的「家業」興旺，動員了積極性曾被極「左」政策挫傷的農民們重新團結到改革的召喚中來。於是，農村題材作家必然面臨這樣的寫作困境：要再造新時期農村「社會主義新人」，就必須深入描寫改革背景下農村社會的結構重組，但如此回應改革新方向的農村新人，卻不一定符合「十七年」文學在「小我」與「大我」，個人與集體之間建立的理想主義要求〔註10〕。

正是在這一點上，《人生》的獨創性顯現出來。小說中幾乎完全沒有描寫農村經濟政策調整的情況，只是略微提及村子曾經由四十多戶人家集體生產、統一分配、大隊核算，這兩年才勉強跟上改革形勢，分成了兩個生產責任組。從一開始，高加林就像是農村經濟政治體制結構之外的獨立個體，對新經濟政策和農民致富的新局面都不感興趣。當其它農村題材作家還在專注於寫責任制實行後農民的富裕生活時，路遙已經大刀闊斧地挺進到敘述「心態史」的計劃上，「從表面上看，農民富起來啦，有錢啦，有糧啦，買電視

〔註9〕 雷達：《農村青年形象與土地觀念》，《文學評論》1983 年第 3 期。

〔註10〕 從這一點看，《平凡的世界》中的孫少安可以說是一個「轉義了的社會主義新人」形象，路遙特別安排孫少安，從簽第一份承包制生產合同開始勇敢捍衛新政策，但又讓他在自辦磚窯廠富裕起來後，去面對「分家」、「雇工」等非集體化帶來的新麻煩。「轉義了的社會主義新人」概念，受陳福民老師在當代文學年會上講話的啟發。

機、買高檔商品,寫他們咋樣把錢拿到手,又花出去,這樣寫當然不能說沒有反映農村的新變化,但畢竟不足以反映新政策帶來的廣泛而深遠的影響。一個作家,應該看到農村經濟政策的改變,引起了農村整個生活的改變,這種改變,深刻表現在人們精神上、心理上的變化,人與人之間的關繫上的變化,而且舊的矛盾克服了,新的矛盾又產生了……。」〔註11〕《人生》有意脫離了新時期初農村題材小說的流行套路,也就在一定程度上避開了在「非集體化」農村經濟建設中再造「社會主義新人」的悖論。

2.1.2 「萎縮的鄉村」:進城故事的歷史寓言

在西安座談會上,路遙首次提出了「交叉地帶」的概念:

農村和城鎮的「交叉地帶」,色彩斑斕,矛盾衝突很有特色,很有意義,值得去表現。我的作品多是寫這一地帶的。(胡采:農村和城市交叉寫,農民和工人交叉寫,知識分子和公社社員交叉寫,內容豐富了,角度更新了,是農村題材的擴展。要寫出對時代概括性更強的作品,這種擴展不可少。)我寫得很少,苦惱很多。我在創作中體會到,要寫好農村,光熟悉農村和農村人已經不夠了,還應該熟悉城鎮和各行各業。八十年代的農村,比之五十年代和六十年代,已經複雜多了。十年內亂造成的分裂、舊的宗族衝突以及某些新的官僚主義,影響著農村的生活,而且,由於農村和城市在各方面的廣泛交流,現代城市生活對農村的衝擊和滲透,很大很深。比如,現在農村新一代的農民大部分具有初高中文化水平,他們比自己的父輩帶有更多的城市意識,有比較高的追求,和不識字的農民有許多新矛盾,他們的苦悶和煩惱具有時代的特點。〔註12〕

八十年代的農村究竟「新」在哪裏?相比陳忠實和鄒志安聚焦「包產到戶」等經濟政策調整產生的新因素,路遙看起來並未真正回答這一問題:「宗

〔註11〕 路遙,王愚:《關於〈人生〉的對話》,《路遙全集:散文、隨筆、書信》,廣州:廣州出版社,太白文藝出版社,2000 年,第 216 頁。

〔註12〕 《深入農村寫變革中農民的面貌和心理──在西安召開的農村題材小說創作座談會紀要》,《文藝報》1981 年第 22 期。

法衝突」與「官僚主義」在五六十年代一直存在，並且是社會主義實踐力圖克服與批判的對象；「十年內亂」造成的「傷痕」雖然可以按照新時期意識的歷史敘述去理解，但也可以如第一章所論，強調「文革」十年所謂「表達性現實」與「客觀性現實」衝突的一面，本應克服差別的制度實踐反而使差別變爲可見的，暴露出了社會主義前三十年的結構性危機；而所謂「現代城市生活對農村的衝擊」更是社會主義中國也難以繞開的現代性悖論。從這一點看，路遙提出的幾方面表現，其實是一個農村在改革前後都必然面對的持續發作的老問題。那麼，八十年代的農村，比之五六十年代的新的複雜性究竟體現在何處？

　　將路遙小說放到十七年文學脈絡上來考察，可以爲理解路遙關於「八十年代農村」的認識提供一個歷史參照。許多研究者都對路遙的「戀土情結」或褒或貶，但追溯其歷史來源，將其置於「十七年」文學與八十年代的關聯性中考察，就會發現與新時期文學步調一致，路遙也在城鄉敘事上回收著「十七年」的文學記憶〔註 13〕。例如《姐姐》的結尾，「我們將在這親愛的土地上，用勞動和汗水創造我們自己的幸福」〔註 14〕——就是對勞動美德的禮贊；而寫於 80 年 9 月的《風雪臘梅》，農村姑娘馮玉琴毅然拒絕了招待所所長要給她結親留城的「美意」，選擇身爲農民的康莊哥，也包含了一種「十七年」文學中農民階級「翻身做主」的自信：「天下當農民的一茬人，並不比其它人低下！咱穿的吃的可能不富足，可咱的精神並不會比其它人低下！」〔註 15〕——

　　然而，正如上一章所述，看見「交叉地帶」的認識裝置已經在這種回收中悄然改變。首先，社會主義新農村似乎重新回到了傳統鄉土文學視野中的「土地」概念：不同於《姐姐》結尾的「鬆軟的雪地」和「田野」，在「十七年」合作化小說中，作爲典型環境的農村不僅僅是撫慰心靈的風景，更是農村階級鬥爭、集體勞動發生的鍛造政治主體的公共空間。另外，農民也逐漸

〔註13〕徐剛指出，「既有的文學成規加上個人對城市的創傷性體驗，使得路遙『新時期』的小說創作或多或少延續了十七年文學城鄉書寫的基本價值取向。我們從路遙的小說創作之中，可以明顯地看到十七年文學城鄉敘事中某些典型性的主題：城市偏見，勞動崇拜，以及鄉村本位的道德理想主義立場。」參見徐剛：《交叉地帶的敘事景象——試論十七年文學脈絡中的路遙小說創作》，《南方文壇》2012 年第 2 期。

〔註14〕路遙：《姐姐》，《延河》1981 年第 1 期。

〔註15〕路遙：《風雪臘梅》，《鴨綠江》1981 年第 9 期。

喪失了面對城市的階級自信：《月下》中的大牛，因為蘭蘭要嫁到城裏而憤恨不已，但他也承認：「說來說去，農村窮，莊稼人苦哇……蘭蘭，你去吧，到城裏可千萬要小心呀，城裏汽車多，小心碰磕著……」——相比梁生寶放棄改霞時的自尊與驕傲，大牛只有自卑與無奈。最後，物質生活的豐富，成為判斷城鄉孰優孰劣的唯一標準：同樣是進城後返觀農村，改霞的動搖，是因為相比「雨後春筍的城市建設」，「村裏死氣沉沉，只聽見牛叫、犬吠、雞鳴，悶得人發慌」，讓她無法釋放參與社會主義的激情；而《風雪臘梅》裏的康莊卻是「沒來城裏之前，還不知道咱窮山溝的苦味；現在來了，才知道咱那地方根本不是人住的地方……」。

在這些片段中，路遙看似繼承「柳青的遺產」完成了以鄉村為本位的紮根故事，但柳青的鄉村卻越來越像一個遙遠的夢，無法挽留它的兒女們奔往那個看得見的城市。

於是，《姐姐》的結尾，《月下》中公社書記高明樓的出場，《風雪臘梅》中馮玉琴面對城鄉差別的愛情抉擇，這三篇小說雖然為路遙緊接著完成的《人生》幾乎提供了全部素材，但是，當路遙徵用上述「十七年」城鄉敘事的典型主題時，反而不斷生產出其自我解構的對立面。比如「勞動」，「勞動（主要是物質性生產的體力勞動）曾經使中國下層社會獲得一種主體性以及相應的階級尊嚴，並構成政權要求」〔註16〕，但《人生》中高加林對勞動的態度，卻在一定程度上宣告了這種德性政治的失敗：

> 不是有一個詩人寫詩說：「我們用鋤頭在大地上寫下了無數的
> 詩行嗎？」
>
> 當了兩天勞動人民，可能比過去結實一些。

農民的體力勞動如果指向在農村實現社會主義的烏托邦遠景，也可以像知識分子的腦力勞動一般富於詩意——但是，當高加林用這兩句話自我解嘲、語帶不悅地揶揄黃亞萍和張克南時，他內心的自卑與憤懣反而暴露出「十七年」

> 像和什麼人賭氣似的，他穿了一身最破爛的衣服，還給腰裏束
> 了一根草繩，首先把自己的外表「化妝」成了個農民。其實，村裏
> 還沒一個農民穿的像他這麼破爛。……第一天上地畔，他就把上身

〔註16〕 蔡翔：《革命／敘述：中國社會主義文學—文化想想（1949～1966）》，北京：
北京大學出版社，2012 年，第 272 頁。

脫了個精光，也不和其它人說話，沒命地挖起了地畔。沒有一頓飯
的工夫，兩隻手便打滿了泡。他也不管這些，仍然拼命挖。泡擦破
了，手上很快出了血，把鐝把都染紅了；但他還是那般瘋狂地幹著。

　　高加林不關心作爲勞動產品的生產效益，高加林的「勞動」更像是一場
行爲藝術，當他試圖用參加勞動把自己化妝成農民時，他從一開始就在心理
上將「勞動」放到了很低的位置，而「破爛的衣服」就是它的符號表徵。

　　看上去，巧珍的愛情最終讓高加林短暫地反省起自己對勞動的蔑視：

　　　　高加林漸漸開始正常地對待勞動，……經過一段時間，他的手
　　變得堅硬多了。第二天早晨起來，腰腿也不像以前那般酸疼難忍。
　　他並且學會了犁地和難度很大的鋤地分苗。……中午回來，他主動
　　上自留地給父親幫忙；回家給母親拉風箱。他並且還養成了許多兔
　　子，想搞點副業。他忙忙碌碌，儼然像個過光景的莊稼人了。

　　但這種回歸鄉土社會傳統美德的個體勞動，其吃苦耐勞、發家致富的意
義，也已經與《創業史》等合作化小說中集體勞動的政治寓意相去甚遠。

　　可以簡單比較《人生》與《創業史》的「鄉村／城市」書寫：雖然高家
村也有它風俗畫一般的美景和動聽的信天遊，但對於高加林來說，它仍然是
愚昧的、落後封閉的，單調乏味的，是無法讓他內心安頓的地方：這裡有高
明樓、馬占勝那樣的壞幹部；這裡因爲村民們的迷信思想，無法以「科學」
爲利器開展「衛生革命」；這裡因爲門當戶對、做媒求親的封建婚嫁觀念，不
能自由公開他與巧珍的愛情。有趣的是，《創業史》中也有郭振山這樣「人在
黨心不在黨」的官僚主義典型，也有改霞媽那樣反對自由戀愛的老封建，但
與《人生》不同，柳青寫這些農村的老問題，恰恰是爲了論證堅持走合作化
道路、從生產和精神上都建設社會主義新農村的緊迫性，而《人生》中的這
些鄉村故事，則被用來合理化高加林離鄉進城的動機。路遙非常細緻地安排
了高加林的三次回村經歷：第一次是作爲一名回鄉知識青年，回到一個不得
不爲國家工業化「背包袱」的貧瘠的農村；第二次是作爲一名被無端頂替失
業了的民辦教師，回到一個由高明樓這樣以權謀私的農村幹部一手遮天的農
村；第三次是作爲一個被告發「走後門」的不光彩的愛情背叛者，回到一個
被鄉親們奚落、巧珍已嫁爲人爲婦的農村。雖然小說的結尾，路遙借德順爺
之口，重新啓用「勞動」、「黨的政策」、「人民」等「十七年」文學的關鍵詞，
並自信地預言「咱農村往後的前程大著哩」，但他也把小說最後一章的標題直

接寫作——「並非結局」，高家村與「十七年」鄉村歷史接軌的可能性終究被懸置起來。

與「萎縮的鄉村」相對照的，是「膨脹的城市」：對高加林來說，城市是熙來攘往的市場、是閱覽室和普通話廣播站，是與「氣勢磅礴的火車頭」、「升入天空的飛機」、紙煙、時興衣裳等等激盪生活理想的壯觀畫面密切相聯的。路遙喜歡用「眺望地平線」這樣一個動作去描寫高加林的城市想像，「霧裏看花」使得城優於鄉的價值取向不僅在物質上，甚至在美學上都獲得了十足的說服力。高加林是一定要進城去看看的，而對於梁生寶來說，城市則不僅僅在別處。正如一位研究者的感慨：「梁生寶心裏裝著一座『看不見的城市』，這讓他對改霞要去的那個看得見的城市（西安或北京長辛店）不以為然。」「儘管這裡的『城』都是不起眼的小縣城、小城鎮，但重要的是農民心態的變化。在合作化時期農民的心裏，『城』與『鄉』是平等的，城市甚至算不上高一級文化形態了。」〔註17〕這種判斷固然有過分理想化「合作化」運動的偏頗之處，但它也敏銳地道出了「十七年」鄉村敘事得以建立其獨特性的歷史關鍵：農民政治地位提高，小生產者組織起來的集體事業，會在一定程度上制衡城市在物質與居民身份方面相對於農村的優越感〔註18〕。從梁生寶到高加林，鄉村和城市都改變了，農村沒有了「革命的窮棒子」的底氣，城市也沒有了墮落庸俗的原罪。

為何路遙從《姐姐》開始要不斷講述城鄉阻隔的愛情呢？站在70、80年代歷史轉軌的路口，路遙似乎已經窺見「我們永恒的痛苦所在」：他以及經歷過「前三十年」的同代人，一面要繼續帶著「十七年」遺留的歷史思維方式，回應「如何對待土地——或者說如何對待生息在土地上的勞動大眾的問題」；另一面又不得不承認，以「新」之名的改革同樣會如舊的歷史進程一樣，「我們將不得不拋棄許多我們曾珍視的東西」〔註19〕。《人生》就是這樣一個同時

〔註17〕 杜國景：《合作化小說中的鄉村故事與國家歷史》，北京：中國社會科學出版社，2011年，第180頁。

〔註18〕 除此之外，杜國景還指出了合作化小說所講述的城市「並非市場經濟作用下那個純粹商品化的城市，而是『從數目字』上管理著國家事務的城市」，因為農村合作化本身也是計劃管理的一部分，所以當改霞進城支持工業化建設、當宋老大進城交公糧（《宋老大進城》）、當姚蘭英進城換農具時（《風雷》）時，「進城」並不必然構成與鄉村建設的衝突，甚至存在著回饋的可能性。

〔註19〕 路遙：《早晨從中午開始》，《路遙全集：散文、隨筆、書信》，廣州：廣州出版社，太白文藝出版社，2000年，第65頁。

在八十年代文學軌道與「十七年」文學軌道上混裝發出的歷史列車：「高加林一代也許並沒有眞正意識到，他試圖告別熟人社會和鄉村倫理（對巧珍的愛情承諾），成爲城裏人（現代化的主要指標是所謂『城市化進程』）的行爲背後，實際是一場剛剛開始的『八十年代現代化』與『十七年經驗』之間的歷史博弈。『十七年』社會體制以『開後門』爲藉口葬送了這位鄉村青年『進城』的歷史創舉，但是它代表的『當代史』同時也懸空了高加林在鄉村社會的位置，這就是安排巧珍另嫁別人，以斷其後路。而八十年代的現代化還沒有準備好爲這位雄心勃勃的鄉村青年提供更理想的人生出路。」〔註20〕

儘管高加林最終還是回歸土地，在挑剔的批評家看來政治正確，並沒有徹底脫離回收「十七年」、再造「社會主義新人」所不斷強調的「人民」話語，但《人生》中「萎縮的鄉村」卻越來越處於城市的強勢壓制下。在路遙的發言中，新一代農民「比較高的追求」被直接等同於「更多的城市意識」，先前面對「城市化」問題時「鄉優於城」的敘事也越來越喪失效力，而這種「生活在別處」的想像一旦形成，「進城」必然成爲農村青年所謂「向上追求」的唯一方向。

2.1.3　批評的分歧：從「資產階級個人奮鬥者」到「現代青年」

無論是文藝政策、批評還是創作，新時期文學的撥「亂」反「正」，最初都包含著一個「回收十七年」的過程，八十年代在與「文革」斷裂的轉型過程中，仍然必須利用「十七年」的社會主義資源，完成對社會主義價值系統受挫的修復，並以此重新激活社會主義文化想像的歷史活力。無論是批評家繼續使用「社會主義新人」、「社會主義現實主義」等概念，還是路遙小說在城鄉敘事上出現與「十七年」文學呼應的主題與理想主義氣質，《人生》及其周邊，都體現著這種歷史幽靈若隱若現的過渡狀態，而如前所述，當「十七年」文學資源與改革意識形態小心並軌時，其形式與內容的整一性，必然遭遇新的挑戰。

無論路遙是否注意到批評界關於「社會主義新人」的熱烈討論，作爲一名出身陝西農村的文壇新秀，當《人生》最初進入批評家視野時，的確在農村題材的話題範圍內，爲批評家提供了一個開拓「農村社會主義新人」形象的新範本，但爲之欣喜的批評家也很快發現，這似乎是個有些過分超前的作

〔註20〕程光煒：《新時期文學的「起源性」問題》，《當代作家評論》2010 年第 3 期。

品。「認為高加林是社會主義新人的根據，恐怕是不充分的。我們對現實生活中湧現的社會主義新人可以進行多方面的概括，諸如有革命理想和科學態度，有高尚情操和創造能力，有寬闊眼界和求實精神，精力飽滿，智力發達，意志堅強，勇於探索和開拓，等等，但是，其中最重要的、決定『新人』性質的，則是革命的理想和信念，是與社會主義公有制相適應的思想和精神面貌。其它方面的特點只有和社會主義思想相聯繫，才能構成新人的一個條件。高加林所缺少的正是這一點。（……）高加林的非凡性格是一種悲劇性格，因為我們的時代決定了，社會主義和個人主義是格格不入的。」〔註21〕儘管批評家還在堅定地使用「社會主義新人」與「資產階級個人奮鬥者」，「集體主義」與「個人主義」等這些「前三十年」共產主義新人教育的關鍵詞，但他們也已經覺察到在新的改革情境下詞語與意義的分離，而另一套與毛澤東時代不同的「新人」表述正在滲入、并發生新的化學作用。

　　1982年10月7日《文匯報》編發了一組關於《人生》的爭鳴文章，兩套批評話語的分歧突顯出來：作為批評的一方，曹錦清指出高加林之所以失敗，是因為「他對個人願望的追求，離開了千百萬群眾正在從事的偉大事業」，無論是他對愛情的態度，還是希望到城市中施展抱負的野心，都「滲透著資產階級毒素的腐朽思想」。曹錦清非常敏銳地指出「三大差別」問題是造成高加林悲劇的歷史原因，但他同樣明確地強調高加林走上岐路的根源，還是「他在如何對待社會分工問題上一貫具有的錯誤認識。」「——在社會主義社會，還存在著社會分工，存在著城鄉之間、工農之間、腦力勞動和體力勞動之間的差別。社會應當盡可能地考慮到青年人的具體願望，但社會不可能滿足社會每個成員的要求。當個人願望與社會分工發生矛盾時，青年應該愉快地服從社會分工，在規定的工作崗位上發揮自己的創造性才能。在小說中，高加林卻並非如此。……他始終沒有把改造落後農村的人物當做終身的光榮使命。」〔註22〕——社會差別與個人名利，安心工作與遠大理想，這種討論方式顯然繼承了1949年以來關於青年人生觀的引導與規劃，它重在強調如何在意識層面克服三大差別：對於農村青年高加林來說，就是要形成一種「紮根」精神，一面用被意識形態化的「土地」、「人民」等集體主義範疇為個體行動建立起意義框架，一面則用階級鬥爭的形態，通過將農村知識青年的「進城」

〔註21〕謝宏：《評〈人生〉中的高加林》，《作品與爭鳴》1983年第1期。
〔註22〕曹錦清：《一個孤獨的奮鬥者形象——談〈人生〉中的高加林》，《文匯報》1982年10月7日。

衝動表述爲資產階級意識，在一定程度上扼制可能逾矩的名利欲望和物質享受。

　　非常不同的是，在作爲讚揚一方的梁永安的評述中，現代化進程中的新舊之爭開始取代社會主義與資產階級的性質之辯。「作爲一個農村新人，高加林表現出對現代化生活圖景的巨大熱情」，「這種進取精神與他對現代文明的嚮往交匯在一起，無疑是當代農村社會中一股寶貴的變革力量。」〔註 23〕在這樣的批評眼光中，高加林喜新厭舊的愛情選擇反倒成爲追求現代文明的例證，是「以精神的契合爲基礎的愛情」對「舊的婚姻戀愛觀」的勝利，而他最後的失敗，則被歸因於「現代化的車輪在鄉間小道上啓動的艱難性」和「落後的農村錯綜複雜的生活矛盾」。於是，造成高加林人生悲劇的根源，從個人思想上的「變質」轉向外在於個人的社會原因，而關於社會差別的理解，也不再需要從意識上去批判、克服甚至顛倒外在的等級秩序。相反，梁永安的批評裏甚至隱含了這樣一個奇怪的邏輯：承認差別的客觀存在，在一定程度上恰恰可以生產出推動整個社會實現現代化所急需的個人奮鬥積極性。然而悖論在於，按照這一邏輯推演下去，會不會發展出一套鼓勵農村知識青年脫離鄉村的「拔根」教育？如果以「現代／傳統」的標準爲城鄉差別建立一個價值高低的感知圖式，高加林爲實現個人物質文化需要的進城欲望，就可以恰當地被整合到國家現代化的遠大理想中去，那麼，又要如何建立起一套新的意義感知方式讓他心甘情願地回到農村去呢？

　　相比曹錦清有些僵硬的階級鬥爭思想，梁永安的評價顯然更合乎轉向「以經濟建設爲中心」的新時期意識。但與這兩篇各執一詞的批評不同，在圍繞《人生》的最初討論中，大部分批評家都選擇同時混用兩種批評話語，而小說本身也支撐了這種混雜性。問題出在高加林的進城方式上，路遙先設置了「走後門」的情節，又在後面的故事發展中以「反特權」的名義把高加林打回原籍——就算高加林個人奮鬥中的利己主義傾向可以被收編進「現代」追求的合理性中去，涉及特權階層的問題也足夠讓批評家爲難一陣〔註 24〕。

　　1983 年 1 月 25 日，路遙在致李炳銀的書信中專門提到：「關於《人生》，

〔註 23〕 梁永安：《可喜的農村新人形象——也談高加林》，《文匯報》1982 年 10 月 7 日。
〔註 24〕 爲了給高加林辯護，當時有批評家故意轉移視線，把對特權現象存在的不滿全數清算到特權階層的頭上，「在屈辱、迫害臨頭之時，一個農村青年還可能有什麼高雅的反抗呢？對於這一點，我們又有什麼理由可以指責呢？受到懲罰的不正應該是馬占勝、高明樓這一夥敗壞擋風、玷污文明的壞蛋嗎？」參見席揚：《門外談〈人生〉》，《作品與爭鳴》1983 年第 1 期。

是我三年苦熬的一篇作品，現關於高加林這個人物正在爭論，您不知看沒看
《上海文學》今年一期的那篇評論？這是站在一種哲學高度來評價人物的。」
〔註 25〕路遙首肯的這篇批評，出自蔡翔之筆〔註 26〕。通過將高加林的失敗同
時歸因於他的性格弱點與悲劇的環境力量，蔡翔巧妙地融合了正反雙方的批
評意見，既批評高加林的個人主義把社會想像成了「一座動物化的競爭場」，
不懂得調整個人利益、他人利益與國家利益的矛盾，又肯定「它的確潛藏著
對於因循守舊的孤老生活方式的一種反抗力」，因為傳統生活已經無法容納新
一代青年的現代追求。有趣的是，儘管像曹錦清一樣，蔡翔也批評高加林蔑
視土地、忽視了與廣大農民的情感聯繫，但是從前述「萎縮的鄉村」角度細
讀蔡翔的批評，就會發現同樣是強調「土地」和「人民」，蔡翔批評中隱含的
歷史敘述已經偏移到梁永安的「現代化」標尺上。土地被放到民俗學、人類
學的倫理層面來理解，「作品中的土地象徵著生他養他的親人，象徵著我們民
族傳統的美德」，這種表述中幾乎已看不到「前三十年」社會主義新農村建設
的歷史痕跡。而更明顯的變化，是蔡翔對巧珍的評價。巧珍不再代表絕對正
確的人生觀、幸福觀和戀愛觀〔註 27〕，在蔡翔看來，「她的善良混合著愚昧，
謙讓伴隨著自卑，純真卻又不免簡單……這些矛盾反映出我們民族在現狀中
呈現的二重的心理狀態：感奮時代的變化卻又時時被舊觀念、舊道德限制了
精神世界的發展。」〔註 28〕

　　就像蹺蹺板一樣，隨著巧珍評價的改變，高加林的歷史合理性也越來越
強。在 1985 年李劼的《高加林論》中，已經完全看不到批評家關於「資產階
級個人奮鬥」的質詢，「當高加林受到第一次命運打擊的時候，他採取的並不

〔註 25〕　路遙：《致李炳銀》，《路遙全集：散文、隨筆、書信》，廣州：廣州出版社，
　　　　　太白文藝出版社，2000 年，第 304 頁。
〔註 26〕　蔡翔：《高加林和劉巧珍──〈人生〉人物談》，《上海文學》1983 年第 1 期。
〔註 27〕　邱明正：《贊巧珍》，《文匯報》1982 年 10 月 7 日。
〔註 28〕　儘管蔡翔引用高爾基的話，批評巧珍還缺乏一個婦女解放的成長階段，應當
　　　　　「成為不只知道愛和被愛的婦女，而是醉心於社會主義建設」的婦女，但關
　　　　　於解放的理解似乎退回到「五四」時期「娜拉式的解放」──「社會主義運
　　　　　動的目的正是努力提高每個人的社會價值，每個人就應該珍惜和提高自己的
　　　　　價值……婦女要永遠保持自強自立的清醒意識」──覺醒的個體當然是社會
　　　　　主義解放事業必須完成的任務，但社會主義人道主義之所以區別於資產階級
　　　　　人道主義的地方，就是要發展出一套不同於資產階級啟蒙話語的「個人」表
　　　　　述，巧珍的覺醒，不能僅僅止步於趙樹理筆下的艾艾（《登記》），還得漸漸成
　　　　　長為丁玲筆下的杜晚香（《杜晚香》）。蔡翔這篇批評寫於 1982 年 7～9 月間，
　　　　　可以看出受當時「人道主義與異化問題」討論的影響。

是或者聯合村民或者向上告發的方式搬倒那個不正派的大隊書記，而是在書記面前如何顯出自己的高大和不可侵犯。(……) 在這裡，個性掙脫了歷史殘留的封建枷鎖，以極其強硬的姿態站立起來。作為一個文學典型，高加林所顯示的就是這樣一種深刻的時代意義。」〔註29〕在李劼的知識譜系裏，高加林自我意識的覺醒集中體現了「新啟蒙」思潮所要求的「人的再發現」，即「在普泛意義上將『個人』視為絕對的價值主體，強調其不受階級關係、社會歷史限定的自由和自我創造的屬性。與之構成對立面的，是50～70年代尤其是『文革』時期的階級論話語，和以其為表述形態的國家對個人的壓抑和監控。」〔註30〕因此，曾經飽受質疑的高加林的不恰當的反抗方式，在李劼這裡反而變成了「個性」的證明，而「聯合村民」這種「十七年」梁生寶式的集體主義抗爭形式，則非常可笑，遠遠不如「孤膽英雄」更具美感。於是，高加林被從他成長、奮鬥所依託的具體環境、階級關係、當代史中剝離出來，變為了一個抽象意義上的人，一個抽象的「個人」。

批評的變化大約遠遠超出了路遙的預期。關於小說《人生》的爭鳴從82年8月開始的，真正的高潮集中在83年上半年，84年下半年則轉入關於《人生》電影的熱評，隨後於85年初《平凡的世界》發表前再度出現幾篇總結性文章。在這個時間段落中，需要特別注意的是1980年第5期《中國青年》雜誌發起「潘曉討論」後的幾次波動，以及1983年10月到84年初關於「人道主義與異化問題」討論的批判，兩者都與「清除精神污染」的大環境有關。路遙回憶說《人生》的寫作反覆折騰了三年，其實早在1979年就動筆了，但寫成後很不滿意，雖然當時也可能發表，還是撕了稿子，甚至想把它從記憶中抹掉。1980年才又試著寫了一遍，還是覺得不行。比如劉立本家的三姐妹，在最初的兩稿中只有巧珍一人。從短篇過渡到中篇創作，人物關係結構都要複雜得多，這當然對路遙構成了挑戰，但也可以設想，如果《人生》早兩年發表，它引起的批評爭議就可能非常不同。

對於這個終於在城市站穩腳跟的農民之子來說，高加林的故事幾乎是路遙第一次真正面對他自己的人生經歷，一次最自然釋放又最費盡心機的摹寫。不管是進城改變個人命運的渴望，還是辜負巧珍真心的罪感，都不過是

<hr />

〔註29〕李劼：《高加林論》，《當代作家評論》1985年第1期。
〔註30〕賀桂梅：《「新啟蒙」知識檔案：80年代中國文學研究》，北京：北京大學出版社，2010年，第51頁。

他從自己身上感受到時代轉型中人心悸動的樸素記錄。從 81 年座談會上首次使用「交叉地帶」開始,與批評的互動促使路遙逐漸完善起自己關於創作意識的理論概括。如果說座談會發言主要還是對農村、城市交融增多的客觀描述,那麼在一年後《中篇小說選刊》轉載《人生》後附的創作談中,「交叉地帶」已經被更理論化地表述為「現代生活方式和古樸生活方式的衝突,文明與落後、資產階級意識和傳統美德的衝突,等等」〔註 31〕。有意思的是,僅在一個月後給閻綱的通信中,「資產階級意識」一詞又被路遙改寫為「現代思想意識」〔註 32〕。雖然不能將這一點小小的「筆誤」過度闡釋為新時期初「告別革命」意識形態的表現,但也的確體現了路遙在理解高加林時的進退兩難。他既難以像李劼們那樣無所顧忌的擁抱「現代」,又無法像曹錦清一樣反駁高加林想要擺脫農民底層社會地位的合理追求,高加林的人生歸宿,只能暫時被設計作「並非結局」的結局。

2.2　高加林的「感覺世界」:幸福生活如何可能?

高加林有過三次體會到「幸福」〔註 33〕的瞬間:第一次是巧珍給予他的,「愛情啊,甜蜜的愛情!它像無聲的春雨悄然地灑落在他焦躁的心田上。他以前只從小說裏感到過它的魅力,現在這一切他都全部真實地體驗到了」。

第二次,是在高加林如願進城後到南馬河抗洪前線報導災情,他被書記劉玉海強烈地吸引住了,劉玉海「就像《紅旗譜》裏的朱老忠一樣粗獷和有氣魄」,一聲「只要人在,什麼也不怕」的吶喊一下子激發出高加林的靈感,寫下了他成為「公家人」後的第一篇新聞報導。當黃亞萍用圓潤的普通話向全縣廣播時,「一種幸福的感情立刻湧上了高加林的心頭,使他忍不住在嘩嘩的雨夜裏輕輕吹起了口哨。」這第二次幸福的瞬間,真正讓高加林意識到自己在農村之外的廣闊天地大有作為,他將不得不為前途考慮,放棄巧珍給他的第一次幸福。

〔註 31〕 路遙:《面對著新的生活》(寫於 82 年 7 月 11 日,西安),《中篇小說選刊》1982 年第 5 期。

〔註 32〕 路遙:《致閻綱》(82 年 8 月 17 日),《路遙全集:散文、隨筆、書信》,廣州:廣州出版社,太白文藝出版社,2000 年,第 296 頁。

〔註 33〕 「幸福」一詞在《人生》中共出現過 17 次。其中路遙從巧珍角度使用「幸福」一詞有 3 次,從黃亞萍角度使用「幸福」一詞有 2 次,結尾從德順爺口中說出了 3 次,其它 9 次都直接與高加林的人生起伏有關。

　　第三次，則是在高加林被告發撤職回村後，大城市生活的夢想破滅了，巧珍也已嫁爲人婦。高加林自我反省：「假如他跟黃亞萍去了南京，他這一輩子就會眞的幸福嗎？他能不能就和他幻想的那樣在生活中平步青雲？亞萍會不會永遠愛他？南京比他出色的人誰知有多少？……如果他和巧珍結了婚，他就敢保證巧珍永遠會愛他。他們一輩子在農村生活苦一點兒，但會活得很幸福的……」。德順爺隨後給高加林講了一堂關於「什麼是幸福」的人生課題：「幸福！你小子不知道，我把我樹上的果子摘了分給村裏的娃娃們，我心裏可有多……幸福！」望著德順爺，高加林「一雙失去光彩的眼睛裏重新飄蕩起了兩點火星。」

　　簡單看這三次幸福的瞬間，有兩點值得注意：首先，在高加林感知幸福的方式中，「文學」發揮了關鍵性作用，小說中的愛情，小說中的英雄，它們成爲高加林從與虛構人物的相似經歷中汲取幸福感的重要底色；其次，農村已經不能給高加林提供充分的幸福感，雖然他最後反省自己拋棄巧珍是昧了良心，但眞正讓他相信生活可以重新開始的保障，還是因爲巧珍央求高明樓讓高加林再回去教書。可以假想，如果高加林只能老老實實做一名莊稼漢，或者如願娶了巧珍，他就眞的就能夠安心於第一或第三種幸福嗎？況且就在他被告發之前，「經過平原和大城市的洗禮」，高加林已經覺得這個山區小縣城是個陌生的地方，「縣城一點兒也沒變，是他的感覺變了。」這兩點恰好應和了路遙對新一代農民青年的概括：更高的文化水平和更多的城市意識。知識改變了高加林們感知世界的方式，也就改變了站在城鄉交叉帶的他們對幸福生活的想像。

　　從暫時填補理想受挫的愛情，到展現個人才華的工作崗位，再到重新紮根土地的勞動，正如路遙自己所說，他是要寫一個「在生活裏並不順利的年輕人的形象」，怎樣一步步走到人生的正道上去，關心新時期當代青年如何「正確對待生活的問題」。《人生》中不時出現從生活小事過渡到人生大事的理論探討，敘述者視角的主動干預，透露出作者試圖以現實主義文學法則從「這一個」高加林中照出時代典型的欲望。如前所述，當這個帶有資產階級個人主義性質的「新人」被納入啓蒙主義框架中獲得更多肯定時，作者和批評家都開始焦慮其「道德自律」的問題。而「十七年」關於「一種生活方式何以高於其它」的理論表達，在「文革」後逐漸喪失效力，正是在這樣的背景中——「是什麼支撐著我的尊嚴，讓我覺得生活完滿且富於意義？」——

高加林追索的人生難題必然反映出一代人的苦悶與疑惑，而他特殊的農民出身，則要求新時期重新圍繞青年人生觀建立的意義框架去繼續回應城鄉差別提出的挑戰。

2.2.1 「愛美之心」：感覺的重新分配

　　路遙筆下的高加林是個十分愛美的青年。儘管是在被命運捉弄痛苦不堪的時候，高加林也爲小說中第二章的登臺亮相著實打扮了一番。他很花了一陣時間刷牙，從箱子裏翻出叔父寄回的黃色軍用上衣，「他把這件黃軍衣穿在身上，愉快地出了門」，「年輕人那種熱烈的血液又在他身上歡暢地激蕩起來。他折了一朵粉紅色的打碗碗花，兩個指頭撚動著花莖」，「他飛快地脫掉長衣服，在那一潭綠水的上石崖上擴胸，下蹲──他已經決定不是簡單洗個澡，而要好好遊一次泳。」──如果把這段話放到「十七年」工農兵文學中打量，高加林一定會被苛責爲「小資產階級情調」：農村青年高加林，不好好下地生產勞動，而是沉迷於穿著打扮、拈花游泳的閒暇生活，這像極了60年代《千萬不要忘記》中打野鴨子、抽紙煙、穿毛料上衣扮「工程師」的青工丁少純，這種小資產階級趣味是必須在文化領導權爭奪的思想領域被及時遏制的。但在《人生》中，路遙並沒有批評高加林的「臭美」，反而有意將高加林塑造成一個天生的美少年，並且不惜筆墨地描寫從高加林視角下展開的「審美活動」：

> 　　他的裸體是很健美的。修長的身材，沒有體力勞動留下的任何印記，但又很壯實，看出他進行過規範的體育鍛鍊。臉上的皮膚稍有點黑；高鼻梁，大花眼，兩道劍眉特別耐看。頭髮是亂蓬蓬的，但並不是不講究，而是專門講究這個樣子。他是英俊的，尤其是他在沉思和皺著眉頭的時候，更顯示出一種很有魅力的男性美。

> 　　劉巧珍看起來根本不像個農村姑娘。漂亮不必說，裝束既不土氣，也不俗氣。草綠的確良褲子，洗的發白的藍勞動布上衣，水紅的的確良襯衣的大翻領翻在外邊，使得一張美麗的臉龐顯得異常生動。

> 　　平時淳樸的馬栓今天一反常態。他推一輛嶄新的自行車，車子被彩色塑料帶纏得花花綠綠，連輻條上都纏著一些色彩鮮豔的絨球，講究得給人一種俗氣的感覺。他本人打扮得也和自行車一樣體

面：大熱的天，一身灰的確良襯衣外面又套一身藍滌卡罩衣；頭上
戴著黃的確良軍式帽，曬得焦黑的胳膊上撐一隻明晃晃的鍍金鏈手
錶。他大概自己也為自己的打扮和行裝有點不好意思，彆扭地笑著。

人人都有愛美之心，比較這三段描寫，且不說高加林天資俊朗，他的「美」
是被路遙刻意經營出來的，科學體育鍛鍊和故意作亂的髮型，為寫高加林的
美，路遙彷彿是照著畫報上電影明星和時裝模特的樣子，拼命將他從一般關
於從事體力勞動的農民印象中剝離出來。「美」的第一要素是「不像農民」。
在高加林眼裏，巧珍格外美不是因為她蓋滿川「長得像花朵一樣好看」，也
不是普通莊稼人關心的「能勞動」，而是「根本不像個農村姑娘」這一點深
深地吸引了高加林，甚至可以稍稍彌補「可惜是文盲」的缺憾。「美」的第
二要素則是「自然」。馬栓雖然一身新，把自己收拾得像個鄉鎮企業老闆或
農村幹部，但在高加林看來卻俗氣得很，終究只是個「不識字的農民」。在
路遙筆下，「美」的這兩個要素在高加林身上驚人地統一起來，高加林的「美」
是天然的、不需要雕琢的，而他的農民出身則彷彿是被後天強加於他的，甚
至成了他追求美的自由之路上一個最礙眼的「身外之物」。

路遙為什麼這麼寫？一方面，從情節推進來看，通過描寫高加林「完美
的身體」和「愛美之心」，路遙為後來高加林的進城之路預先建立了一個強有
力的邏輯起點。正如楊慶祥在分析高加林特有的潔癖時所說，「把『身體』的
完美與身份的『低賤』以一種非常悖論的形式扭結在一起，從而產生一種強
大的敘事衝動：把『身體』從這種『身份』中抽離出來，為『身體』尋找一
個更合適的『身份』。」〔註 34〕儘管路遙與批評家一樣，對高加林進城的方式
和動機都有所質疑，但這種寫法至少在接受層面為高加林博得了讀者的同
情，當這樣一個美少年被捆綁在貧乏封閉的農村中時，讀者難道不會對他所
遭遇的屈辱打抱不平嗎，難道不希望他能重新尋找一個更適合的地方去發展
他關於美的敏感神經嗎？

另一方面，從新時期初的文藝實踐和社會氛圍來看，這種寫法又建立在
人們對「美」的重新認識基礎上。「美」不再特別需要經受階級論的審視，以
「共同美」、「人情美」、「人性美」的名義，高加林對「美」的追求並不必然
與一個農村青年歷史養成的趣味或階級意識相互衝突，這種曾經會被視為革

〔註 34〕楊慶祥：《妥協的結局和解放的難度——重讀〈人生〉》，《南方文壇》2011 年
　　　　第 2 期。

命接班人模仿小資產階級生活的變質行為，如今甚至帶有了那麼一點兒「解放」的意味，象徵著高加林作為一個「人」的自我意識的覺醒。

以《創業史》為參照，可以清晰地看到這種美感經驗的歷史轉變。《創業史》第一部第八章開頭，柳青寫道：「人都有愛美之心，追求美也是人類的本能之一。」同樣以「共同美」為出發點，梁生寶和改霞對美的認識卻與高加林大相徑庭。改霞像巧珍一樣是湯河上頂俊的女子，但對於梁生寶和村裏有文化的年青人來說，「要不是她參加社會活動，要不是她到縣城去當過青年代表，要不是她在黃堡鎮一九五一年『五一節』的萬人大會上講過話，那麼，一個在草棚屋里長大的鄉村閨女，再漂亮也不可能有這樣大的名氣和吸引力呀。」連改霞自己也認為，「漂亮對她來說，是一種外在的東西」，真正帶給她光榮感的，是作為農村青年團員的組織生活。在《創業史》中，改霞的「美」儘管同樣包含了巧珍似的「不像個農村姑娘」的要素，但她青年團員的身份仍然必須以為農村現代化服務的階級覺悟為前提，而不是以追求美的合理性脫離農民階層，在城鄉差別中以城裏人的美感趣味為根據重新包裝自己。因此，當高加林以他的軍大衣、衛生習慣、曾經的民辦教師身份吸引巧珍時，梁生寶絲毫不因為自己是「泥腿子」而自卑，在梁生寶看來，「人家穿四個兜的制服，見天洗臉」的知識分子固然「美」，但如果改霞認同這種「美」，為了過美日子動搖了紮根農村的信念，她就是「思想兒變了……咱打定主意走這互助合作的道路，她和咱不合心，她是天仙女，請她上她的天。」

同樣是寫「愛美之心」，與高加林所認同的美不同，柳青旨在重新確立一套關於「美」的感知方式。柳青為此還專門設計了秀蘭的未婚夫、援朝英雄楊明山負傷毀容的情節，當眾人看到英雄原來是一副癩癩疤疤的臉而為秀蘭惋惜時，秀蘭卻說「『慢說人家並不太難看，就是真難看，我也不嫌……』，她覺得楊明山反而更美，和他在一塊覺得更榮耀」，甚至連一向思想覺悟不高的梁三老漢，也因為「愛祖國的感情和女婿在外國的光榮……覺得自己是世界上很高貴的一個中國人！」

這種過分理想化與政治化的「愛美之心」難免被後世秉持藝術真實的批評家質疑，但重要的是，柳青的寫法也深刻地揭示出了「美感」背後的意識形態問題。或許可以把柳青以小說參與政治生活的實踐方式看作在完成一個福柯式的工作，把我們以為不證自明的普遍的「愛美之心」，重新還原為一系列話語實踐的產物。當梁生寶基於「泥腿子」和「知識分子」的對立關係闡

發他關於「美」的認識時，其實已經充分說明美感與趣味一樣，始終發揮著布爾迪厄所謂「區隔」的功能，以「洋」和「土」、優美與醜陋、高雅與庸俗等界定方式，製造與維繫著某種社會差別。如果說原來關於「美是什麼」的感性認識，是與精英知識階層的腦力勞動、超出日常生活經驗的無功利審美等密切相關的，那麼柳青就是要在創造農村社會主義新人的過程中，打破這種「美」的幻覺，在日常生活的感覺結構裏，顛倒社會差別中的等級秩序，讓秀蘭和梁三老漢在被常識視為「不美」的事物中感受到「高貴」與「光榮」。這當然不可能解決三大差別中農民階層被剝奪的事實，但它至少提供了另一種關於美好生活的想像與價值標準。

再折回《人生》中看高加林的「愛美之心」，必須承認，高加林和許許多多農村青年一樣，他們所追求的首先就是《創業史》中許諾卻未真正實現的那種「吃飽體面」的生活，但他對「體面」的理解卻是以曾經被梁生寶警惕的那種「愛美之心」為標準的。無論是路遙在為高加林做人物設定時腦海中草繪的形象，還是高加林從生活鏡象中看到的自我，某種程度上都可以說是通過模仿「他人的生活」完成的——這是一個與農民身份牴牾的新興的小資產階級形象。站在新時期初「去革命」的現代化想像重新展開之際，這種「愛美之心」有它積極解放的一面，它的確可能構成農村知識青年對三大差別的挑戰，就像高加林燃燒著復仇火焰的自白，「我非要來這裡不可！我有文化，有知識，我比這裡生活的年輕人哪一點差？我為什麼要受這樣的屈辱呢？」但是，縱使高加林有著「完美的身體」和感悟美的能力，他就真的可以躋身城市知識青年的隊伍並獲得與他們一樣的天生的優越感麼，他真的只需要憑藉自己的「標致漂亮」，就可以像米開朗基羅的大衛一樣征服眾人嗎？

歷史的弔詭之處在於：當「十七年」文化教育普及使得農村青年高加林習得了知識分子階層的審美趣味與美感經驗後，社會主義前三十年的制度實踐並沒有給高加林提供走出城鄉區隔、改變自身社會地位的更多機會〔註35〕，而《創業史》中的那種無產階級美學，也沒能真正在文化領導權的爭奪中獲得最後的勝利，為底層青年高加林提供足夠強大的尊嚴感。當新時期初「傷

〔註35〕從《人生》下部開篇，可以大致判斷高加林幾次往返城鄉的歷史背景，作為路遙的同代人，到縣城讀初中時碰到「文化大革命」，停課回鄉插隊，後來高中復課畢業後沒有考上大學，再次回村擔任民辦教師，直到被撤職，又以「走後門」招工的形式進城。而80年代初「農轉非」僅有的三個正規途徑就是：高考、招工和參軍。

痕文學」領航、美學熱以「共同美」的討論方式重新確立人性復歸的主題時，不再刻意強調階級出身，呼應「尊重知識、尊重人才」，這些制度變革雖然爲高加林的「愛美之心」和個人追求提供了更多合法性，但事實證明，他仍然不可能像「歸來」的知識階層那樣，自由地擁抱美的王國。當梁生寶從農民階級的主體意識出發，試圖以對「愛美之心」的重新定義在思想層面克服社會差別的客觀存在時，高加林是站在抽象的、大寫的「人」的自我認識上，以不斷剝離出農民階層的個體姿態，挑戰城鄉差別。在這裡，「美的本質被界定爲眞與善、感性與理性、合規律性與合目的性……的統一，即被理解爲人的一切對抗、紛爭和矛盾的最終消除」〔註36〕，但就像前一章分析「階級和解」的幻覺最終破裂一樣，這種「美」的背後仍然是一個個具體的來自特定階層的個人。

儘管高加林自信滿滿，認爲他比沒文化的巧珍、馬栓都有「心高」的資本，但在後面的情節發展中，特別是當他面對城市青年黃亞萍關於「美」的強勢評估時，出身農民的自卑感實際上變得越來越難以掩飾。高加林很快就會發現，黃亞萍們正是他所追求的那種「美感」背後強有力的生活原型，若要繼續貫徹「愛美之心」，他就必須承受從一個階級到另一個階級那種徹底轉換身份意識的撕裂。

2.2.2 「更衣記」: 脫不掉的「出身」

《人生》中上演了好幾幕高加林往返城鄉之間的「更衣記」。馬栓爲了娶巧珍「喬裝打扮」，掩飾自己只是一名「沒文化、臉黑」的莊稼漢子；巧珍爲了討好高加林換下勞動穿的衣服，把頭髮改成城裏姑娘時興的髮型——同樣出身農民的高加林，卻要在他被退職回村勞動時，拼命將自己「喬裝打扮」成一個「農民」:

> 像和什麼人賭氣似的，他穿了一身最破爛的衣服，還給腰裏束了一根草繩，首先把自己的外表「化裝」成了個農民。其實，村裏還沒有一個農民穿得像他這麼破爛。……大家都很同情他；這個村文化人不多，感到他來到大家的行列裏實在不協調。尤其是村裏的年輕婦女們，一看原來穿得風風流流的「先生」變成了一個叫花子

〔註36〕 祝東力:《精神之旅——新時期以來的美學與知識分子》，北京:中國廣播電視出版社，1998年，第88頁。

一樣打扮的人，都嘖嘖地爲他惋惜。

　　高加林本來就是農民，本不需要再從著裝上刻意表明身份，但路遙在這裡強調「化裝」、尤其是一次「失眞」的化裝，恰恰製造出一個奇妙的翻轉：「農民出身」如今反而成了高加林的「身外之物」，就像一件彆扭的衣服，越發突顯了高加林與農村的格格不入。並不是普通農民就不關心美，就不講究穿時興衣服，但當村民們將「有文化」和「穿得風風流流」聯繫起來時，這種看似尋常的判斷背後，其實已經埋下了一個「美」有高下之分的認識標準——即眞正的美感經驗，是與特定知識階層的趣味、教養和生活方式密切相聯的。因此，當高加林不能再當「民辦教師」時——這個身份曾經使他在制度層面客觀存在的「三大差別」中獲得了高於農民階層的優越感（例如民辦教師每月除了工分，還有幾塊錢補貼買紙煙）——故意扮「丑」的自輕自賤，正是爲了營造一種反諷效果來顯示他被剝奪的權力，並以此抵抗被迫重回底層的現實命運。

　　有趣的是，當高加林後來眞正成爲一名吃「公家飯」的縣城記者時，脫去了這身「穿錯」的農民衣服，他並沒有因此就獲得絕對的自信，外在裝扮仍然是他確保與農民身份撇清關係的重要道具。在縣城居民眼中，高加林的引人注目不僅僅是因爲他的寫作才華和英俊外表，「他胸前掛了個帶閃光燈的照相機……顯得特別惹眼」，他「穿一身天藍色運動衣，兩臂和褲縫上都一式兩道白槓，顯得英姿勃發」——路遙幾乎動用了一個農民出身作家關於職業記者、體壇明星的全部知識，給高加林披掛上了想像中小鎮青年應當具備的所有對象，而這些甚至在城鎮人的日常生活中都顯得有些做作與奢華。在小說關於「更衣記」的第二次描寫中，「黃亞萍按自己的審美觀點，很快把高加林重新打扮了一番：咖啡色大翻領外套，天藍色料子筒褲，米黃色風雨衣。她自己也重新燙了頭髮，用一根紅絲帶子一紮，顯得非常浪漫。渾身上下全部是上海出的時興成衣。」這種過分張揚的打扮，引起了縣城居民的不滿，「許多人罵他們是『業餘華僑』。高加林起先並不願意這樣，但黃亞萍的理由是他們馬上就要到大城市去了，有必要「實習」一下。這一幕「更衣記」充分暴露出了高加林和黃亞萍之間的權力關係，「她大部分是按他的意志支配她，服從她」。而與之形成鮮明對比的，是高加林與巧珍之間同樣圍繞穿著打扮出現的場景：「巧珍……以後，你要刷牙哩」，「你爲什麼沒穿那件米黃色短袖？那衣服你穿上特別好看……，你明天再穿上。」——如今只能任由黃亞萍打

扮的高加林，曾經也是對「美」擁有絕對裁判權的人。

通過化裝去模仿高於自己出身的社會階層，並想像性地佔有這種身份——當高加林按照黃亞萍的審美觀把自己喬裝成「南京人」時，他難道不是也在重複曾經被他瞧不起的馬栓式的「非分之想」嗎？這種「非分之想」當然有其解放性的一面，高加林就不用說了，當馬栓也要「美一回」、巧珍也要刷牙、穿上的確良衣裳時，「更衣記」首先就意味著對農民階層「習性」的挑戰。布迪厄指出，習性概念首先是一種判斷，一種「恰在其位」的感覺，它決定了對於特定群體來說，什麼是可能的，什麼是不合理的，引導人們把自己主動排除於與自己無緣的商品、人物以及地方之外。「它表明階級的結構劣勢如何能夠被內化為相對持久的傾向，這種傾向則能夠通過社會化而在代際之間傳遞並產生自我挫敗的行為（self-defeating action）。」〔註37〕從某種程度上來說，「前三十年」社會主義實踐同樣是以挑戰「習性」為出發點的，要求建立一個下層民眾可以有非分之想的「翻身」邏輯，但城鄉二元制度阻隔農民上升途徑的客觀事實，又自相矛盾地要求農民階層為國家整體利益做出犧牲，自願接受個人自由流動受限的社會分層秩序。而「十七年」所謂批判小資產階級趣味和日常生活，或如柳青那樣重新定義「愛美之心」，都是為了給這種矛盾事實提供一個意識形態上的合法性依據，讓農民階層在無法享有城市居民的生活資源時，仍然活得有尊嚴。然而正如我一直在前面分析中強調的，「三大差別」導致的政治危機和社會衝突在 60～70 年代日益加劇，且不說在農民的習性觀念中，城市仍然是遙不可及的天堂，即使是本村內部的權力關係也並未得到根本改善，仍然存在著高明樓這樣掌控各種「活路」的人物。因此，可以說是「改革」話語重新認可了高加林們的「非分之想」，馬栓或劉立本可以借助經濟實力讓享有政治資本的「大能人」另眼相看，高加林可以憑藉知識這一文化資本在改革時代的階層重組中改變地位，新時期以來城鄉制度的調整，在一定程度上真正打開了農民在身份等級社會中的上升空間。

但新的困境在於，這種以「更衣記」為表徵的挑戰，從一開始就決定了「模仿者」與「被模仿者」、「贗品」與「真身」的等級關係。無論是高加林打量巧珍、馬栓時居高臨下的眼光，黃亞萍包裝高加林時的強勢，還是小鎮居民不滿黃亞萍、高加林時髦裝束時的嫉恨，在這種與美、趣味和身份有關

〔註37〕 〔美〕戴維·斯沃茨：《文化與權力：布爾迪厄的社會學》，陶東風譯，上海：上海譯文出版社，2006 年，第 121 頁。

的感知結構背後，他們都共享著這樣一個基本前提——農民是不如小鎮居民的，小鎮居民是不如「南京人」的，「南京人」則不如華僑，每個人都不應該僭越他所歸屬的社會階層，不在其位，不謀其奢，外在著裝上的更換只能暫時掩飾其實際出身。高加林旨在脫去出身的「更衣記」，儘管在一定程度上突破了階級出身論的束縛，但又嚴格複製著社會分層結構中既定的身份等級秩序。正如布爾迪厄所說，「一個特定的社會形式中的所有行動者，都共享著一系列基本的知覺框架，這種知覺框架通過成對的對立的形容詞——它們被普遍地用於區別與限定實踐領域中大量的人與事物——開始其對象化活動。高雅（崇高、優雅、純粹）與低俗（粗俗、低級、中庸），精神與物質，優美（優雅、精緻）與粗魯（笨重、肥胖、粗野、野蠻）……這種老生常談所以被現成地接受，是因為在它們的後面存在著整個的社會秩序」〔註38〕。——因此，關鍵問題在於，「誰」有權利定義與支配這種知覺框架？即使高加林在制度上獲得了被認可的城市人的身份，他仍然需要面對諸如「更衣記」所複製的社會權力關係中的認同危機，制度上的平等並不必然保證尊嚴感的獲得。

　　讀《人生》下部，會感到高加林的欣喜若狂是短暫的，他一直沒有擺脫不安與焦慮的精神狀態（黃亞萍的強勢是一方面原因，他拋棄巧珍的道德負罪感是另一方面原因，或許還因為「走捷徑」感到不安），他似乎並不自信已經成為縣城的一員。在得知「走後門」被揭發時，高加林更迅速接受了再也改變不了莊稼漢命運的結局。小說結尾得十分倉促，路遙幾乎不給高加林一丁點兒猶豫謀劃的時間，

　　　　他洗了一把臉，把那雙三接頭皮鞋脫掉，扔到床底下，拿出了
　　巧珍給他做的那雙布鞋。布鞋啊，一針針，一線線，那裡面縫著多
　　少柔情蜜意！他一下子把這雙已經落滿塵土的補口鞋摀在胸口上，
　　淚水止不住從眼睛裏湧出來了……

　　又一次「更衣」之後，高加林去找黃亞萍斷絕關係。從「三接頭皮鞋」換成「布鞋」，這彷彿是對柳青《創業史》中「愛美之心」的回溯。針對許多批評質疑《人生》結尾處理的不自然、暴露出作者皈依舊觀念的「戀土情結」，路遙說結尾其實充滿了他「對生活的一種審美態度」，作為農民出身的作家，在巧珍和德順爺身上「寄託了我對養育我的父老、兄弟、姐妹的一種感情。

〔註38〕　〔美〕戴維・斯沃茨：《文化與權力：布爾迪厄的社會學》，陶東風譯，上海：
　　　　上海譯文出版社，2006 年，第 98 頁。

這兩個人物,表現了我們這個國家,這個民族的一種傳統的美德,一種在生活中的犧牲精神,……如果我們把這些東西簡單地看作是帶有封建色彩的,現在已經不需要了,那麼人類還有什麼希望呢?」〔註39〕站在 83 年末的時間點上,路遙已經敏感地覺察到批評家在「現代/傳統」、「文明/落後」的知識範式上推進得太快,但他也非常清醒地知道,「至於高加林下一步應該怎樣走,他將會是一個什麼樣的人,在某種程度上應該由生活來回答」,現實生活中的高加林們未必就會認同與選擇《人生》中的這種「審美態度」。可以假想,小說中的巧珍如果還是嫁給了高加林,他就會覺得滿足了嗎?《人生》中有這樣一個細節,巧珍來縣委探望高加林,面對巧珍與黃亞萍在談吐裝扮上的鮮明差別,高加林陷入了是否繼續與巧珍保持關係的劇烈動搖中,這時,他飛快地跑到百貨門市部給巧珍買了一條鮮豔的紅頭巾。「因為他第一次和巧珍戀愛的時候,想起他看過的一張外國油畫上,有一個漂亮的姑娘很像巧珍,只是畫面上的姑娘頭上包著紅頭巾。」

> 拐過一個山凹,加林看看前後沒人,就站住,從掛包裏取出那條紅頭巾,給巧珍攏在了頭上。

> 巧珍並不明白她親愛的人為什麼這樣,但她全身心感到了這是加林在親她愛她!

> ……高加林送畢巧珍,返回到街上的時候,突然感到他剛才和巧珍的親熱,已經遠遠不如他過去在莊稼地裏那樣令人陶醉了。

巧珍終於還是不能領會高加林的「浪漫」,高加林或許會覺得「布鞋」並不比「三接頭皮鞋」寒磣,但為巧珍戴上「紅頭巾」的舉動難道不是一種補償性選擇嗎?這是高加林永遠難以割捨的「愛美之心」,它總有與路遙所謂「審美態度」發生衝突的時刻。1980 年 1 期《中國青年》雜誌首次開闢「美學通信」專欄,第一篇刊登的就是王朝聞的《「臭美」略析》,他一面仍舊強調,「在階級社會裏,人們那審美的習慣、趣味、理想和標準,常常或明或暗地顯示著階級性。青年對於資產階級頹廢的生活方式與腐朽的藝術趣味的侵襲,當然也應當有所警惕」,但是,「既然窮困得活不下去的楊白勞,也樂於給女兒買二尺紅頭繩來當作過新年的禮物,正如烈士就義之前也要利用條件而整理一下儀容那樣,可見並非資產階級的勞動人民和革命者,並不排斥他們的審

〔註39〕路遙、王愚:《談獲獎中篇小說〈人生〉的創作》,《星火》1983 年第 6 期。

美需要。」〔註40〕王朝聞的這篇小論，可以用來為高加林辯護，愛美之心成為超階級的普遍主義話語，參與鞏固了新時期初告別階級鬥爭、轉向經濟建設與日益滿足人民物質精神需要的改革共識，但高加林的命運悲劇又提醒我們注意，要怎樣才能保證這種愛美之心不僅僅成為對原來「資產階級藝術趣味」的模仿呢〔註41〕？

　　比較閱讀張一弓的小說《黑娃照相》，路遙在《人生》中關於「更衣記」的精彩設計愈發顯得意味深長。這篇比《人生》早些發表的作品，同樣講述了一個農村青年短暫的進城故事。新的農村政策讓黑娃富了起來，他捏住八元四角的鈔票決定到城裏開開洋葷，他最後選擇了「流動照相館」：

> 　　黑娃從容地脫下補丁小襖和沾滿汗污的小布衫兒，勇敢地袒露著正在發育的結實渾圓的雞肉，赤膊站在陽光下，像是向人們炫耀：看看，好好看看，這才是真正的黑娃啊。穿戴時興的人們，你們都扒了衣裳，跟俺黑娃比比肉吧，這可是俺自個兒長的，咱不比身外之物！然而，當攝影師熱心地幫助他，把毛衣西服呢子褲等『身外之物』堆砌在他那健美的軀體上時，他還是感覺著一種進行了一次報復的愜意
> 　　……

〔註40〕 王朝聞：《「臭美」略析》，《中國青年》1980 年第 1 期。

〔註41〕 翻閱 80 年代的《中國青年》雜誌，培養青年的美感，特別是日常生活中的愛美之心是非常重要的一個話題，甚至越來越多地出現關於如何穿衣化妝等的指導性文章。可以看到其中雖然也強調大方得體、不張浪費等傳統審美價值觀，但現代（西方）的流行品味越來越成為一個重要參照。如《中國青年》1984 年 11 期：牧言《學會打扮你自己——談談生活化妝》，紅豆《關於『化妝』的雜感》，提倡「中國的女性不妨化一下生活淡妝」。《中國青年》1984 年 8 期：吳健《街頭服裝評議》，「當前，大工業生產雖然高度發達，但人們還是常常喜歡保留一些有著鄉土氣息的優雅情趣。」《中國青年》1984 年 12 期：《穿件漂亮衣服不應遭到非議》，「我們講艱苦奮鬥，不是提倡大家過苦行僧的日子。」「對個人，我們卻提倡『能掙能花』，引導消費，美化生活。」從這些文獻中可以看到，高加林式的「愛美之心」，有可能發展為被市場邏輯操縱的消費欲望，最終喪失審美主體的自主地位。如今，農村問題研究者越來越多地注意到大眾文化（特別是電影電視、廣告等），非常強勢地塑造了農民的生活想像，雖然農民現在的絕對生活水平比以前大有提高，「但他們目前被越來越具有侵略性的廣告所刺激起來的物質欲望所控制，有了強大的需求，但並沒有實現這些需求的物質條件」。參見賀雪峰：《新鄉土中國——轉型期鄉村社會調查筆記》，南寧：廣西師範大學出版社，2003 年，38～39 頁。

　　　　這一位果眞是俺麼？但他很快便確認，這就是本來的黑娃，或
者說，這就是未來的黑娃，評論家也說，相片之外的黑娃不過是黑
娃的異化罷了。〔註42〕

　　與高加林的更衣記相似，這一次「化妝攝影」，讓黑娃「美了一回」，但
農民黑娃因勞動鍛造的健美的身體，最終還是不敵穿上「毛衣西服呢子褲」
的黑娃，前者甚至被認爲是後者暫時的異化狀態。此處使用 80 年代初人道
主義討論中的異化學說，是爲了強調黑娃作爲「人」的固有本質──消除城
鄉差別，讓相片裏跟城市人一樣體面的黑娃與眞實生活中的「他」合二爲一
──這是改革最激動人心的理想。但像城裏人一樣吃穿消費，就一定可以給
農民帶來同等價值的尊嚴感嗎？正如黑娃自己所說，這裡面寄託著「一個五
顏六色的嚮往，一個農民吃得穿得的證明」，但爲什麼「他又感到莫名的惆
悵」呢？

　　小說結尾，黑娃脫下這身臨時裝扮，下決心回村去繼續發展農副業。「勞
動致富」才是當時國家制度規劃中許諾給農民的正確上升途徑。1977 年 11 月
8 日國務院批轉《公安部關於處理戶口遷移的規定》強化了對戶口遷移工作的
嚴格管理，第一次提出了「農轉非」的概念，並要求嚴格控制指標。1981 年
12 月 30 日國務院發出《關於嚴格控制農村勞動力進城做工和農業人口轉爲非
農業人口的統治》。儘管改革開放以來，限制農民進城務工經商的障礙逐漸取
消，但在糧食供應、教育就業、醫療保險、勞動保護、住房、婚姻生育等方
面仍然存在著城鎮居民與農民的巨大權益差別。在這樣的殘酷現實中，「更衣
記」最貼切地象徵了高加林和黑娃們的進城之路，它從一開始就預示了一個
妥協的結局，這不僅是制度上城優於鄉的結果，還是它所形成的有關幸福感
的評判標準的結果：一旦將改裝後的身份設定爲唯一目標，經歷過「美一回」
的高加林和黑娃，就不可能再在農民的身份中安頓下來，他們必然重返這條
艱難的「進城」之路，他們或許可以從生活的外型上佔據一個城市中的位置，
但如何建立與城裏人勢力相當的自我認同，仍然是個懸而未決的問題。

2.2.3　「愛幻想的天性」：小說之外的生活現實

　　高加林是個文學青年，他愛好文學，還有著極其敏感、富於幻想的文學
青年氣質。「雖然出身農民家庭，也沒走過大城市，但平時讀書涉獵的範圍很

──────────
〔註42〕張一弓：《黑娃照相》，《十月》1983 年第 2 期。

廣；又由於山區閉塞的環境反而刺激了他『愛幻想的天性』，因而顯得比一般同學飄灑，眼界也寬闊。」細讀《人生》，特別是上部，每當高加林遭遇挫折時，路遙就會讓高加林沉浸在他個人的感覺世界中。「愛幻想」是對現實的視而不見或者刻意逃避，他使得高加林得以與一般農村青年拉開距離。第一次進城賣饃，高加林就鑽進縣文化館，讀《人民日報》國際版，研究「中東問題」、「歐洲共同體國家相互政治經濟關係研究」，當他讀完韓念龍在柬埔寨國際會議上的講話，竟然「渾身感到一種十分熨帖舒服的疲倦」。電影《人生》中的這一片段從高加林面部飽含憧憬的眼神特寫開始，然後以蒙太奇手法連續拼接了飛機、摩天樓等剪報圖片，生動地將高加林幻想中的城市景觀以同樣是「想像大於現實」的圖片還原出來。而「衛生革命」失敗後，路遙也寫下了一段高加林式的幻覺：

> 啊，在那遙遠的地方，此刻什麼在響呢？是汽車？是火車？是飛機？不知為什麼，他總覺得這聲音好像是朝著他們村來的。美麗的憧憬和幻想，常使他短暫地忘記了疲勞和不愉快；黑暗中他微微咧開嘴巴，驚喜地用眼睛和耳朵仔細搜索器遠方的這些聲音來。聽著聽著，他又覺得他什麼也沒有聽見；才知道這只不過是他的一種幻覺罷了。……過去那些嚮往和追求的意念，又逐漸在他心中復活。他現在又強烈地產生了要離開高家村，到外面去當個工人或者幹部的想法……

是「幻想」生產出激情和後來被讀者們稱讚的「進取精神」，鼓勵高加林走出去。但奇怪的是，從下篇開始，這個愛幻想、常感情用事的青年卻漸漸變身為一個更懂得精心計算、富於理性的人。

後來許多批評家都順著黃亞萍的看法，在高加林身上讀出了保爾·柯察金和於連的雙重疊影，「從性格的某些外在表現，諸如倔強、堅韌、強悍的等方面看，他有點像保爾，然而，從精神上，氣質上，不顧一切地追求個人的發展上看，他更像的是十九世紀資產階級個人奮鬥的英雄於連·索黑爾。」〔註43〕可以說，保爾和於連的形象均勻分佈在上下篇，而正是在下篇中，高加林才變得越發「實際」起來，像於連那樣迅速將愛情選擇與個人前途聯繫在一起。連黃亞萍也對他潛藏的野心和報復有些心有餘悸，「有時候，他的脾氣很古怪，常常有一些特別的行為」。而高加林的座右銘更像極了於連：

〔註43〕蔣陰安：《高加林悲劇的啟示》，《青年文學》1983 年第 1 期。

「「不要反顧！不要軟弱！為了遠大的前途，必須做出犧牲！有時對自己也要殘酷一點！」因此，儘管黃亞萍和高加林的熱戀是「現代」的、「羅曼蒂克的」，但從一開始就充滿了算計，高加林算計借助黃亞萍父母之力去南京的遠景規劃，黃亞萍算計自身條件優勢對高加林的吸引力，儘管他們也去東崗一起唱歌、天上地下的說東道西，分享彼此的文藝青年氣質，但最終讓高加林能夠容忍黃亞萍「即興地浪漫一下」的，還是她在物質方面對他的慷慨：「三接頭皮鞋」、「罐頭、糕點、高級牛奶糖、咖啡、可可粉、麥乳精」，「全自動手錶」……。

在和黃亞萍的愛情裏，高加林的感覺世界被這些實在具體的物一點點填充起來，這一點與他和巧珍在一起時的情境完全不同。在巧珍大膽表白之後，路遙曾用這樣一段非常浪漫的話記錄下了高加林的感覺世界：

> 他雖然是個心很硬的人，但已經被巧珍的感情深深感動了。一旦他受了感動的時候，就立即產生了一種奇異的激情：他的眼前馬上飛動起無數彩色的畫面；無數他最喜歡的音樂旋律也在耳邊想起來，而眼前真實的山、誰、大地反倒變得虛幻了……

這種幸福感不是靠算計贏來的，也沒有多餘的野心和欲望。法國理論家朗西埃在對《紅與黑》的精彩解讀中，提到了一個常被人疏忽的細節：一個如此不擇手段、工於算計，從社會最底層走入上流社會的於連，為什麼最後反而感情用事地槍傷了雷納爾夫人，並毫無反抗地被捕入獄，而且正是在獄中當雷納爾夫人來探監時，於連才終於體會到了前所未有的幸福？這是一種不關乎任何目的和手段的、只憑感覺而生的幸福。朗西埃從於連身上讀出了底層青年擺脫等級束縛的兩種方式：一是以理性計算的方式「以惡抗惡」，按照既定的遊戲規則在輸贏關係中逆轉自己的劣勢地位，奪取他人的位置；一是在這場輸贏遊戲的一開始，就將身份定位懸置起來，放下欲求和算計，去享受純粹的感覺體驗。這兩種方式之間必然發生衝突，於連不是沒有單純熱戀雷納爾夫人的幸福時刻，但他對遠大前程的考慮，又讓這種純粹的感覺裏挾了功利主義的報復的一面，彷彿讓這個比他階層地位高的女人拜倒在腳下，才是愛情的實際用途。朗西埃借司湯達對盧梭的回應，來思考 19 世紀資產階級革命中個人主義與公民平等的悖論，他意在指出，於連式的資產階級個人英雄固然挑戰了復辟時期的等級制度，但取代貴族階級的位置之後，並不必然就能獲得相當地位的平等感，真正的平等感只存在於無階層差別的感

性體驗中〔註44〕。

　　這一分析對如何評價高加林「更衣記」式的反抗富有啓發意義。雖然不能說作家和小說中的人物眞的具有批評家後設的政治眼光，但當路遙把高加林寫成一個「愛幻想」的農村文學青年時，他不僅僅爲人物和情節發展安插了一個「進城」的歷史必然性，更揭示出人物內心世界的自相矛盾：幻想中的平等感，並不能僅僅通過理性安排的方式獲得解決。路遙的生前好友陝西作家高建群曾回憶說，《人生》「寫的是一個《紅與黑》中於連·索黑爾式的命題，一個生活在社會底層的野心勃勃的小人物試圖躋身到上流社會，想『飛得更高』的問題。」路遙非常崇拜於連〔註45〕，「當他面對這個世界的時候，他很強大，或者說他一定要表現得這麼強大，但是回到房間面對自己，他又是極度懦弱的，他從一個極度貧窮的地方來到繁華都市，面對各種人物，生活的反差很大。在西安這座城市裏生活了十多年，但是，他從來沒有融入過這座城市，他在心態上還是一個農民，夜半更深常常從夢中驚醒，擔心被這座城市堅硬冰冷的城牆反彈回去。」〔註46〕——路遙代替小說中的高加林繼續留在城市裏，也就不得不代替高加林繼續承擔幻想與現實的撕裂。

　　路遙在《人生》之外的緊張情緒，與他在小說中把高加林遣送回鄉的當機立斷形成了鮮明對比。「我寫《人生》反覆折騰了三年——這作品是 1981 年寫成的，但我 1979 年就動筆了。我非常緊張地進入了創作過程，但寫成後，我把它撕了，因爲，我很不滿意，儘管當時也可能發表。我甚至把它從我的記憶中抹掉，再也不願想它，1980 年我試著又寫了一次，但覺得還不行。」〔註47〕那麼，究竟在 1979 年到 1981 年間發生了什麼最終促成了《人生》的完稿呢？

〔註44〕　〔法〕雅克·朗西埃：《底層青年的夢》，《感知》第三章，nani 譯。http://www.emus.cn/?uid-16777-action-viewspace-itemid-51099

〔註45〕　路遙在《答中央廣播電視大學問》中曾專門提到他對司湯達《紅與黑》的閱讀。參見《路遙全集：散文、隨筆、書信》，廣州：廣州出版社，太白文藝出版社，2000 年，第 163 頁。另外，在《平凡的世界》第三卷中，有一段孫少平給礦工們講《紅與黑》的情節，講到於連爬窗與情人幽會，礦工安鎖子對小說中的男歡女愛心生嫉恨，一把奪過書扔進了煤堆，「去它媽的，於連 X 小子太美了，老子在這兒乾受罪。」

〔註46〕　高建群：《路遙的一些事情說出來很爆炸》，http://culture.ifeng.com/huodong/special/luyao2/wenzhang/detail_2012_11/17/19261740_0.shtml

〔註47〕　路遙：《答中央廣播電視大學問》，《路遙全集：散文、隨筆、書信》，廣州：廣州出版社，太白文藝出版社，2000 年，第 163 頁。。

　　參考新近發現的路遙書信，會驚人地發現路遙幾乎在現實中同步上演著《人生》中的生活故事〔註48〕。1979 年 12 月 4 日致海波信中，路遙提到給自己的弟弟王天雲（1956 年生）找工作的事：

> 　　今有兩事要告訴你。第一件：我那個不成器的弟弟四錘，經過一番相當艱苦的奴隸，終於在縣農機局施工隊上班了（新成立的，當然是交錢掙工分，現在永坪公社），他開推土機。據說縣農機局局長是馮致勝，請你通過豔陽給她爸做點工作，請多關照他，不要半途打發了。（可對豔陽説，再讓豔陽對她爸説：我認爲他爸是個出色的政治家；我本人很佩服他；或者我對他希望他具有政治家風度，不必爲過去的派性而影響──這點不一定明説。我出去一直説馮致勝的好話。）……這一切太庸俗了，可爲了生存，現實社會往往把人逼得在某些事上無恥起來。這是社會的悲劇，你自己也許體會更深。〔註49〕

　　爲了把弟弟農轉非，路遙費盡周折，甚至通過朋友去奉承地方官員。1980年元月 17 日致海波的信中，路遙再次強調要海波認眞對待「愚弟之事」，同時也鼓勵還留在農村做民辦教師的海波不要放棄精神追求。1981 年元月 12日致海波信中，可以看到路遙一直在爲海波民辦教師轉正的事做多方工作，但苦惱於「延川的人事已經淡漠了，就是原來關係要好的人也不會重視我的意見」。1981 年 5 月 16 日致海波信再次問及四錘工作的事，並提及最近完成的小說《1961 年：在困苦中》（即《在困難的日子裏》）即將發表，打算從 7 月開始休創作假（《人生》的最後一稿就是在這個夏天完成的）。

　　除了四錘，這段時間裏最讓路遙揪心的，還有三弟王天樂（1959 年生）的工作。王天樂無望參加高考，在家呆了一年後就闖蕩到延安城去做攬工漢了。據厚夫的最新考證，在 1979 年 11 月份到 1980 年 5 月份的半年左右的時間內，路遙先後以「高密度」的方式給其在延安的好友、詩人曹谷溪寫了六封書信，其中都涉及到給王天樂找工作的事。當時普遍招工只面向擁有城鎮戶口的青年，只有被城鎮青年不屑的煤炭工人才輪得到農村青年，王天樂的戶口在清澗縣，把戶口落到延安，才能參加當地的招工。在 1980 年 2 月 1 日

───────────────

〔註48〕厚夫在新近發現的路遙致谷溪的信中特別提出了這一重要發現。見《由新近發現的路遙 1980 年前後給谷溪的六封信看路遙當時的創作與思考》。

〔註49〕路遙：《致海波》，《路遙全集：散文、隨筆、書信》，廣州：廣州出版社，太白文藝出版社，2000 年，第 320 頁。

的信中，路遙提及時任延安縣縣委書記的張史潔，因爲「文革」中路遙所領導的紅衛兵組織曾保護過被批鬥的張史潔，所以路遙希望依靠這位權貴爲弟弟爭取一個招工指標，並請谷溪從中斡旋。在這些信裏，路遙顯得焦灼不安，小心謹愼，其中一封還提到母親誤以爲他和谷溪關係鬧僵、擔心谷溪不再幫忙解決天樂的工作，路遙視谷溪爲最信任的朋友，但也看得出他對於自己不得不「走後門」、「靠關係」的牴觸、多疑和無奈：

> 天樂的事不知辦得怎樣，我極願意知道較詳細的情況。在去延安的時間上有一個在家鄉分糧的問題。去延安在什麼地方干什麼事，生活的安排能不能維生等等。以及能否較便利地出來，希望你把詳細一點的情況告訴我一下。這是拜託於你，是極麻煩你了，非常感謝。（1979.11.7）

> 你不知道！他暗示要我依他模特兒塑造一個高大的縣委書記形象，他是不願意讓我直接更到他的這些不美氣的做法的。因此，他就是願意幫我的忙，也總是在我面前閃爍其詞，這就是他爲什麼願意接受你這個中間人了。谷溪，我的判斷沒錯，請你全權設法解釋這事吧，因爲這中間反正存在著我，張史潔明白這一點；如果不是這一點，他原來就不會幫我忙的！不知道你是否充分理解了我以上所談的這些。我不是怕負責任，因爲是爲我的親弟弟辦事嘛！我主要考慮怎樣辦更合適一些。（1980.2.1）

> 上次寫給你的信，想必年前已經收讀了。你也不回信，不知道近況如何。關於明年招工一事，看來大概只招收吃國庫糧的，農村戶口是否沒有指標？（1980.2.22）

> 你要知道，任何事，求人總是難暢的。如果我在延安的話，我是絕不會麻煩你的。當然，延安還有許多熟人，但比較來比較去，你還是我最信任的人，因此不管怎樣，我還得依靠你。你也許還記得，我對你的不論什麼事都是盡力而爲的，所以總希望你對我也一樣。（1980.3.4）

> 天樂來了一信，談了一下他的情況，看來是很苦的，我很難受，把一個二十來歲的人拋在一個自謀自食境地裏，實在不是滋味。我是希望你想些辦法的。（1980.5.1）

> 天樂的事不知近期有無變化，我心裏一直很著急，不知事情

將來會不會辦得合適一些。我已經張弢寫過信,讓他協助你努力一下,我可能 7 月份來延安,到時咱們一塊再想想辦法。(1980.5.24)
〔註50〕

　　5 月完成《驚心動魄的一天》的修改後,路遙從北京直奔延安尋找弟弟。王天樂後來回憶起那一晚在延安飯店 205 房間與兄長的促膝長談,「我們長時間沒有說話,吃過晚飯後,他才對我說,你可以談一談你個人經歷,盡可能全面一點,如果談過戀愛也可以說。於是,就在這個房間裏,我們展開了長時間對話,一開始就三天三夜沒睡覺。總共在這裡住了十五天。他原打算剛寫完《驚心動魄的一幕》再寫一個短篇小說叫《刷牙》。但就在這個房間裏,路遙完成了中篇小說《人生》的全部構思。當時,這個小說叫《沉浮》〔註51〕,後來是中國青年出版社王維玲同志修改成《人生》。」〔註52〕比高加林幸運,王天樂終於在 1980 年秋天〔註53〕被招工到銅川礦務局鴨口煤礦採煤四區當採煤工人,後來路遙又靠關係把他調到《延安日報》做記者,隨後調任《陝西日報》駐銅川記者站站長,不僅成為路遙生活創作上的好助手,也實現了自己以筆為生的職業理想。

　　「幻想不能當飯吃」,這恐怕是路遙在《人生》寫作期間最直接的現實感悟。《人生》第 22 章中那一大段敘述者對高加林的悲劇的說明,彷彿是路遙的自我寬慰:「他儘管是個理想主義者,但在具體問題上又很現實」,「他希望的那座『橋』本來就不存在;虹是出現了,而且色彩斑斕,但也很快消失了。他現在仍然面對的是自己的現實。」「誰如果要離開自己的現實,就等於要離開地球。一個人應該有理想,甚至應該有幻想,但他千萬不能拋開現實生活。」──儘管路遙也指出社會有責任幫助青年們實現理想,但他還是迅速將高加林的痛苦歸結為「如何正確對待理想和現實關係」的青年人生觀教育問題,「哪怕你的追求是正當的,也不能通過邪門外道去實現啊!」

　　只有瞭解了路遙在現實生活中幫弟弟們解決工作問題的各種煩惱,才能

〔註50〕路遙:《致谷溪》,這幾封均為厚夫新近發現的路遙書信,未刊。

〔註51〕又有一說,《人生》最早名為《你得到了什麼》。出自《星的隕落──關於路遙的回憶》,曉蕾、李星編,西安:陝西人民出版社,1993 年,第 169 頁。

〔註52〕王天樂:《苦難是他永恒的伴侶》,引自《路遙十五年祭》,李建軍編,北京:新世界出版社,2007 年,第 192 頁。

〔註53〕王天樂自己回憶是 1979 年農曆八月底被招工到銅川礦務局鴨口煤礦採煤四區。但據厚夫考證,應是 1980 年。據此,1977～1978 年王天樂在村裏做了一年民辦教師,然後到延安做了兩年攬工漢。

讀出小說中的五味雜陳。同樣是「愛幻想」，城鎮青年黃亞萍追求的是物質生活富裕之外的一點精神上的浪漫，而對於高加林來說，他有的只是精神和感覺上的過度亢奮，卻找不到一個合適的容器使它穩定下來。路遙或許能在《人生》的「生活故事」中給高加林一個理想的、合乎他審美趣味的結局，卻無法在現實中貫徹他自己的理想，他在小說中譴責高加林通過不正當手段追求個人實現，卻不得不在現實中設計各種利益交換。路遙依照蘇聯宇航員加加林的名字創造了高加林，可以說，農民出身作家路遙同樣是一個「愛幻想」的青年，但他深知「幻想」到文學為止——如何處理文學與現實的緊張關係——正是從《人生》開始，路遙自己的文學觀念才逐漸自覺與豐滿起來。

2.2.4　個人發展的合理性：「潘曉討論」的城鄉差別

研究者已經注意到，《人生》的發表和評論應當被看作是 80 年代初「潘曉討論」的後續事件〔註 54〕。的確，有關「合理利己主義」、「主觀為自己、客觀為別人」等潘曉討論的核心命題，為批評家、讀者甚至路遙自己理解高加林的人生抉擇提供了重要參照。但是，比較潘曉和高加林又會發現，《人生》其實揭開了「潘曉討論」中易被忽視的兩個盲點：第一，由於時間上的滯後，小說《人生》的人生觀討論不再僅僅針對「文革」後青年一代的歷史傷痕，更提出了改革啟動後可能帶來的新的青年問題；第二，「潘曉」的原型以及 80年代初知識青年返城就業的社會背景，使得「潘曉討論」並未注意到青年在面對人生危機時的城鄉差別，而《人生》及其討論從農村青年的角度，則暴露出了主導文化在「青年人生觀」規劃上的結構性危機。

路遙 1979 年動筆寫《人生》，1980 年重寫，1981 年寫成，並無直接材料可以證明路遙關注過《中國青年》雜誌始於 1980 年第 5 期關於「潘曉來信」連續七期的討論，但從路遙的創作談中，可以看到與「潘曉討論」非常相似的意義表達：在「潘曉來信」的編者按中，潘曉們的情緒被形容為「彷徨」、「苦悶」、「虛無」的，是沖毀革命年代美好信仰的「十年動亂」造成的創傷，而編發這封來信的目的，就是為了讓青年們思考一個嚴肅的問題——「應該怎樣看待社會？怎樣對待人生？當理想和現實發生矛盾的時候怎樣才能生活

〔註54〕相關研究如，朱羽：《人生「意義」的重建及其限制——「潘曉難題」的文學戰線》，博士論文，上海大學，2010 年。陳華積：《高加林的「覺醒」與路遙的矛盾——兼論路遙與 80 年代的關係》，《現代中文學刊》2012 年第 3 期。

的有意義？」路遙在 1983 年與王愚的對談中同樣提到：「高加林的理想和追求，具有當代青年的共同特徵，但也有歷史的惰性加給青年一代的負擔，有十年浩劫加給青年一代的狂熱、虛無的東西」〔註 55〕。高加林這樣的青年不僅僅在農村才有，他最初的想法，就是為了「引起社會對青年的重視」，而「從青年自身來說，在目前社會不能全部滿足他們的生活要求時，他們應該正確地對待生活和對待人生，從某種意義上來說，尤其是年輕時候，人生的道路不可能是一帆風順的，永遠有一個正確對待生活的問題。」──看上去路遙只不過是在復述「人生觀討論」未盡的任務，但如果說「潘曉來信」還能被讀作一個「傷痕文學」故事，裏面不乏潘曉對「文革」浪潮的個人記憶，那麼，高加林的《人生》故事已經很難再用「後文革」敘事來直接比附。

　　如何在新的改革氛圍中解釋高加林們的狂熱與虛無呢？路遙在現實生活中給出了另一套有別於創作談的意見。在前引路遙給谷溪的信中，路遙曾因哀歎弟弟的命運，談及新時期改革開放以來在城鄉二元制度上仍然存在的嚴重問題，這種基於個人體驗的有感而發，比後來面向批評家和讀者的創作談顯得更質樸真實：

> 關於明年招工一事，看來大概只招收吃國庫糧的，農村戶口是否沒有指標？詳細情況我不太瞭解，國家現在對農民的政策明顯有嚴重的兩重性，在經濟上扶助，在文化上抑制（廣義的文化──即精神文明）。最起碼可以說顧不得關切農村戶口對於目前更高文明的追求。這造成了千百萬苦惱的年青人，從長遠的觀點看，這構成了國家潛在的危險。這些苦惱的人，同時也是憤憤不平的人。大量有文化的人將限制在土地上，這是不平衡中的最大不平衡。如果說調整經濟的目的不是最後達到逐漸消除這種不平衡，情況將會無比嚴重，這個狀況也許在不久的將來就會顯示出。（1980.2.22）〔註 56〕

　　路遙的歷史洞見在於，他不僅僅看到了新時期伊始招工等城鄉區隔制度對農民自由流動渠道的限制，更看到了國家在大力發展農村經濟的同時，卻無法滿足、甚至有意抑制農村青年精神追求的矛盾之處。這裡所說的年青人們的「苦悶」與「憤憤不平」，已經把潘曉式的「虛無」與「狂熱」推到了新

〔註 55〕路遙、王愚：《談獲獎中篇小說〈人生〉的創作》，《星火》1983 年第 6 期。
〔註 56〕路遙：《致谷溪》，由厚夫新近發現的路遙書信，未刊。

的歷史情境中，對於農村知識青年來說，他們不僅有著與同齡城市青年一樣「告別革命」的精神危機，還要繼續承受城鄉差別對個人追求的束縛。這封信早於 1981 年農村題材座談會上路遙的講話，也早於 1982 年他與閻綱的通信，幾乎是可查文字記錄中路遙關於「交叉地帶」及其形成原因的最早感慨。儘管他還沒有使用「交叉地帶」一詞，但關於「國家當前政策的兩重性」的說明，已經指出「交叉地帶」不僅是毛澤東時代城鄉分隔社會體制的歷史遺留物，同樣是改革時代加速現代化的結果。

　　為什麼「有文化的人」在土地上就沒有施展「文化」的可能性？什麼是更高的文明？城市戶口所能享有的資源分配一定是追求更高文明的必要條件嗎？——當這些問題成為不證自明的真理時，這種逐漸轉向「單一現代性」標準的城市化進程，必然使農村新一代在物質和精神生活兩方面都以城市為標準，向城裏人看齊。但現實情況則是：新時期農村改革雖然為農民鬆綁，發展鄉鎮企業，使得個體農民有了更多的經濟發展途徑和就業機會，但是戶籍制度的存在仍然決定著農民只能留在農村勤勞致富，像黑娃、陳奐生那樣以匆匆過客的身份到城市中消費，或者像路遙的弟弟王天樂那樣到縣城裏當一名「攬工漢」；在文化方面，國家政策雖然鼓勵農村青年提高文化水平，但也側重於宣傳要以配合農業生產需要為前提，在一定程度上延續著 50～70 年代的理想主義紮根教育。（例如 81 年第 15 期《中國青年》雜誌發起有關「農村青年成才之路」的討論，就特別提出了「土專家」〔註 57〕的說法，要求農村青年把知識回饋給農村。）——這就是路遙所謂「在經濟上扶助，在文化上抑制」，雖然從 1978 年～1985 年，城鄉收入差距逐漸縮小，農民生產積極性提高，但是在路遙看來，生活小康並不能徹底解決、甚至還會進一步加劇農村知識青年在文化精神追求方面的「相對剝奪感」〔註 58〕。

〔註 57〕　《廣大農村青年成才之路》，《中國青年》1981 年第 15 期。
〔註 58〕　1980 年，路遙的兩位文壇勁敵賈平凹、陳忠實分別發表了《他和她的木耳》（82.5 延河）和《棗林曲》（80.7），同樣講述城鄉交叉帶的故事，這兩篇小說就非常符合國家政策宣傳，小說中的農村知識青年進了城，感情上卻是一步一回頭。如批評家蕭雲儒對《棗林曲》中玉蟬形象的總結：「勞動者的情操和小市民的習氣爭奪著福娘的心。終於因為新的政策給農村帶來的美好圖景給了她力量，她才連人帶心回到了農村。」（81.1《延河》蕭雲儒：《論陝西小說創作形勢》）。1982 年 11 期《中國青年》刊發農村青年社會調查，也指出生產責任制後，由於農業生產全面發展，農民生活富裕，農村生活城市化，青年們的自卑感減少了，甚至「外流變回流」）（《農村青年的思想在朝哪裏變》1982

　　一段有趣的材料可以幫助我們進一步拓展路遙的洞見。1983 年 12 期《中國青年》刊登了一篇旨在總結當前青年文學創作、「清除精神污染」的文章，其中提到《人生》，認為青年讀者可以「從《人生》、《黑駿馬》中領悟到人生的哲理，喚起了對人民母親的深沉的愛」，因而應當成為青年文學創作的好榜樣。文中還特別點名批評了一篇科幻小說，「描寫一個農村女孩子，不是靠刻苦自學成才，而是被科學家注入了一種『知識濃縮劑』之後，變成了博學出眾、無所不能的『超人』。於是，她去找勞動局、人事局，要求改變農村戶口。被拒絕後流落在外，遭壞人姦污，最後丟掉了『雄心壯志』，留在農村賣豆腐腦為生。」〔註 59〕

　　這篇被認為是「精神污染」的科幻小說《丟失的夢》發表於《小說林》1983 年第 3 期。不妨把它讀作一個女版高加林的故事：同樣是高考失落後不甘心留在農村，農村女青年淩雲雖然不像高加林那樣有一個做勞動局局長的叔父，但她遇到了正在研製「知識濃縮劑」的科學家，因而和高加林一樣，都以走「捷徑」的方式獲得了進城的入場券；而小說結尾，面對夢想與現實的衝突，路遙讓高加林重新回歸鄉土倫理，《丟失的夢》的作者魏雅華也讓淩雲作出了類似的感慨：「我們莊戶人祖祖輩輩就是這麼生活的，日出而作，日入而息。我的丈夫很愛我，我也很愛他。現在的政策也好了，能安居樂業，豐衣足食，還想什麼呢？」可以說兩篇小說在敘事模式上是非常相似的，那麼，為什麼《人生》和《丟失的夢》卻得到了迥然不同的批評呢？

　　魏雅華的原意，大約是要批評淩雲不通過刻苦學習就想「不勞而獲」的急功近利心態，也教育當時許多高考失利、待業在家的青年重新走向積極的人生道路。這本來沒有什麼問題，但作者偏偏插入了一個「進城」故事，反而暴露出「知識改變命運」這一新時期共識在面對現實中城鄉有別的政策制度時遭遇的挫折。淩雲原本以為自己成了國家最需要的高知人才後理應受到重視，但她很快在現實中清醒過來：「我一是農村人口，二無大學文憑，連待業青年都不夠。這就是鐵板上釘釘，命中注定的世襲農民。我找勞動局、人事局，個個搖頭。好一點的，雙手一攤，說愛莫能助；不好的，鐵板面孔，推出門去。我跑到上海，去了幾所大學，要求寫作博士論文，客氣點兒的說他們沒有這個先例；不客氣的，讓我回去等明年高考，可我高考明明已經超

<hr />

　　年 11 期）。路遙顯然提出了不同於國家政策期待的另一種現實。

〔註 59〕　未水：《青年需要豐富健康的精神食糧》，《中國青年》1983 年 12 期。

了齡……」〔註60〕。就這樣，《丟失的夢》以問題小說的形式反映出了城鄉二元制度存在的缺陷，《人生》則易被讀作一個帶有理想主義色彩的個人奮鬥故事，相比之下，《丟失的夢》反而更加直接地表達出了路遙對新時期農村政策兩重性的批評。

從「清除精神污染」對《丟失的夢》的批評中可以看到，主導文化並不否定、甚至非常需要激發農村青年的「雄心壯志」，也不再一昧要求知識青年紮根農村（凌雲留在農村做小本生意，恰恰被認為是缺乏遠大理想的），但矛盾的是，國家政策又在城鄉差別上限制了農村青年的「雄心壯志」。關鍵問題在於，此處批評者所說的「雄心壯志」究竟指什麼？是像城市青年一樣過一種自由自在的富足生活嗎？還是學習科學知識、參與四化建設？如果「留在農村賣豆腐」不再是新時期改革意識形態呼籲的雄心壯志，那被迫留在農村的知識青年又應該在哪裏實現他們的個人抱負呢？——《人生》結尾以「擁抱土地」的倫理取向，避開了「高加林回村後具體應該做什麼」的難題，我們可以假想，如果高加林在自家責任田裏艱苦勞動，發展多種經營發家致富，難道就能符合批評家們關於「雄心壯志」的標準嗎？當批評家以「人民話語」褒獎高加林最後的人生抉擇時，「雄心壯志」的標準顯然沒有完全剔除毛澤東時代的集體主義內涵。正是在這一點上，《丟失的夢》不僅批判了城鄉二元社會體制對個人發展的約束，更從農村知識青年的特殊角度，暴露出改革初期主導文化在規範青年「遠大理想」時的結構性困境——怎樣才能既鼓勵農村青年在新政策提供的機遇中敢於改變農民命運，像城市青年一樣追求自我發展和物質精神生活上的富足生活；又能動員他們在城鄉二元制度無法滿足這一需求時仍然願意回到農村去，並且在改革時代重組後的農村社會結構中，繼續保有改造社會、為公共生活服務的理想主義價值觀？

在「潘曉討論」被「清除精神污染」勒令檢查之前，通過基於個人主義與集體主義間緊張關係的多方論辯，「個人發展」的合理性已經逐漸成為一種共識。在 1981 年第 6 期《中國青年》的總結性文章中，編者就提出要「正確認識人的價值」，「正確處理國家利益、集體利益和個人利益桑三者之間的關係」，並借助青年馬克思的異化理論強調發展與完善自我，而「私」並不等同於「個人主義觀念」〔註61〕。直到 1983 年 12 月華中工學院黨委告狀後，《中

〔註60〕 魏雅華：《丟失的夢》，《小說林》，1983 年第 3 期。
〔註61〕 《獻給人生意義的思考者》，《中國青年》1981 年第 6 期。

國青年》才不得不遞交內部檢查，並於 1984 年 1 期〔註62〕公開陳述「潘曉討論」為個人主義思潮泛濫開了綠燈，造成極壞影響。處於這樣的時局變動中，《人生》做到了雙保險，敘述者對高加林的同情可以博得青年讀者對實現自我價值的肯定，最後回歸土地人民的結局，又符合共產主義人生觀對個人主義的批評。但是如果注意到《人生》的文本內部還嵌套著一個凌雲的故事，就會發現高加林與凌雲們的「人生觀」問題其實已經溢出了「潘曉來信」的討論範圍。

這不再僅僅是一個「個人主義與集體主義如何調和」的問題，由於個人發展在農村受到不同於城市的額外限制，要求克服差別的平等訴求，在一定程度上恰恰催化了關於農村青年實現個人發展合理性的認同態度。1984 年電影《人生》熱播後，關於《人生》的批評越來越呈現出一種偏向於個人主義的激進情緒。以下幾則意見，均出自 1984 年 11 月分別由《大眾電影》和《中國青年》組織的兩次《人生》電影座談會：

黃方毅（中國社科院世經所）：「我認為，高加林的追求，可以說是一種樸素的功業追求。難道想幹一番轟轟烈烈的事業，就是個人主義？我認為不是。高加林是一個受過教育的農村知識青年，他追求的是精神生活占很大比重的生活。人類的進步，總是由低層次（物質層次）向高層次（精神層次）發展的。高加林的追求，就是這種精神層次的追求。所以，他的追求可以說是進步的。」〔註63〕

劉慶燕（北京大學英語系學生）：「我認為編導對他的結局處理很不好。這樣一個有才華，有作為的人，為什麼一定要讓他回家鄉種地？為什麼他一定要固定在土地上？他完全可以在城市的四化建設中大有作為。如果這樣，那些從農村出來的大學生畢業後只有回農村才是正確的了？」〔註64〕

王忠明（國家計委）：「我認為《人生》在提倡一種反對改革而安於貧困的思想，好像高加林怎麼奮鬥也不成，你必須回到故土去，

〔註62〕　《「主觀為自己，客觀為別人」錯在哪裏？》，《中國青年》1984 年第 1 期。

〔註63〕　《中國青年》《社會・人生・高加林和我們──電影〈人生〉座談會記錄》，《中國青年》1984 年第 11 期。

〔註64〕　《大眾電影》《一場關於人生價值的辯論──本刊編輯部舉辦影片〈人生〉討論會》，《大眾電影》1984 年第 11 期。

那裡就是你的根。」〔註65〕

　　楊利川（中國社科院青少年研究所）：「長期以來，在中國整個社會結構中，使農村封閉的界限劃得太多了，使農村青年缺少發展的餘地。如戶口有農業非農業之分，職業有集體國營之分，這些界限影響著人才的流動，也就造成一些有志的農村青年要想實現自己的人生理想時，不得不依賴於機遇。」〔註66〕

　　第一條意見明確反對用個人主義批評高加林，與路遙的看法一致，認為知識青年的較高精神追求一定要靠「進城」或農村城市化來實現；第二條意見指出了農村大學生接受高等教育後的出路問題，認為城鄉政策可能造成人才流失和教育資源浪費；第三條意見直接用「反對改革」批評《人生》；第四條意見則較為客觀地分析了城鄉社會結構對農村人口流動的限制，對農村青年不得已的投機行為報以理解和同情。這些意見或有偏頗之處，但都反映出 80 年代中國社會日益顯著的個體化趨勢，而電影改編更催化了讀者們關於城鄉差別的緊張情緒，甚至傾向於認為一種合理利己的個人主義，恰恰可以構成對城鄉差別的有力挑戰。吳天明導演在電影中加入了許多對陝北鄉土民俗的渲染，特別是巧珍出嫁一段常被人津津樂道，許多意見指出，電影片面加重了巧珍的戲份，「缺少對她善良中的愚昧、純真中的盲目的批評」，削弱了觀眾對高加林的思考，僅僅將他看做現代陳世美，卻看不到他的正面因素，「人是寧願在奮鬥、追求中毀滅，還是安於所得所遇？《人生》原著沒有解決，影片又進一步認可的是命運的不可抗拒。你高加林雖然有才，自信自尊，但你出生於一個偏僻鄉村的農民家庭，那麼你就老老實實地在那兒服從命運的安排吧。這一不合理而又歷來存在的事實，一直為一些中外作家所苦惱，可又很突破世俗偏見的桎梏，依然是認可等級制度存在的合理性，對於『平民子弟』擠進『上流社會』的行為，看不到不道德手段中存在的合乎道德的正義要求，而加以譴責。」〔註67〕——在這段批評中，城鄉差別被明確等價於與一種不合理的身份等級制度，而高加林的個人反抗被認為是反特權，追求平等的必然選擇。

〔註65〕同上。
〔註66〕《中國青年》《社會・人生・高加林和我們——電影〈人生〉座談會記錄》，《中國青年》1984 年第 11 期。
〔註67〕林爲進（中國作協創研室）：《高加林和巧珍〈本末倒置〉》，《中國青年報》1984年 11 月 14 日。

　　正是在這一點上，路遙與他的這些讀者分道揚鑣：當持有城市戶口的讀者爲高加林鳴不平時，飽受城鄉區隔制度各種後果的路遙，反而並沒有斷然肯定與支持高加林式的個人奮鬥。路遙終究沒有走向於連式的個人主義，他固然同情高加林幾乎有些「以惡抗惡」的上升追求，但就像前面分析高加林「愛幻想的天性」一樣，當路遙不得不爲了家人朋友在現實生活中精心算計時，他更希望能在小說的虛構世界里保存一點浪漫，保存他「對生活的一種審美態度」。

　　在構思創作《人生》的間隙，路遙於 1980 年冬到 1981 年春完成了另一個中篇小說《在困難的日子裏》。同樣帶有自傳性色彩，爲什麼路遙要在《人生》之外跳轉回二十多年前的 1961 年，寫一個充滿了挨餓、屈辱，卻又溫情脈脈的故事呢？如果說讀者們從高加林身上，讀出了改革初期一個趨近於連式個人主義的時代英雄，那麼路遙則要通過《在困難的日子裏》的馬建強，提供另一個版本的個人奮鬥故事。在這個故事裏，農民的兒子馬建強同樣在作爲各種社會差別縮影的班級裏受盡歧視和冷遇，但路遙還是寫下了馬建強和吳亞玲、鄭大衛（兩人的父親都是戰爭年代的革命軍人，現任武裝部長），甚至周文明之間超越社會差別的動人友誼。路遙說，「那時候，儘管物質生活那麼貧乏，儘管有貧富差別，但人們在精神上並不是漠不關心的，相互的友誼、關心還是存在的。可是今天呢？物質生活提高了，但人與人的關係卻有些淡漠，心與心隔得有些遠」，所以，他要用寫歷史來給現實生活一束淡弱的折光，「寫一種比愛情還要美好的感情」〔註68〕。這種感情並不僅僅指友誼，而是指如何對待自己，又如何對待他人，回到「潘曉討論」的話題中，就是如何對待個人發展與他人、社會以及國家發展之間的關係。《人生》本可以寫成一個更接近於現實生活狀態的關於「活法」的故事，一個叢林法則中如何適者生存的個人奮鬥指南，但寫出《在困難的日子裏》的路遙，最終還是把它寫成了一個關於「人生觀」的故事，一個如何正確對待生活的問題。

2.3　小結　路遙式個人主義：在「梁生寶」與「於連」之間

　　路遙曾回憶說《人生》的寫作反覆折騰了三年，1979 年動筆，1980 年重

〔註68〕 路遙：《答中央廣播電視大學問》，《路遙全集：散文、隨筆、書信》，廣州：廣州出版社，太白文藝出版社，2000 年，第 166 頁。

寫，數度停筆廢稿，直到 1981 年夏天才如井噴般用 20 天時間完成了 13 萬字，82 年 3 月發表於《收穫》雜誌上，1984 年電影播出後引起廣泛的社會討論，毀譽參半，為路遙帶來了文壇盛名。本章試圖重新搭建《人生》的周邊故事：

　　首先，從路遙個人來說，這段時期他一直在為弟弟王天樂、王天雲的工作問題奔波，不得不精心算計人情世故，如他自己所說，被生存逼得庸俗無恥起來，高加林的進城故事既積蓄了路遙現實生活中的憤懣無奈，又寄寓了他關於人生的理想主義信念；第二，從新時期初的文學體制來說，雖然以「回收十七年文學」的方式剔除「文革」餘弊，再造「社會主義新人」成為批評家共同關注的話題，但是隨著新啟蒙思潮逐漸成為改革實踐的意識形態基礎，對高加林形象的批評，也從強調他作為「資產階級個人奮鬥者」的一面轉向肯定其作為「現代青年」的自我意識覺醒；第三，從《人生》中「進城故事」發生的時代背景來說，高明樓一句「合作化的恩情咱永不忘，包產到戶也不敢擋」，正對應於 1978～1984 年以公社制解體和土地承包制實行開始的農村改革，其核心就是要改變城鎮居民社會地位普遍高於農村居民的城鄉二元社會體制，因此，高加林的選擇既合乎新時期改革克服三大差別的方式，又暴露出這種方式並不能根本解決社會差別中個人尊嚴的問題；最後，從高加林代表青年一代的「典型性」來說，《人生》引起的爭鳴意見，既延續了 80 年代初「潘曉討論」關於「個人主義與集體主義衝突」的人生觀問題，又從城鄉差別角度，提出了農村知識青年在實現個人發展方面遭遇的特殊困境。

　　只有基於這些周邊故事的分析，才能解釋為什麼路遙要創作這樣一個帶有自傳性色彩的「生活故事」，他想要在其中傳達什麼樣的感情？而正是在與作家個人經歷、與批評界、讀者的期待視野，以及與國家制度實踐的摩擦契合中，路遙對城鄉「交叉地帶」的認識逐漸清晰起來，並最終形成了他關於「何謂文學，文學何為」的自覺意識。

　　延續第一章特殊「文革經驗」對於路遙認識「城鄉差別」的重要影響，進入 80 年代，「改革」成為路遙理解「交叉地帶」的新語境：從 80 年 8 月 22 日在給谷溪的書信中提到改革初期國家對農村「經濟上扶持、文化上抑制」的政策兩重性；到 81 年 10 月 30 日《文藝報》農村題材座談會上首次提出「交叉地帶」這一概念；再到 82 年 8 月 21 日致閻綱信中更詳細地用「現代／傳統」等理論表述完善其內涵——路遙的思考，既反映出改革初期關於「城鄉差別」的普遍認識，又隱含了他從個人經驗中生發的疑慮。在路遙看來，高

加林所代表的新一代農村知識青年的人生困境，不僅僅是毛澤東時代未能克服三大差別的城鄉二元體制的歷史遺留物，也是新時期農村改革的結果：一方面，新經濟政策通過包產到戶、提高農產品價格、發展鄉鎮企業等方式，為個體農民提供了更為自主的勞動致富與就業途徑，有效地縮小了城鄉收入差距；但另一方面，物質生活上富裕起來，並不能確保農民在精神文化生活上也獲得與城市居民相當的平等感，由於戶籍制度仍然限制人口自由流動等現實原因，如路遙所說，大量有文化的青年仍將被限制在土地上，為他們不能脫去農民出身、不能實現個人抱負而憤憤不平。而之所以產生矛盾的關鍵問題恰恰在於，以什麼標準來衡量新的「現代化」生活？是以物質消耗為基礎的衣食無憂的富裕生活嗎？還是以進入城市完成自我實現為目標的生活？城鄉之間只存在「城優於鄉」的等級結構嗎？幽暗的鄉村只能等待城市現代文明去照亮嗎？當路遙用「對更高文明的追求」、「更多的城市意識」、「農民生活城市化的追求傾向」等詞彙來描繪「現代的誘惑」時，80 年代的「現代化」視野正在悄然改裝認識城鄉差別的「十七年」經驗，而高加林的人生抉擇就是這一歷史博弈的集中體現。

小說中有這樣一個片段：高加林進城當記者後的第一個任務，是到抗洪前線去，敘述者說，高加林性格中的冒險精神和英雄主義品格終於找到了一次展示機會，

> 他儘管一天記者也沒當，但深刻理解這個行業的光榮就在於它所要求的無畏的獻身精神。他看過一些資料，知道在激烈的戰場上，許多記者都是和突擊隊員一起衝鋒——就在剛攻克的陣地上發出電訊稿。多美！

當高加林襲用戰爭年代的理想主義行為模式，仿照《紅旗譜》的英雄形象創作通訊稿時，他所體會到的「光榮」更多地停留在對形式而非內容的追求上，他需要一種對獻身精神存在的感覺體驗，卻沒有為「誰」獻身的具體的實踐指向，相比蔣子龍《赤橙黃綠青藍紫》中劉思佳在油庫失火參與搶險後的精神轉變〔註69〕，高加林的行為還是以個人名利為出發點的，「多美！」

〔註69〕 當解淨和劉思佳的人生觀辯論勝負難分時，蔣子龍專門設計了一個兩人共同在油庫失火的緊要關頭，為保護集體財產並肩作戰的情節。劉思佳被解淨的奮不顧身感動了，連流氓何順也意識到，「他怕的不是她的職務，而是她的人格，她的靈魂。她的全部人品就好像一支火把一樣，照出他的確像個無賴，像個流氓⋯⋯」。參見蔣子龍：《赤橙黃綠青藍紫》，《當代》1981 年第 4 期。

的感覺結構裏已經缺少「十七年」社會主義美學中的集體主義訴求，而正是這種帶有全新涵義的「愛美之心」，使得高加林更加明確了他要背離鄉村生活面向的個人選擇——「到城市去，那裡有廣闊天地，一定可以大有作為」。

　　從這一點看，理解或評價高加林「進城」方式的關鍵並不是「走後門」，而是「愛美之心」中關於「美」的價值取向。如本章參照柳青《創業史》的分析所說，雖然「十七年」工農兵文學通過重新定義「美」來賦予農民階級「光榮感」的方式並沒有真正克服三大差別，但是當高加林以「共同美」的名義似乎超越了階級出身的趣味區隔時，誰來定義「美」（以及其它關於「人的價值」的判別標準）的文化領導權問題，仍將決定高加林們是否能真正獲得與市民、精英知識階層相當的尊嚴感與幸福感。所以，就算高加林在黃亞萍的傾慕中能與她共同分享一種小資產階級的生活想像，無論是在物質消耗還是精神虛無狀態的表現上，農民出身的高加林與城市出身的幹部子弟黃亞萍都根本不同。因此，即使是盛讚高加林自我意識覺醒的李劼，也批評高加林採取了極其世俗的抗爭形式，「似乎只有把自己的農民身份變換成記者、作家、局長、書記等等，才體現了人的自身價值」〔註 70〕。此時的高加林還無需面對 90 年代後市場崛起和消費主義邏輯泛濫的迷魂陣，但如果不能提供一套超越上層階級意識形態的價值觀，高加林的反抗就必然陷入這樣一種悖論之中：對既有身份等級制度的承認，反而成為高加林擺脫社會差別中個人被歧視命運的必要前提，這種「更衣記」式的個人抵抗，很大程度上正是布爾迪厄所謂的：「個人將社會結構內在化並變為指導行為、舉止、傾向和品味的等級模式的過程」〔註 71〕。

　　身處 80 年代改革的樂觀想像中，路遙很難清晰認識到這種高加林式個人追求在面對社會差別時必然遭遇的結構性障礙。改革以尊重個人權利（或個人自由）為核心的概念調整了毛澤東時代的集體主義規範，為高加林的自我意識賦予合法性，而以「現代」為名的城鎮化潮流，又為高加林的個人進取提供了歷史動力。儘管路遙曾真誠地表白，《人生》的寫作在某種程度上是「向這兩位尊敬的前輩作家（柳青和秦兆陽）交出的一份不成熟的作業」〔註 72〕，

〔註 70〕 李劼：《高加林論》，《當代作家評論》1985 年第 1 期。

〔註 71〕 〔法〕皮埃爾‧布爾迪厄，羅傑‧夏蒂埃：《社會學家與歷史學家》，馬勝利譯，北京：北京大學出版社，2012 年，第 85 頁。

〔註 72〕 路遙：《關於〈人生〉和閻綱的通信》，《路遙全集：散文、隨筆、書信》，廣州：廣州出版社，太白文藝出版社，2000 年，第 298 頁。

但即使暫且不論 80 年代現實主義文學與社會主義現實主義的關係問題，路遙筆下的高加林形象，也更容易喚起讀者關於 19 世紀資產階級新人「於連」、而非社會主義新人「梁生寶」的文學記憶。

然而路遙的矛盾在於，他終究沒有走向於連式的徹底的個人主義，當他以柳青《創業史》中的段落作爲《人生》題敍時，他所認同的文學傳統本身已經構成對高加林人生觀的質詢。當路遙被批評有「戀土情結」、「沒有割斷舊觀念的臍帶」時，「作爲血統的農民的兒子」，路遙當然不可能把束縛高加林的農村簡單等價於「落後文明」或「傳統桎梏」。「當歷史要求我們拔腿走向新生活的彼岸時，我們對生活過的『老土地』是珍惜地告別還是無情的斬斷？」與小說不同，路遙自己的生活現實以及他的社會觀察，必然得出這樣一個事實，「千千萬萬的高加林們還要離開土地，而且可能再也不返回」，但就像高加林必須面對巧珍，這些青年也應當記住他們對「老土地」的感情〔註73〕。無論這種感情應當被詮釋爲一種「前三十年」社會主義理想教育遺留的集體記憶，還是未被現代革命掃蕩乾淨的鄉土宗族倫理，從結構上來說，都是爲了給高加林們提供一種面向村莊的生活理想，也寄託了路遙試圖調和現實與理想之間緊張關係的文學訴求。

可惜《人生》倉促結尾，路遙既沒有展開敍述高加林的城市生活，也沒有眞正給出一個可以讓高加林獲得認同感和權利保障的村莊共同體。前一個問題是被柳青迴避開了的關於「改霞」進城的歷史可能，後一個問題則是柳青創作中最突出的主題。儘管路遙不再需要參與社會主義革命的合法性論證，但他仍然需要解決現代化進程中農民與農村的安置問題。正如賀雪峰對三農問題的思考，改革時代將繼續面臨「人地緊張」的現實困境，如果不能將幾億農民全部轉移到城市去過上以大量資源消耗爲基礎的現代生活，就必須建立一種新的現代化生活的標準，這種衣食無憂的、有尊嚴的、體面的生活，「不是以佔有物質多少來確定人的價值，而是以任是否可以與自己的內心世界、與他人之間以及與自然之間的和諧相處來確定自己的價值。」〔註74〕——如何讓高加林「既出的去，又回得來」，正是以這個問題爲基點，《人生》

〔註73〕路遙：《早晨從中午開始》，《路遙全集：散文、隨筆、書信》，廣州：廣州出版社，太白文藝出版社，2000 年，第 66 頁。

〔註74〕賀雪峰：《新鄉土中國——轉型期鄉村社會調查筆記》，南寧：廣西師範大學出版社，2003 年，248～249 頁。

既最突出地體現了路遙對「柳青傳統」的背離，又開啓了重新激活柳青遺產的必要與可能，而這一未完成的任務，將在《平凡的世界》中展開。

第 3 章　改革時代的「創業史」：「交叉地帶」的敘述與現實

　　1985 年，路遙為青海人民出版社即將發行的《路遙小說選》作序，在敘述了自己一段出生於貧困農民家庭又輾轉進城的經歷後，他再次提到了「交叉地帶」這一概念：

　　　　我的生活經歷中最重要的一段就是從農村到城市的這樣一個漫長而複雜的過程。這個過程的種種情態與感受，在我的身上和心上都留下了深深的印記，因此也明顯地影響了我的創作活動。

　　　　我的作品的題材範圍，大都是我稱之為「城鄉交叉帶」的生活，這是一個充滿矛盾的、五光十色的世界。無疑，起初我在表現這個領域的生活時，並沒有充分理性地認識到它在我們整個社會生活中所具有的深刻而巨大的意義，而只是像通常所說的，寫自己最熟悉的生活。這無疑影響了一些作品的深度。後來只是由於在同一塊土地上的反覆耕耘，才逐漸對這塊生活的土壤有了一些較深層次的理解。〔註1〕

　　關於路遙對交叉地帶的理解，這段自白提供的重要信息涉及一個作家與他的生活的關係問題。一方面，「城鄉交叉帶」之所以成為路遙小說的母題，是因為他親身經歷過由農村進城的艱辛：出生於貧困農民家庭，在農村長大讀小學，又到縣城讀初中，十七歲前青少年時期的大部分日子都是在農村和

─────────────────

〔註 1〕 路遙：《〈路遙小說選〉自序》，《路遙全集：散文、隨筆、書信》，廣州：廣州出版社，太白文藝出版社，2000 年，第 183 頁。

縣城度過的,中學畢業後返鄉勞動,教過村民辦小學,後來又在縣城做各種各樣的臨時工,直到 1973 年考入延安大學,大學畢業後才進入省城文學團體工作,於 1982 年成為專業作家──「我的生活經歷中最重要的一段就是從農村到城市的這樣一個漫長而複雜的過程。」但另一方面,路遙又清醒地認識到這可能會影響到作品深度,如何平衡敘事作品中的虛構成分與經驗成分,如何將個人化的生活經歷提煉為具有社會典型意義的時代命題,這是他必須克服的創作難題。

對「交叉地帶」的理性認識與感覺經驗,決定著路遙對文學表達形式的選擇;反過來,置身於文學思潮與文學史影響中的創作實踐,又會影響到路遙對作為社會現象或歷史結果的「交叉地帶」的理解和把握。因此,有必要把「交叉地帶」放入到一個歷史化的分析中去:路遙的「文革」經驗、成長記憶中陝北農村的現實苦難,決定了他在接受「文革文學」規訓的同時,逐漸背離「十七年」文學中關於「三大差別」的認識裝置與寫作形式,見證了社會主義合法性的危機時刻;親歷 80 年代初農村體制改革與城市化進程的展開,又決定了路遙創造出「高加林」這一文學典型,為農民(尤其是農村知識青年)克服城鄉差別、追求個人價值實現提供一條面向鄉村之外的生活道路,事實上重新調整了他認識「城鄉交叉帶」的坐標軸。至此,無論是在批評家的總結還是路遙越來越豐富的創作自述中,交叉地帶都已經超越了單純的「城/鄉」空間區隔或制度差別,成為象徵改革時代中國社會的一個文學符號。

《人生》之後,路遙將他生命的最後幾年傾注到《平凡的世界》的寫作中,從《人生》到《平凡的世界》,不僅僅是一個從中短篇到現實主義長篇小說的能力挑戰,如果說《人生》的焦點只是「這一個」高加林,《平凡的世界》面對的已是 80 年代各階層重組後社會的方方面面。那麼,是什麼因素促使路遙的創作風格、面貌走向《平凡的世界》?在現實主義的問題上,路遙的寫作究竟是哪一種現實主義,他如何清理和繼承了柳青所代表的「左翼─社會主義現實主義文學遺產」?應當怎樣理解 85 年後社會思潮與文學思潮對他的影響?當「交叉地帶」的社會現實被形式化為《平凡的世界》的文學敘述時,它是否超出了路遙本人或批評家最初的理解範圍?本章仍然從《平凡的世界》的周邊故事入手,再以《創業史》的歷史敘述為參照,細讀《平凡的世界》在改革年代展開的文學現實。當路遙在形式上以現實主義為綱時,他關於「交

叉地帶」的文學想像也將生產出新的歷史信息，一般印象中《人生》的超前性或《平凡的世界》的不合時宜，在不同歷史參照系中必然呈現出不同的面貌。

3.1　從《人生》後退：路遙的文學自覺

當人們還在爭辯《人生》結尾過於倉促、甚至開始批評路遙的「戀土情結」時，路遙似乎越來越明確這就是高加林應該選擇的人生方向。這倒不是說路遙一定要把高加林打回原籍當一輩子農民，而是他更強調在評估一切合理的個人實現與現代追求時，即使面臨客觀社會現實造成的不公正待遇，仍然需要考慮是否樹立了正確人生觀的態度問題。正如上一章最後提及的，路遙之所以要在《人生》三易其稿的過程中，完成《在困難的日子裏》〔註2〕這個帶有濃重自傳體色彩的中篇小說，其實是為了在另一個平行時空中展開與《人生》不同的現實。路遙構思並完成這兩個作品的幾年，是他徹底從農村戶口轉為城市戶口，並竭力用剛剛獲得的文化資本努力為家人實現「進城」夢想的特殊時期：《在困難的日子裏》寫於 1980 年冬到 1981 年春，在這之前的一兩年中，從結婚生女，到為弟弟們的工作四處奔波打點關係〔註3〕，可以想像路遙日常生活的混亂，此時路遙苦心追求的文學事業總算傳來些喜報，《驚心動魄的一天》在 1980 年 3 期《當代》發表，加上其它幾個短篇作品，路遙急需用更好的文學成績來穩固他已經成為專業作家的身份和地位，而也正是 1982 年《人生》發表前後，路遙由陝西省作家協會《延河》編輯部小組組長的職位轉為陝西省作家協會正式駐會作家。如果把《人生》和《在困難的日子裏》看作是對這兩幾年生活的總結，從《人生》中高加林的身上多少可以讀出同樣身為農村知識青年的路遙對世俗生活的憤懣不平，而《在困難的日子裏》則更像是作者苦盡甘來後與現實的溫情和解，流露出些許對生活

〔註2〕 路遙在 1981 年 5 月 16 日致海波的信中，提及自己最近完成了一部中篇小說，叫《1961 年：在困苦中》，得《當代》主編秦兆陽賞識，估計年底發表。信中也提及 7 月份將開始休 4 個月的創作假，這也即集中完成《人生》終稿的最後幾個月。

〔註3〕 路遙 1978 年 1 月與林達結婚，1979 年 11 月女兒路遠出生，1979 年冬天為弟弟王天雲找工作曾多次信囑海波幫忙，同年末至 1980 年上半年為了弟弟王天樂招工指標的事給谷溪頻繁發信。1980 年秋，王天樂被招工到銅川礦務局鴨口煤礦當採煤工人。

的感恩之情。

路遙爲何要在改革春風撲面的 80 年代寫一段二十多年前的苦難生活，這僅僅是爲了「憶苦思甜」嗎？一方面，從小說內容來看，三年自然災害與「文革」十年動亂形成了巧妙的歷史對位，無論是天災還是人禍，小說都包含著一個主人公如何在生活困境中仍堅持理想主義精神的主題。受盡歧視冷遇的馬劍雄通過勤奮學習和拾金不昧的高尚品德，最終贏得了來自不同階層的同學們的深厚友誼，小說結尾頗具象徵意義，幹部子弟、農民兒子、人民教師手拉手唱起《游擊隊之歌》，而新時期初的許多作品正是以類似回歸人情美、家庭般和諧生活的方式，完成了對「文革」傷痕的歷史修復。另一方面，如路遙自己所說，他是要以「歷史故事」的折光來照亮生活，在發展經濟建設滋長功利風氣的當下，重提一種「羅曼蒂克精神」，「而不是一種消極的人生態度和一種過分的自我主義」〔註4〕，用以克服 80 年代在青年思潮中漸起的虛無主義情緒，不僅使自己活得很好，也應該想辦法去幫助別人。於是，兩方面共同構成了新時期改革意識形態急需的思想基礎，即如何將那種生根於「十七年」並且曾幫助人們度過艱難年代的所謂「羅曼蒂克精神」重新激活，在經受「文革」損傷後重新轉化爲全民上下共同承擔改革的動力？

整理《在困難的日子裏》馬劍雄的閱讀史，《創業史》、《青年近衛軍》、《鋼鐵是怎樣煉成的》、《把一切獻給黨》等等，這些文學記憶是否就意味著路遙心目中的羅曼蒂克精神來源於戰爭年代或「十七年」時期的革命理想主義呢？如果是，它真的可以在 80 年代的時代語境中繼續發揮效力嗎？路遙在 1983 年元月給李炳銀的信中，曾抱怨說《在困難的日子裏》在《當代》壓了一年才勉強發表，「聽說編輯部意見很分歧，有同志說我寫了『飢餓文學』，我很不理解。他們沒有看出一個簡單的事實：我在寫一種精神上的『溫飽』。」〔註5〕儘管據路遙所說，小說發表後，讀者並未被「飢餓」嚇倒，《中篇選刊》轉載，安徽電視臺還將它拍成了電視劇，足見作品被接受程度。但比較後來熱議的《人生》，讀者或文壇顯然都更傾向於接受高加林的「現實」，而非馬劍雄的「理想」。那麼，當被評價爲現實主義作家的路遙在作品中實踐一種浪漫主義與理想主義的美學趣味時，應該怎樣理解路遙的現實主義，

〔註4〕路遙：《答陝西人民廣播電臺記者問》，《路遙全集：散文、隨筆、書信》，廣州：廣州出版社，太白文藝出版社，2000 年，第 177 頁。

〔註5〕路遙：《致李炳銀》（1983 年元月 25 日），《路遙全集：散文、隨筆、書信》，廣州：廣州出版社，太白文藝出版社，2000 年，第 303 頁。

及其小說中文學與現實的關係？

3.1.1　《尋找羅曼蒂克》：歷史資源與現實困境

　　《人生》的成功，使路遙多了一個青年問題專家或人生導師式的特殊身份。83 年後路遙的各種創作自述、答記者問、現場演講與讀者交流等文字記錄明顯增多，《人生》顯得不太和諧的結尾，越來越清晰地被概括爲一個高度美學化的人生理想。路遙在許多場合回應社會上近來大興的講實惠風氣，指出這幾年我們生活中缺少一種東西，「我甚至還想專門寫一部小說反映這個問題，題目就叫《尋找羅曼蒂克》。我覺得在青年人身上應該有一種羅曼蒂克的東西，尤其是在一個太世俗、太市民化的社會中，羅曼蒂克能帶來一種生活的激情。想想戰爭年代，那時候男女青年有什麼物質的享受？但他們那麼年輕，有的人在二十多歲就犧牲了自己的生命。他們爲一種理想，爲一種精神，而使青春激蕩。」〔註6〕雖然路遙沒有眞的去寫這部小說，但《人生》之後的幾個中短篇小說，大凡涉及青年題材，幾乎都踐行了他關於尋找羅曼蒂克的主張。

　　1984 年《文學家》創刊號發表了路遙的中篇小說《你怎麼也想不到》，如果說《平凡的世界》中的孫家兄弟可以被視爲高加林的分身，那麼《你怎麼也想不到》中薛峰與鄭小芳這對情侶則同樣代了高加林在「進城」與「返鄉」兩條道路上可能發展出的不同方向。有意思的是，對照路遙與薛峰的履歷，兩人更有許多相似之處：路遙，1973 年進入延安大學中文系讀書，1976年大學畢業後到省城的文學團體工作，1982 年成爲專業作家，完成了從農民到城裏人的身份轉換；薛峰，19 歲時第二志願考取省師範大學中文系，畢業後成爲著名文學刊物《北方》的正式編輯，爲了他的詩歌事業選擇留城。儘管必須時刻警惕，作家的生活與作品之間，並非簡單的因果關係，但這並不妨礙考察作家如何將自己的人生經驗整理並化入到作品中去，這個過程既受到文學思潮的規訓，又包含了小說家本人對職業作家身份與文學之用的自覺意識。在路遙進城的文學路途中，並沒有薛峰無法割捨鄭小芳的愛情難題，也沒有薛峰不光彩的「走後門」經歷，但薛峰進城後的文學生活，仍然包含了許多路遙的親身體會。

〔註6〕路遙：《答陝西人民廣播電臺記者問》，《路遙全集：散文、隨筆、書信》，廣州：廣州出版社，太白文藝出版社，2000 年，第 177 頁。

　　路遙在小說中巧妙地設置岳志明這個高幹子弟引領薛峰進入文學的「小世界」,讓薛峰發現文學圈子與所謂「現代生活」背後的「城鄉差別」:這樣的圈子是由一群確有才華的青年和沒有才華但出身高幹的子弟組成,這裡充滿艱深的哲學討論、對國外最新藝術流派的競相追逐,內部電影和高雅音樂,「薩特,畢加索、弗洛伊德、魔幻現實主義、意識流,是經常的話題」。相比《人生》中高加林走向黃亞萍時的和諧自若,路遙如今寫薛峰與賀敏的相遇已是語帶譏諷。賀敏比黃亞萍的小資情調更進一步,是一個各方面都「現代化」了的姑娘,衣著愛好都是最時髦的,「喜歡朦朧詩,喜歡硬殼蟲音樂、喜歡現代派繪畫,喜歡意識流小說」,而薛峰已經沒有當年高加林的驕傲,「雖然她的愛好不一定我就愛好,但我仍然裝出和她一樣愛好,甚至比她還要愛好」,為了配合賀敏的現代化風度,「我用積攢的一點錢,買了一套上海出的時髦的青年裝。三接頭皮鞋擦得黑明錚亮,並且還買了一副廉價的蛤蟆鏡。頭髮也故意留長了──可惜不是串臉鬍,因此無法留大鬢角。」

　　同樣是「更衣記」式的身份轉換,《人生》中農村青年「愛美之心」必然遭遇階層區隔的殘酷事實,終於在《你怎麼也想不到》中得到證實。稍晚一年劉索拉、徐星相繼發表《你別無選擇》、《無主題變奏》等新潮小說,可以想像這些作品中那種文藝青年們的迷離生活,裏挾著 80 年代的文藝新風尚,對於農民出身的作家路遙來說究竟意味這什麼。而艱難的是,就算路遙用反諷的語調書寫城市青年的文學生活,讓薛峰親眼看到賀敏在迪斯科舞會上與別的男人親密,用戲劇化的橋段完成了對薛峰的道德懲罰,他仍然無法否認追求文學事業與「進城」方向上相互重合的必要性。即使薛峰一再反省自己作為農民的兒子,無法割斷與故鄉的感情聯繫時,他也只能做到退讓一步地說,「我想我就是留在大城市,今後一定也要去那裡的。但這應該是一個詩人去漫遊,而不是去充當那裡的一個永久的居民。」這恐怕也是路遙必然面對的農民出身與城市作家身份之間難以消除的撕裂感。小說中有一段薛峰還鄉的描寫,很有點魯迅《故鄉》中寫少爺見閏土時深感隔膜的筆法,時不時冒出幾句醋溜普通話,地方干部的前呼後擁,薛峰意識到自己在鄉親眼中已經是一個「外來的客人」。當年的路遙是不是也有過這種樣一段「家鄉,我是愛你的,但我還是不能留在你身邊」,甚至在身份認同上「再也回不去了」的惆悵呢?

　　在大量關於路遙的回憶紀念文章中,可以收集到一些關於路遙進城後成

爲職業作家生涯中的日常生活片段：海波回憶 1982 年縣人民政府辦《山花》
創刊十週年紀念活動，有人突然神秘的讓他通知路遙最好別來參會，路遙收
到海波電報後大發雷霆，「那是針對『三種人』的，你認爲我是『三種人』嗎？
你拍這樣一封沒頭沒腦的電報，會在作協造成什麼影響？你是想存心害我
嗎？」〔註7〕文人相輕，作協難免是非之地，可以想像路遙必定有過一段不得
不爲昔日「造反派」身份小心避嫌的緊張時期。1985 年路遙終於位至陝西省
作家協會副主席，但曹谷溪也感慨路遙是事業型的人物，因爲給自己定了很
高的人生目標，往往忽略了親情友情：「路遙常常要朋友爲他辦許多事情，可
是，自己卻不大樂意爲朋友辦事」，路遙最不願意做的事之一就是給業餘作者
看稿子，「他對文學藝術事業的追求，執著到懶於與人談文學的地步」，而創
作《平凡的世界》的幾年裏，他更是全身心投入到創作中，以至於連養父病
逝，都沒能回家行孝〔註8〕。儘管路遙不追逐虛名，但擋不住樸實的鄉親慕「名」
而來託他辦事。除了竭盡全力幫弟弟們「農轉非」，還常有人來給路遙「捎話」：
在農村的找他處理宅基地、計劃生育、跟鄰居打官司，在城鎮的要求幫忙調
動轉正，還有文學愛好者的親戚朋友想走捷徑幫助發表，這些大都超出了路
遙的能力範圍。海波用生動的語言記錄下了路遙的苦惱：

> 該報的恩這樣多，我們又有怎樣的能耐呢？幹咱們這一行的人
> 都是些「水泡棗」兒，聽起來名聲大，事實上沒實力。打官司不如
> 法院的人，處糾紛不如派出所的人；搞「農轉非」，幫忙入學和提拔
> 更是門也沒有。這情況那些求咱的人都知道，他們只是想讓咱們給
> 相關人員說一句，以爲咱們「面子大」、「分量重」，一句頂他們好幾
> 句。其實完全不是這樣，所謂的人情社會，骨子裏是個「交換人情」
> 的社會。你想「用」別人，必須是自己對別人有用。咱們對別人有
> 什麼用，要錢沒錢，要權沒權，別人憑什麼聽咱們的。

> 另外，咱們就沒有那麼多閒工夫。如果咱們把工夫都花在這些
> 事上，什麼工夫看書和搞創作？如果創作也搞不上去，像一隻只會
> 叫喚不下蛋的雞，誰還能看得起咱？……報恩的最好方法是，努力
> 地寫東西、出作品、出名聲。〔註9〕

〔註7〕 海波：《我所認識的路遙》，《十月》2012 年第 4 期。
〔註8〕 曹谷溪：《關於路遙的談話》，引自《路遙十五年祭》，李建軍編，北京：新世
　　　界出版社，2007 年，第 9 頁。
〔註9〕 海波：《我所認識的路遙》，《十月》2012 年第 4 期。

　　人情社會、錢權交易，且不論這些老道理在 80 年代社會變革中是否有了新內容，這裡也已經勾勒出一段路遙穿越「城鄉交叉帶」時的心態史。在路遙看來，難以報恩的最終解決方式，是努力寫東西、賺文名，邏輯合理卻又多有無奈。相比路遙對青年淳淳教誨要「尋找羅曼蒂克」，生活中的路遙終於也不得不承認，「這一切太庸俗了，可為了生存，現實生活往往把人逼得在某些事上無恥起來。」〔註 10〕

　　回到《你怎麼也想不到》中，小說題目已經暗示了生活現實與文學世界可能存在的巨大反差，而鄭小芳之於薛峰的意義，或許正如文學之於路遙的意義，積極地說是要在生活現實中打撈起失落了的羅曼蒂克，消極地說是要在藝術的空中花園中保存漸漸消散的理想主義。那麼，鄭小芳所代表的羅曼蒂克精神究竟是什麼？

　　《人生》中巧珍、德順爺爺身上的傳統美德，被更清晰地表述為鄭小芳與薛峰截然對立的人生觀，並且呈現出與「十七年」革命理想主義教育一脈相承的感覺圖式：「崇高與低級的界限從來都沒有模糊過」，薛峰認為的「自我覺醒」在鄭小芳眼中是「可怕的疾病」纏身，有關幸福的「常識」不是享樂而是開拓，廟會上一曲《玉堂春》遠勝內部放映的奧斯卡電影。鄭小芳畢業後選擇用勞動和知識去改變荒涼的毛烏素沙漠，有趣的是，路遙在《人生》之後同樣選擇去毛烏素沙漠，用苦難刺激自己從浮躁中轉向《平方的世界》。從如今以「勞動模範」命名的光榮事跡，退回到公社時代的紮根敘述，「毛烏素情結」背後是一段與「十七年」理想主義密切相關的歷史：從 50 年代響應「綠化祖國」號召帶領公社社員十年栽林 20 畝的牧羊女寶日勒岱，到 74 年成立並紮根大漠 29 年的陝西榆林市補浪河鄉治沙女民兵連，再到 80 年代初農校畢業投身家鄉林業事業的徐秀芳──到祖國最需要的地方去，如鄭小芳所說，這些紮根典型並不是為了爭一個英雄模範的光榮稱號，而是要做一個有奉獻精神和艱苦奮鬥意志的「普通人」。當薛峰質疑鄭小芳是理想主義、唱高調時，鄭小芳說道：

　　　　「這是我們的土地、祖國的土地，這難道是高調嗎？如果因為
　　　貧困而荒涼，我們就不要它了嗎？正如我們的父母親因為他們貧困
　　　甚至愚昧，我們就不承認他們是我們的父母親嗎？難道承認他們是

〔註 10〕路遙：《致海波》（1979 年 12 月 4 日），《路遙全集：散文、隨筆、書信》，廣州：廣州出版社，太白文藝出版社，2000 年，第 320 頁。

我們的父母親，就是一件丟人的事嗎？我們因此就可以逃避對他們
的責任嗎？」……「人，應該永遠追求一種崇高的生活，永遠具有
一種爲他的同類獻身和犧牲的精神……假如有一天，全世界每個人
都坐在了火箭上，夠先進了吧？但火箭上的這些人已不再是眞正的
人，而是狼或者狐狸，那這種先進又有什麼意義呢？」

這段人生觀在某種意義上正是路遙在《人生》中曾感慨過的，五六十年
代國家對青年在面對城鄉差別時如何認識國家利益和個人前途關係的正確引
導。但值得注意的是，在這樣一段激情洋溢的表白中，路遙通過鄭小芳表述
出的關於「社會差別」的認識，已經脫出了五六十年代嵌套於階級鬥爭學說
的絮根敘述。鄭小芳的理想主義論證包括三種資源：一是愛國主義，二是強
調血緣關係的家庭倫理，三是進化論意義上的人道主義話語。雖然「十七年」
絮根動員中同樣包含了爲祖國獻身的民族主義激情，也同樣會在比喻意義上
要求青年報答「人民」母親，並且在艱苦奮鬥的生活中完善作爲「人」的全
面發展，但是，諸如進駐毛烏素沙漠的知識青年墾荒隊等事跡宣傳，更要強
調在「什麼是知識」、「什麼是集體主義世界觀」等問題上階級話語的決定性，
這絕對區別於後來僅僅以「獻愛心」爲主題的奉獻精神。這其中的變化就像
是新時期初關於如何「再造社會主義新人」的討論，當以經濟建設爲中心的
改革進程加速社會的非集體化和個體化傾向時，新人的「社會主義」內涵必
然要完成一個「去政治化」的轉換過程，即如何在「文革」後修復革命合法
性的危機，如賀照田所述，「如何在順承、轉化此寶貴的理想主義激情，爲此
理想主義激情找到新的穩固的支點的同時，消化和吸收因此理想主義的挫折
所產生的強烈虛無感、幻滅感能量和衝力。」﹝註11﹞而 81、82 年左右關於「四
有新人」（有理想、有道德、有知識、有紀律）的提倡，關於「五講四美三熱
愛」活動的廣泛開展，就是爲了重新確立一個與日常生活有更多勾連的新一
代的「社會主義新人標準」﹝註12﹞。既要保存革命理想主義對個人主義的制
約，又要避免不計個人發展的唱高調，可以想像這其中的難度。鄧力群就曾

﹝註11﹞　賀照田:《從「潘曉討論」看當代中國大陸虛無主義的歷史與觀念成因》,《開
　　　　　放時代》2010 年第 7 期。
﹝註12﹞　《中國青年報》1982 年 10 月 9 日,發表了共青團中央書記處書記高占祥的講
　　　　　話《培養一代有一代社會主義新人》。從文中可以看到不僅文藝界,在國家政
　　　　　策綱領涉及青年教育方面,如何在新時期重新定義「社會主義新人」的政治
　　　　　內涵,一直是一個搖擺不定的問題。黨的十二大報告中提出了「四有新人」
　　　　　的說法,才明確將培養青年的目標確立起來。

回憶過一次相關會議上黃克誠將軍的質疑,「心靈美,是基督教的語言,我們何必搞這套東西呢?」〔註13〕

在這一點上,路遙同樣無法超越時代的思想局限。他用他這一代人的閱讀記憶〔註14〕來充實羅曼蒂克精神,卻不能在文學敘述中保留毛澤東時代理想主義的政治內涵。儘管挖掘理想主義的歷史資源使得路遙在《人生》之後沒有走向於連式的個人主義,避免了個人在面對社會差別時事實上複製現存等級秩序的悖論,但是,這種僅僅強調自我犧牲與苦難中堅韌不屈的勵志型理想主義,是不是也同時取消了改造社會、批判現實的實踐維度呢?這也是爲什麼在《人生》之後路遙的作品中,不再有高加林式「以惡抗惡」的報復情緒,而是更趨向於一種與現實衝突的道德和解。如《痛苦》中的大年被同村的小麗拋棄後,勵志復讀重新參加高考,考取大學後本卻又放棄去找小麗,譴責自己只是出於想證明「莫把人看扁」的心理報復〔註15〕;再如《黃葉在秋風中飄落》,小說雖然也通過劉麗英的婚變,寫出了四個出身不同階層青年的價值觀衝突,但卻沒有深入思考劉麗英不惜放棄丈夫孩子也要嫁給教育局局長盧若華的根本原因,而是用精神富足與生活富裕、家庭親情與個人私欲的簡單二元對立,讓劉麗英痛改前非〔註16〕。相比《人生》,這些作品或許更能圓熟地完成路遙的理想主義人生觀教育,卻也喪失了《人生》引發「個人主義」合理性論爭的意義,無助於更有效地反省理想主義的歷史資源在當下現實中轉化的可能。

《你怎麼也想不到》的結尾,路遙沒有讓薛峰像高加林一樣離開城市,即使城市中的「體面」背後時常是一場艱難的生存遊戲,他也無法完全否認「生活並不是『詩』」的經驗教訓,站在 80 年代前半段,薛峰的感慨彷彿已經預見到了多年後所謂「新寫實主義」文學寫作中同代人的生活狀態,無根

〔註13〕鄧力群:《鄧力群自述:十二個春秋(1975～1987)》,香港:香港大風出版社,2006 年,第 185 頁。

〔註14〕白正明在《路遙的大學生活》中,回憶了路遙進入延大中文系後的一段閱讀史:「他曾對我說,『50 年代末 60 年代初,是中國當代文學的鼎盛期,出了不少好的作品,我要回到那個時期,和作家分享那酸甜苦辣、喜怒哀樂。』」「在我的記憶中,他最感興趣的是《延河》、《萌芽》、《收穫》、《小說月報》等」。「在路遙的床頭,經常放著兩本書,一本是柳青的《創業史》,一本是艾思奇的《辯證唯物主義歷史唯物主義》,是路遙百看不煩的神聖讀物。」參見《路遙十五年祭》,李建軍編,北京:新世界出版社,2007 年,51～52 頁。

〔註15〕路遙:《痛苦》,《青海湖》1982 年第 7 期。

〔註16〕路遙:《黃葉在秋風中飄落》,《小說界》1983 年中篇專號。

的「羅曼蒂克精神」終於只能被供養在文學的溫室裏。

3.1.2　《柳青的遺產》：創作姿態的模仿與變形

　　然而，無論是在「文革」中被挫傷的革命倫理，還是遭受現代化浪潮衝擊的鄉土中國的傳統價值，儘管可供路遙轉換的理想主義資源危機重重，路遙最終還是選擇用「尋找羅曼蒂克」來處理文學與現實的緊張關係。這不僅是路遙這一代作家個人經驗與道德理想的自然結果，更高度契合了新時期初文學體制重新整編毛澤東時代文學遺產的需要。觀察《人生》前後路遙參與《延河》雜誌與陝西作協的活動情況，陝西及陝西籍作家在革命史與「十七年」文學圖譜中獨特的地理位置，自然薰陶了路遙的文學趣味，而柳青的《創業史》與毛澤東《在延安文藝工作座談會上的講話》，無疑成爲他明確表達其文學主張的關鍵詞：

1978 年 2 月　　柳青的《創業史》（第二部）開始在《延河》雜誌連載，路遙擔任責任編輯。路遙的弟弟王天樂曾回憶路遙做《創業史》責編時與柳青的親切談話：路遙問柳青，作爲一個陝北人，爲什麼要把創作放在關中平原？「柳青説，這個原因非常福安，這輩子也許寫不成陝北了，這個擔子你應挑起來。對陝北要寫幾部大書，是前人沒有寫過的書。柳青説，從黃帝陵到延安，再到李自成故里和成吉思汗墓，需要一天的時間就夠了，這麼偉大的一塊土地沒有陝北自己人寫出兩三部陝北題材的偉大作品，是不好給歷史交代的。路遙在心裏説，他一直爲這段論述而感動。」〔註17〕

1978 年 6 月　　13 日柳青因病逝世。路遙在《延河》雜誌 1980 年 6 期上發表隨筆《病危中的柳青》，用動情的筆觸記錄下柳青臨終前最後的幾幕生活片段。柳青爲寫《創業史》第一部耗時六年，前後修改四遍，期間患上了黃水瘡；而柳青因病未能完成《創業史》寫作計劃一事，更成爲路遙後來創作《平凡的世界》過程中最大的恐懼，《早晨從中午開始》裏每每談及自己病中寫作的痛苦，光「病」一詞就出現了

〔註17〕王天樂：《苦難是他永恒的伴侶》，引自《路遙十五年祭》，李建軍編，北京：新世界出版社，2007 年，第 153 頁。

23 次，筆法與當年描摹《病危中的柳青》非常相似。

1981 年 11 月　作協西安分會、西北大學、陝西師範大學、陝西現代文學學會、《延河》編輯部聯合發起「《創業史》及農村題材創作學術研討會」，《延河》1982 年 1 月刊登《深入農村、勤奮耕耘：農村題材小說創作座談會紀要》。

1982 年 5 月　8 日，路遙參加作協西安分會在延安舉行的毛澤東《講話》四十週年紀念活動，並於 5 月 23 日在陝西文藝界紀念《講話》發表四十週年大會上發言。路遙特別提出這樣一個問題:「怎樣繼承我們寶貴的革命傳統和革命的理論遺產」。「毋庸置疑，《講話》的基本精神是正確的」，它將仍然是新時期社會主義文學藝術發展的重要方向，並有助於克服「文革」十年動亂後年輕人心靈上出現的歷史虛無主義傾向。〔註 18〕

1983 年 4 月　路遙於上海完成了隨筆《柳青的遺產》，後來發表於《延河》1983 年第 6 期。

1983 年 6 月　6～8 日作協西安分會召開「紀念柳青逝世五週年創作座談會」。

在《柳青的遺產》中，路遙分別從兩個方面集中概括了他對柳青的認識：一是柳青的現實主義傳統，把生活小事與宏大史詩結合起來，不滿足於躲進自己的內心世界搞創作；二是柳青的寫作姿態，他竭力將自己當做一個普通人，把公民性和藝術家的詩情溶解到一起，像農民對待莊稼，像基層幹部對待日常工作那樣，把藝術創造當做普通勞動之一種。這兩點基本精神不斷出現在路遙的各種創作自述與演講訪談中，特別是路遙關於創作活動和作家身份的認識，幾乎保持了與柳青高度一致的論調。柳青說，「每一部作品都是對一個作家的考驗，考驗他勞動的堅韌性」〔註 19〕，面對寫作中的痛苦與困難，作家必須深入生活，學會自我克制和忍耐。路遙同樣把藝術創作視爲一種艱

〔註 18〕 路遙:《嚴肅地繼承這份寶貴的遺產》，原收入《五月的楊家嶺》，西安:陝西人民出版社，1983 年 12 月。引自《路遙十五年祭》，李建軍編，北京:新世界出版社，2007 年，第 145 頁。

〔註 19〕 柳青:《回答文藝學習編輯部的問題》，原載《文藝學習》1954 年第 5 期。引自《中國當代文學研究資料·柳青專集》，山東大學中文系編，1979 年，第 28 頁。

苦的創造性勞動,「藝術創作這種勞動的崇高決不是因為它比其它人所從事的勞動高貴,它和其它任何勞動一樣,需要一種實實在在的精神。我們應該具備普通勞動人民的品質,永遠也不喪失一個普通勞動者的感覺,像牛一樣的,像土地一樣的貢獻。」〔註20〕且不說路遙對柳青所代表的社會主義現實主義傳統是否存在理解上的偏差或時代局限,當他在寫作姿態上也認真臨摹柳青時,是否意味著路遙自覺認同了毛澤東時代的文學傳統〔註21〕?當他在新時期文學的框架中清理出柳青的遺產時,這一歷史遺留物是否會在新的時代氣息中變質呢?

在路遙的《早晨從中午開始》中,「勞動」一詞出現了 26 次之多,對於《人生》之後深感「高處不勝寒」的路遙來說,「勞動」彷彿成為他救贖自我的唯一方式:「我絕不可能在這種過分戲劇化的生活中長期滿足。我渴望重新投入一種沉重。只有在無比沉重的勞動中,人才會獲得更為充實。」「勞動,這是作家義無反顧的唯一選擇」。「我在稿紙上的勞動和父親在土地上的勞動本質上是一致的。」只有把寫作視作平凡的勞動,才能擺脫因文成名的焦躁情緒。回憶那時反覆思考「《人生》以後我怎麼辦」,路遙說,「我有時候的習慣像利比亞的卡札菲一樣,卡札菲遇到危機就退到沙漠裏的一個羊皮棚子裏去考慮問題,《人生》寫完以後,我想到毛烏素沙漠去考慮問題。」〔註22〕因為在沙漠裏,可以無所干擾地面對內心,當他再回到喧囂的城市中去時,就

〔註20〕路遙:《關於作家的勞動》,《延河》1982 年第 1 期。

〔註21〕楊慶祥在《路遙的自我意識和寫作姿態——兼及 1985 年前後「文學場」的歷史分析》中,從作者形象和寫作倫理方面,指出路遙對毛澤東時代文學遺產的繼承關係。雖然 1985 年毛澤東時代文學體制在話語層面已經面臨全面解體的危險,但現實操作層面仍保持著與主流意識形態和政權穩定性相關的延續狀態。正是借助這種形式,路遙仍能保持身份意識、寫作方式和生活方式「倫理學「上的統一。但是正如本節論述所示,如果細緻比較柳青與路遙,無論是面對農民階級的態勢,對待專業作家的職業期待,或是對「勞動」、「深入生活」等「十七年」文藝方向的理解,路遙實際上都已經偏離了柳青的道路。而這正體現了 85 年前新時期文學展開過程中已經存在的危機,雖然以回收「十七年」的歷史拉鋸修復了社會主義文學體制的合法性危機,但形式與內容分離的「回收」方式,必然越來越顯示出語境錯位中歷史資源的失效。參見楊慶祥:《路遙的自我意識和寫作姿態——兼及 1985 年前後「文學場」的歷史分析》,《南方文壇》2007 年第 6 期。

〔註22〕路遙:《文學·人生·精神——在西安礦院的演講》。1991 年 6 月 10 日在西安礦業學院講課,大約從下午兩點十分講到五點,本文為錄音整理。收入十月文藝出版社即將出版的新《路遙全集》,未刊。

不會再被名利所誘惑。

　　有意思的是，在柳青的寫作生涯中，也有過這樣一段「轉彎路上」的自我拷問：1952 年 1 月 22 日，柳青寫下一篇長文深刻反省自己幾次往返城鄉之間的寫作經歷：「我入城時的時間比較早」，1946 年 3 月東北解放後在大連療養了一年七個月，「這個時間是我有生以來生活享受最高的時期」，「我一個住一棟房，樓上樓下七八間屋，為了自己省腿，上下安了兩部電話。有一個人給我做飯並看門，嫌生爐子麻煩又髒，安了一個四千度的專用電缸……雖然我為了文學創作事業，並沒有留戀那種物質享受，但是這段生活對我是有影響的。那就是說我比過去對物質享受的興趣濃厚了」。此時已憑《種穀記》和《銅牆鐵壁》立足文壇的柳青，也有與路遙類似的「怎樣寫下去」的焦慮，「我清楚地感到很多同志三年五年以至十年八年沒有作品，主要並非因為才低，而是因為他們沒有認真地在群眾裏生活。……我寫了兩本書就自滿不再下去的話，我就完了。」柳青於是決定，「每寫完一個東西，必須立即毫不猶豫地回到群眾中去。」〔註 23〕幾個月後，他參加了 5 月 14 日中宣部文藝處紀念延安《講話》十週年座談會，第二天下午便告別北京，乘上開往西安的火車，開始了他在長安縣皇甫村長達十四年的紮根生活。此後，他參與建設了長安縣第一個試點初級農業生產合作社，認識了後來梁生寶的原型王家斌，把《創業史》的寫作與親歷農村合作化運動的政治工作合二為一。

　　早在延安「整風運動」時，柳青就提出過必須「穩在鄉下」的自我批評：「這些問題在我整個的青年時代都沒有重視過，或者認為它們是不成問題的。譬如說人為什麼活著？真像俗話說的『人活七十，為口吃食』嗎？那太俗了，還算什麼革命家？你要革命，你就不能只想吃好的。」反省他頭一次下鄉時不安心，急於回到物質條件好的延安去，是嫌棄鄉下寂寞貧窮，柳青說，「我研究農民為什麼勞苦？我研究他們怎那麼愛兒子和土地？我在那些漫長的春夏天的白日裏，讀了五本斯大林選集，特別注意哪些關於黨的工作和農村問題的演說」，它們「無疑在精神上支持了我，使我克制住一切邪念：享受，虛榮，發表欲，愛情要求，地位觀念……把我在鄉下穩住了」〔註 24〕，

〔註 23〕柳青：《到生活中去》，寫於 1952 年 1 月 22 日，是柳青遺文的摘錄，題目為編者加。引自：《柳青寫作生涯》，蒙萬夫等編，天津：百花文藝出版社，1985 年，23～24 頁。

〔註 24〕柳青：《轉彎路上》（寫於 1946 年 6 月 26 日），引自《柳青寫作生涯》，蒙萬夫等編，天津：百花文藝出版社，1985 年，18～22 頁。

之後便寫出了第一個長篇小說《種穀記》。

在《早晨從中午開始》中,路遙幾乎摹寫了柳青所謂「轉彎路上」的各個階段,來敘述他從《人生》走向《平凡的世界》的心路歷程:「思考人生的意義——從城市逃亡——文學閱讀與政策學習——對土地和農民的愛——艱苦的勞動——淡看名利」。但同樣是選擇回歸普通勞動者的創作姿態,同樣是從城市逃亡,兩相對照仍然可以看出二者的區別:

對於柳青來說,城市生活的優越,不僅僅是城鄉差別的客觀事實,更是直接威脅到革命信仰純粹性的嚴重問題。「物質生活的艱苦,這也是我們知識分子長期在工農群眾中生活的一道難關;在農村裏,我看大約是更苦一些」,因此,到農村去不僅僅是為了服從短暫的革命工作需要,更是要做好長期自覺的「過關」準備,過知識分子與群眾結合的這一關,過毛澤東文藝方向的這一關。柳青「進城」後的焦慮,是一種害怕小資產階級天性復發,作為革命黨人在豐富物質生活面前變質的焦慮。柳青說,「生寶的性格,以及他對黨、對周圍事物、對待各種各樣人的態度,就有我自身的寫照」〔註25〕,《創業史》不僅僅是寫農民如何放棄私有制、投身社會主義革命,它同樣是柳青的精神自傳,當梁生寶以聽黨的話為出發點,用心體會,務實工作,在為集體事業貢獻的實踐中成長為一名社會主義新人時,創造梁生寶形象的柳青同樣也完成了「向黨交心」的思想改造。從這一點看,儘管梁生寶的選擇體現了土地革命中農民最終走向互助合作道路的自發性,但梁生寶必須成功的「紮根事業」裏,多少夾帶著柳青的「私心」,他要用意識形態鬥爭策略在城鄉之間強制性地畫了一條線。如此暫時堅守住了自己的革命感覺,卻也迴避了「革命之後」社會主義實踐在處理城鄉差別問題方面的結構性危機。

與柳青不同,路遙的「進城」焦慮恰恰是以柳青迴避的問題為起點的,「城市」不再是路線鬥爭眼光下的可怕敵人,「進城」首先就是為了自我實現,擺脫農民階層在物質和精神方面的雙重貧瘠,無論是高加林還是薛峰,同樣是帶有自傳性色彩的敘述,「穩在鄉下」只是一種精神上回歸家園的樸素理想,成為職業作家的路遙,不可能再回到農村去做永久的居民。儘管路遙在寫作《平凡的世界》過程中也強調要「深入生活」,看似踐行了《講話》所奠定的工農兵文藝方向,到鄉村城鎮、學校機關、農貿市場、工礦企業中

〔註25〕 王維玲:《柳青和〈創業史〉》,引自《柳青寫作生涯》,蒙萬夫等編,天津:百花文藝出版社,1985 年,第 140 頁。

去,與普通民眾和國家幹部接觸,瞭解中國不同社會階層的生活面貌,但是
與他到毛烏素沙漠去的經歷一樣,它們首先仍是一種職業作家式的創作準
備、下鄉采風式的體驗生活。路遙曾經專門指出,「過去所謂深入生活是到
一個地方去蹲點,我覺得這種蹲點式的生活方式,有它的好處。但鑒於我們
國家目前社會生活比較複雜、各系統各行業互相廣泛滲透這種現象,瞭解生
活的方式也不應該是固定的,它應該是全面地去瞭解。譬如你要瞭解農村生
活,你搬到一個村子裏去住,我覺得你這樣瞭解到的情況不一定是典型的。
這和五十年代有點不同……我認為,現在你要寫好農村,你也要瞭解城市生
活……」〔註26〕。不知道路遙在發表這番感想時,是否想到了柳青,路遙的
觀察固然是敏銳的,新時期因地制宜、有先有後的責任制,已經不同於五十
年代計劃經濟體制下全國「一盤棋」的互助合作,但這種意見也深刻地暴露
出,路遙其實僅僅是從作家拓展眼界與素材收集方面去看待柳青「蹲點式的
深入生活」〔註27〕,反而忽略了柳青在「十七年」語境中「穩在鄉下」的政
治訴求。而如何「穩」住所流露出的艱難情緒,正包含了柳青迥異於路遙對
城鄉之間關係的認識,也決定了他們不同的創作姿態。

於是,當柳青徘徊於城鄉之間,擔心優於農村的物質享受可能拉開了他
與農民階級的差距,使他喪失了作為革命者的道德正義與政治立場時,路遙
卻從生計問題和職業作家姿態方面做出了完全不同的考慮。在許多友人的印

〔註26〕 路遙在許多場合都重複過這段話。參見《東拉西扯談創作(二)》,《陝西文學
界》1985 年第 3 期。《答中央廣播電視大學問》,引自《路遙全集:散文、隨
筆、書信》,廣州:廣州出版社,太白文藝出版社,2000 年,第 177 頁。

〔註27〕 作家葉蔚林的一段話,突出體現了新時期關於「到農村蹲點、深入生活」的
新看法:「歷來我也是主張在農村蹲點,向生活挖一口深井的,但隨著農村改
革的發展,閉鎖狀態的打破,廣大農民生產、生活方式的變化,我覺得光蹲
點不行了,還必須有意識地擴大接觸面。現在死蹲在一個村子裏是看不到多
少新鮮東西的,因為農村中的活躍分子,大都離開土地(特別在農閒時節)
走了出去。要瞭解他們的生活,我們也要跟著『走出去』。走到哪裏最合適?
最好是走到銜接城市和農村的小墟小鎮上,蹲下來,好好看看。這種小墟小
鎮往往是『離土不離鄉』的新型農民聚會之所。各種農村商品在這裡集散,
各种競爭在這裡展開,各種信息在這裡交流。……」。葉蔚林非常敏感地看到
了新時期農村改革過程中「農民進城」的兩種方向,一是農轉非,一是「離
土不離鄉」,葉蔚林尤其關注後一種現象中形成的新農民,所謂「兩戶」(從
事多種經營的專業戶、重點戶)農民。但是與路遙相同,葉蔚林也是從非常
專業的創作準備角度來看待「深入生活」的。見葉蔚林:《眼睛往哪裏看?》,
《文藝報》1984 年第 6 期。

象中，路遙是個「窮大方」的人。與一般雙職工家庭比，路遙的工資和稿費收入都不高，《驚心動魄的一幕》500 元，《人生》1300 元，《平凡的世界》不過三萬元，《人生》獲獎後路遙到北京領獎的旅費還是找弟弟王天樂借的〔註28〕。李天芳曾回憶路遙窘迫的經濟狀況，大約是 90、91 年路遙正忙於《早晨從中午開始》的寫作之時，「『金錢不是萬能的，沒有錢是萬萬不能的。』他不止一次調侃著這句流行語。關於如何賺錢以適應社會的變化，他腦子裏的設想像小說構思一樣，一串一串的。時而是開家大餐館，時而是搞個運輸隊，時而又想在黃土高原辦個牧場……」，李天芳感慨道，「不管作家們如何鍾情於改革，如何歡呼它、頌揚它，但當它的腳步日漸逼近真正到來之際，靈魂工程是首先感到的還是它對自己的挑戰」，路遙儘管骨子裏仍羞於談錢，卻也不得不擔憂「大鍋飯」吃不成了的生計問題，「不行，咱們得賺點錢，要不，哪一天就像獨聯體那些文化人一樣，全都成了最窮的人！」〔註29〕但就是這樣手頭不富裕的路遙，卻喜歡抽好煙、喝咖啡、吃西餐等「洋玩意」。海波提供了許多這方面的細節：1982 年到省裏開會，止園飯店的伙食已經很不錯，路遙卻硬拉他去一家咖啡店吃西點，當時海波月工資 44.92 元，兩人這一通「開洋葷」就花去了近 10 元錢。路遙說，「像我們這樣出身的人，最大的敵人是自己看不起自己，需要一種格外的張揚來抵消格外的自卑」。追求生活檔次，不是為了與人攀比，而是出於文學創作的需要，借助這些「道具「來營造一種「莊嚴的心情」和「超然的態度」：

> 像咱們這樣出身的人，「不以物喜」容易做到，「不以己卑」則
> 很難做到。因為我們太瞭解下層人了，因此會忽視他們的局限性，

〔註28〕柳青當年把《創業史》第一部的稿費全額捐給了公社。據張均研究所述，1953 年新聞出版總署取消版稅制，引入蘇聯「印數定額制」。當時作家的稿酬遠遠高於普通居民收入，「梁斌 10 萬元稿酬相當於一名普通職工不吃不喝 200 年的全部收入」，「若和農民對比，稿費之『高』可用『怵目驚心』來形容。」高稿酬制度雖然促進了文學生產，但也引起群眾不滿。1958 年「批判資產階級法權」討論中，如張春橋就在文中專門將「高工資、高稿酬」作為資產階級法權思想的重要表現，「文革」期間「三名三高」被批判，作家首當其衝。從這些材料中可以看出，柳青為何一直要將作家的身份與寫作倫理放到「三大差別」的背景中去審視。路遙所處的時代氣圍已經完全不同於柳青，作家只能借助文化資本獲得社會差別中的尊嚴感。參見張均：《中國當代文學制度研究（1949～1976）》，北京：北京大學出版社，2011 年，31～44 頁。

〔註29〕李天芳：《財富——獻給路遙》，引自《路遙十五年祭》，李建軍編，北京：新世界出版社，2007 年，第 135 頁。

甚至會把他們的缺陷認作美好；因為我們太不瞭解上層人了，對他們有天然的誤解，甚至會把他們美好的東西當做垃圾。如果這兩個問題不解決，我們只能寫些《半夜雞叫》《銅美案》式的偽民間故事──完全站在下層人的角度把自己的困難悲情化，把自己的結局理想化，把別人的性格妖魔化，把別人的行為漫畫化──根本談不上評判社會和人生。解決這個問題只有一種途徑，那就是體驗──把自己放在「高處」，反過來看「低處」的人們。可惜的是，我們沒有條件全面做到這一點，只好在局部想辦法。這個「局部」選在住好房子、坐好車，咱們沒有這個條件；選吃好飯、喝好酒，咱們沒有這個時間，選穿好衣服，更不可能，咱們沒有這個習慣不說，還在心底裏鄙視那些東西。而抽好煙就不同了，因為本來就喜歡抽煙，只要醒著，幾乎煙不離手，加上接觸的人都是些抽不起或者捨不得抽好煙的人們，容易建立起一種超然於外的感覺。

靠煙的檔次差別，製造作家居高臨下的創作態勢，避免對底層的盲目同情，擺脫洗不掉的農民出身帶來的自卑感，掩飾實際生活中經濟狀況的不濟，這些因素被路遙非常自然地聯繫在一起。如果說柳青是以「穩在鄉下」的意識形態鬥爭去克服客觀存在著的社會差別，克服他知識分子出身容易脫離人民的階級劣根性，那麼，路遙則是用高加林「更衣記」式的「精神勝利法」擺脫他出身農民階層的精神束縛。

同樣是要求作家超越出身階層的思想局限，從工農兵文藝方向，過渡到不再凸顯階級政治的新時期文學，路遙心目中所謂「專業」作家的寫作姿態已經不同於柳青。由此再重新觀察前述二人關於作家創作勞動的理解，正是因為柳青首先看到了腦體差別中作家創作勞動的特殊性，意識到「作家生活機關化」和高額稿酬會阻礙作家「真正在群眾中安家落戶」〔註30〕，所以才會格外強調作家應當在實踐中向普通勞動者學習。相比這種針對知識分子或文藝工作者帶有濃重政治色彩的「勞動改造」，路遙以體力勞動譬喻寫作的過程，反而更像是一種苦行僧式的自我責罰。把文學創作視為普通勞動，的確在象徵行為與美學意義上拉近了作家與土地和人民的距離，特別是在 80 年代文學越來越知識精英化的趨勢中，如路遙自己所說，保持一顆「農民之子」

────────

〔註30〕 王維玲：《柳青和〈創業史〉》，引自《柳青寫作生涯》，蒙萬夫等編，天津：百花文藝出版社，1985 年，第 138 頁。

的心去理解與同情他所熱愛的土地，使他不陷入文壇虛名與逐新趣異的浮躁氛圍。然而，從路遙往返城鄉交叉帶的創作姿態來說，這種更接近於後世「底層寫作」的所謂民間立場、或五四鄉土文學傳統的啓蒙意識，已經缺少「十七年」農村題材小說所謂「群眾路線」背後的階級政治維度。

　　因此，即使在藝術手法和寫作倫理方面，路遙都有意效法柳青，新的創作姿態也決定了它在改革歷史情境中「質」的改變。第四章將具體分析 80 年代的兩次柳青「重評」，可以看出，路遙對柳青遺產的認識與接受，正是在新時期初「回收十七年」的文學體制調整中完成的，而這種對毛澤東時代文藝方向「去政治化」的重新詮釋，已經潛藏了形式與內容的分離。這意味著路遙必將在 80 年代文學的展開中面臨雙重挑戰：首先，雖然從寫法上回歸柳青的現實主義傳統，尤其在《平凡的世界》中，比如社會各階層分析的全景式結構、人物序列的對照法、心理現實主義等等，但柳青的社會主義現實主義畢竟不只是一個寫法問題，當路遙同樣強調文學與現實關係中理想主義的一面時，從「革命」到「改革」，如何重釋《創業史》中必然實現的合作化理想與柳青的革命浪漫主義精神，如何處理現實主義文學的眞實性與傾向性？另外，《平凡的世界》第一部評價其實很低，白描回憶說 1986 年冬季路遙參加完北京研討會回到西安後，專程去了一趟長安縣柳青墓，「他在墓前轉了很長時間，猛地跪倒在柳青墓碑前，放聲大哭。有誰能理解路遙『眾人皆醉唯他獨醒』的悲愴呢？」柳青及其所代表的「十七年」文學傳統的合法性，必然會投映到對路遙創作的評價與接受中去。

3.2　孫家兄弟的「實踐王國」：普通人的道路

　　《平凡的世界》第一部發表後文壇評價一般，完全沒有當年《人生》熱議的盛況。大計劃只邁出一步的路遙，就陷入到孤獨的自我堅持中。聊以慰藉的是小說賣的很好，特別是 1988 年中國人民廣播電臺文藝中心的「長篇連載廣播」，先後由李野墨播講三次，吸引了近 3 億多聽眾。在 1988 年 6 月 25 日致葉詠梅信中，路遙表達了他對節目編輯的誠摯感謝，「感謝在京期間你的熱忱關照和親切相持，在現今生活中，已經很少有這種感受了」，「請代問野墨同志好。他的質樸和才華，以及很有深度的藝術修養給我留下深刻的印象，他是一個視野很開闊的人，這在北京很不容易。恕我直言，許多北京人以爲

天安門廣場就是世界上最大的地方。最大的地方其實是人的心靈。」〔註31〕
——這最後半句感歎耐人尋味，還記得《人生》中高加林從高家村到縣城，
再到省城，一路奔向「大地方」的夢想始終鼓蕩在他難以平復的心中。可以
想像高加林終於到了天安門，他會是怎樣的歡欣雀躍，也可想而知，當北京
人打量這個外鄉人時會是怎樣的神情。這大約就是高加林心中的成功之路，
如果說在《人生》時期，路遙還只是以結尾的被迫回鄉給高加林一個道德教
訓，那麼到了寫作《平凡的世界》時，路遙似乎越來越意識到，與社會慣習
關於高下、大小、優劣的價值區分不同，真正的幸福仍需回到個人的內心世
界中，建立一個能夠不隨波逐流、自足的「心靈的形式」。

　　「最大的地方其實是人的心靈」，用這句話來看《平凡的世界》得名的過
程，倒是十分貼切。關於這部長篇題目的由來，有三種說法：路遙自己說，
最早定題是《黃土・黑金・大城市》〔註32〕，這彷彿是孫少平的人生道路，
從黃土高原到湧出黑金的礦山，再到實現夢想的大城市，一聽就是野心勃勃
的大計劃。且不說後來實際章節安排為何以「黑金」而非「大城市」結尾，
海波回憶說路遙換題，是從他這「竊取」了點子。當時海波計劃寫一個反映
農家子弟成長經歷的長篇，「計劃寫四部分：狂妄少年、家族領袖、農民兒子、
祖國公民，總題目是《走向大世界》。想好了後，就講個路遙聽」，路遙聽完
後認為這題目正切合他正在創作的長篇小說主旨，便與海波商量要拿去用。
「事情這樣定了，過了一段時間，路遙又給我說，他的長篇不叫《走向大世
界》了，改叫《平凡的世界》，說：『走向大世界幾個字太張揚，不如平凡的
世界平穩、大氣」〔註33〕。這一改淡化了僅僅以城市為目標、擴張性的成長
衝動，重心落到「平凡」上，而王天樂保存的《平》第一稿，原題就是《普
通人的道路》〔註34〕。——「平凡」、「普通」儼然確立了這部長篇小說有別
於《人生》的基調，這正應和了那句感歎，從外在的「大城市」、「大世界」
退回到「平凡的心靈」中，整部小說都在證明著這樣的道理：「普通人並不等

〔註31〕路遙：《致葉詠梅》（1988年6月25日），信件即將收入十月文藝出版社新版
　　　　《路遙全集》，未刊。
〔註32〕王天樂：《苦難是他永恒的伴侶》，引自《路遙十五年祭》，李建軍編，北京：
　　　　新世界出版社，2007年，第193頁。
〔註33〕海波：《我所認識的路遙》，《十月》2012年第4期。
〔註34〕除了王天樂的回憶。第一部最早發表於《延河》時，編輯介紹語中還稱其節
　　　　選自長篇小說《普通人的道路》，到隨後《花城》發表第一部全文時，才改用
　　　　《平凡的世界》。參見路遙：《水的喜劇》，《延河》1986年第4期。

於平庸」，「在最平常的事情中都可以顯示出一個人人格的偉大來。」（孫少平語）於是，《人生》中充滿了高加林的不平之氣，主人公甚至不惜用「以惡抗惡」的原則成為被既有社會分層認可的強人，相比之下，當路遙不斷敘述「苦難」時，《平凡的世界》反倒顯得更平和隱忍。

　　《人生》雖然引用《創業史》「改霞進城」一段為題記，提醒青年們要在人生緊要關頭上做出正確的選擇，但路遙並沒有真正解答究竟什麼樣的「心之所向」才是踏實可為的人生？路遙已經敏感到改革將給農村甚至整個城鄉二元社會帶來翻天覆地的變化，新的農村經濟政策為農民鬆綁，緩解了嚴重的城鄉兩極分化，讓農民真正過上吃得飽、穿得暖的小康生活，但一定程度上的流動與自由，並不能保證農民（特別是農村知識青年）完全擺脫出身階層在社會等級結構中的被歧視位置，而追蹤高加林的足跡，更讓路遙反思以獨異之身「出走」可能帶來的問題。如何克服城鄉差別甚至各種社會差別的問題，並沒有解決，且如第一節所述，曾經用作克服差別的「柳青的遺產」或「十七年」理想主義的人生觀教育，又在 80 年代趨於失效。如果高加林單槍匹馬闖社會進了城，無論在精神還是物質上他都能成為一個有尊嚴的人嗎？如果高加林不「遠走高飛，到大地方去發展自己的前途」（高加林語），他能紮根農村過一個有意義的人生嗎？——這些已經不僅僅是歷史遺留問題，而且是正在展開的改革的問題。從這一點看，《平》中的孫家兄弟就是高加林的兩個分身，一個憑藉知識和力氣「進城」，一個憑藉農村改革的新政動員「回鄉」致富。路遙彷彿要在兄弟二人身上做一個實驗，看他們能否走出與高加林不同的道路，而他們所勾連出的更多村裏村外的人和事，也將提供另一種關於「改革時代」的歷史敘述。

3.2.1　孫少平的苦難哲學：什麼「知識」，怎樣「勞動」？

　　孫少平，1958 年生，1975 年春就讀於原西縣中學，1977 年元月中旬畢業，回村參加勞動。其叔孫玉亭為幫大隊書記田福堂解決兒子就業問題，提議在雙水村辦初中，為孫少平掙得了一個民辦教師的職位。10 月高考恢復，但因初高中基礎太差落榜。1980 年雙水村開始實施家庭承包責任制時，由於各家勞動力不足，大半學生輟學務農，村初中班解散。失業後的孫少平不甘心回村當農民，隻身到縣城做攬工漢。期間與縣委書記女兒田曉霞相戀。後來在曹書記

和田曉霞「走後門」的幫助下,被招工到銅城礦務局做一名井下工人。田曉霞遇難身故後,孫少平在一次礦難中毀容。最終選擇留在礦區,照料已故師傅的遺孀惠英嫂和她的孩子。

孫少平的人生與高加林有著許多相似之處:作為一名農村知識青年,在縣城中學見過大世面,又讀了太多書〔註35〕,雖然出身是農民,骨子裏已經有了城裏人的氣質,他們都注定要背井離鄉,改變面朝黃土的命運,而在堅持這一孤獨抉擇的過程中,他們又都碰到過超階級的美好愛情。但是,孫少平的進城道路又有許多不同:同樣設置民辦教師的情節,路遙讓高加林成為村莊基層政治權力的被迫害者,使得高加林「走後門」、背棄巧珍等行為都多少包含了那麼一點「反特權」的合理性,但在孫少平的故事裏,類似的特權問題卻沒有這樣尖銳的衝突。高加林身後是與他格格不入的鄉村,除了巧珍和德順爺,村莊被高度抽象化為一個落後愚昧的符號;孫少平的鄉村卻是非常具體的,是一家六口人雖貧窮又溫情的生活,是有金波等鄉鄰夥伴幫扶著的恩情,雙水村既束縛壓抑著他渴望自由的心靈,又讓他不會像高加林一樣毫無顧忌的抽身而退,無論遠行到哪裏,都肩負著對家庭的責任和對土地的精神聯繫。除了對家庭的格外強調,還有一個顯著區別是兩人進城後的生存狀態:高加林當上了記者,將他的文化知識和精神追求順利地轉換為職業素養,與他在農村時沉重的體力勞動形成了鮮明對比;同樣帶有文學青年氣質的孫少平,卻被路遙安排去做攬工漢,知識沒有成為他求生的技能,反而是靠出賣自己的「力氣」獲得了城市中的位置與尊嚴,而後來的礦工生活,也仍是沒有什麼詩情畫意的體力勞動。——路遙為什麼要這樣寫?這些新的寫法似乎改變了高加林式的進城初衷,無論是農村的貧困家庭,還是黃土地上汗流浹背的體力勞作,它們都不再是孫少平極力擺脫的對象,反而在孫少平

〔註35〕 孫少平與高加林一樣是個文學青年。按小說中出現順序整理孫少平的閱讀史:《鋼鐵是怎樣煉成的》、《卓雅與舒拉》、《紅岩》、《創業史》、《參考消息》、《辯證唯物主義和歷史唯物主義》、《各國概況》,《馬丁·伊登》、《熱愛生命》、《天安門詩抄》、《牛虻》、《艱難時世》、《簡愛》、《苦難的歷程》、《復活》、《歐也妮·葛朗臺》、《白輪船》、葉賽寧的詩、《一些原材料對人類未來的影響》等。需要特別注意的是,與高加林似乎更在意博學多識的閱讀不同,孫少平的閱讀更多地融入了觸及他個人經歷的感情;另外,田曉霞特別啟發孫少平不能只讀文學書,還要關心政治和國家大事,讀理論書,這種閱讀有可能幫助孫少平從個人感覺世界走到更大的社會視野中去,並更理論性的分析與思考個人經驗問題。

「進城」的成長故事中獲得了另一種形式與意義。

　　以「知識啓蒙」和「離家出走」作爲成長小說的起點，可以追溯到二三十年代的現代文學，「五四」青年在新文化感召下反叛封建大家庭，投身激進的社會改革運動。如果從塑造具有自我意識的現代主體方面看，毛澤東時代的「社會主義新人」理想其實與五四啓蒙事業一脈相承，都是要擺脫所謂以父母孝悌與祖蔭傳統爲中心的儒家價值行爲規範，只不過更明確代之以一套以階級鬥爭話語爲中心的共產主義信仰，並且同樣以對傳統家庭觀念的改造爲前提。正如《創業史》中對「家業」的重新詮釋，「以家庭爲中心的傳統人際關係被作爲封建文化受到批判；新型的、普遍主義的同志關係被創造出來用以指導個人之間的互動以及個體與國家之間的關係。」〔註36〕於是，學習現代知識，不再是爲了耕讀傳家、光宗耀祖，而是要像郭振山教育改霞的那樣支持國家建設。雖然強調集體認同與社會實踐，給現代知識重新劃分價值等級，在一定程度上克制了「五四」啓蒙話語可能導致的個人虛無主義和精英主義傾向，讓「離家出走」的個人在面向下層的群眾生活中紮根，但是，這種新的政治意識形態規劃並沒有眞正解決「知識啓蒙」可能給個人身心安頓帶來的問題。當改霞想用所學的文化知識支持工業化時，她的進城抉擇反而站到了梁生寶搞農村合作化的對立面上，當她願意做一名「新型婦女」爲了崇高理想犧牲感情時，她又發現自己內心深處「仍然是一個農村姑娘」。改霞的愛情悲劇不僅暴露出現代知識與鄉村共同體的矛盾，也暴露出了革命理想在解決個人日常生活問題時的欠缺，而日漸激化的城鄉差別更加劇了農村知識青年關於人生意義的認識焦慮。

　　這一歷史線索延續到新時期，雖然改革給個人「鬆綁」，受教育的農村新一代獲得了更大的社會流動自由，但憑藉知識實現「農轉非」仍是一條窄路（與高加林構成互文性的凌雲，就是一個很好的例證）。儘管路遙安排高加林如願進城，以記者職業獲得了文化人的身份，彷彿匹配了知識帶給他的獨特氣質，但正如上一章所分析的，高加林在以他人爲鏡象的感覺世界中並不幸福。路遙以道德化的回鄉情節阻斷了高加林的個人主義，事實上卻迴避了農村知識青年的眞正問題。這不僅僅是制度上城鄉區隔或者「文革」破壞規範教育造成的歷史後果，而且還是「五四」啓蒙話語未能克服的老問題——正

〔註36〕閻雲翔：《中國社會的個體化》，陸洋等譯，上海：上海譯文出版社，2012年，第 355 頁。

如孫少平的感慨:「誰讓你讀了那麼些書」,「你知道的太多了,思考得太多了,因此才有了這種不能為周圍人所理解的苦惱」。很難想像梁生寶、改霞會說出這樣的痛苦,孫少平的感慨像極了浸潤在個人感傷中的「五四」新青年們——問題在於,當新知識喚醒了個人意識與超乎生存物質層面的精神需求時,是讓個人去默默承受「眾人皆醉」的孤獨,還是為這種敏感又富於激情的精神追求尋找一種投身社會、超越個人的可能形式?

正是以這個問題為支點,路遙在《平凡的世界》中強調「家庭」與「勞動」,就有了它特別的意義。在孫少平的成長過程中,「家庭」扮演了非常重要的角色:一方面,這個農民家庭阻隔了孫少平對更廣大世界的精神追求:它首先是貧困的,「一家人整天為一口吃食和基本的生存條件而戰」,可是連這麼渺小可悲的願望都從未滿足過;它又是專制的,最使少平憋悶的是「不能按照自己的意願去安排自己的生活」,他必須服從大家庭的總體生活,不能讓父親和哥哥失望,「農村的家庭也是一部複雜機器啊」——這段話幾乎就是對「五四」小說反專制家長制度的摹寫,為孫少平離家出走的成長抉擇提供了合理性。另一方面,「家庭」又給孫少平面向村莊之外的行動注入了「迴心之力」:首先,路遙把承擔家庭責任的能力而非「離家出走」作為少平成長的重要標誌。《人生》和《平凡的世界》都以一場家庭變故開場,與高玉德老兩口極力安撫兒子不同,面對姐夫王滿銀賣老鼠藥被勞教的重創,路遙故意讓孫少安缺席,讓弟弟少平接受了一次獨自挑大梁的考驗。後來關於「分家」的情節設置更是非常巧妙,既讓少平更明確到自己成為一家之長的責任,又因為少安致富後「雖分尤合」的幫扶,讓少平獲得了更多在外打拼的自由。另外,這種對家庭的責任感,也在一定程度上緩解了少平在面對城鄉差別甚至腦體差別時的精神危機。一卷 25 章寫到田曉霞對孫少平的知識啟蒙,當他正在閱讀的精神滿足中逐漸意識到「他像竭力想擺脫和超越他出身的階層」,父親卻偏在這時來學校找他,要他頂替少安給地裏勞動添一份力,路遙筆下的少平當然也有高加林式因體力勞動麻痹了精神生活的痛苦,但他又是體貼家人的,而這一次回村遭遇乾旱,更讓他體會到自己與同村人命運上的關聯,把個人的精神熬煎轉移到集體生活中去。

在《平凡的世界》裏,路遙不再迴避高加林即使回鄉也難以再安心農村的事實,通過表達一種他理想中的家庭結構,路遙似乎給孫少平們預留了一個既出的去、又回得來的鄉村。這種寫法本身已經蘊含了改革的歷史信息,

「家庭」關係重建是新時期告別階級鬥爭話語的重要內容，分田到戶的承包責任制使得家庭再度成爲生產單位，而新型非農經濟和外出務工等就業渠道，又改變著傳統家庭結構。這種變化在孫家兄弟「分家」的事件中就有所體現，它一面有可能給依循傳統家庭倫理的個人帶來困擾，一面又因爲核心家庭間協作效率提高和新的勞動分工，給新一代農村青年創造了更多面向鄉村之外生活的條件。與《人生》結尾德順爺的人生觀教育不同，《平凡的世界》更爲具體的、傳統鄉土中國重親情禮儀的家庭原則，不僅約束了高加林式的個人主義衝動，也讓農村青年在「拔根」的同時避免成爲無所依傍的浮萍。

於是，雖然出身貧窮的農村家庭，讓孫少平在學校和與田曉霞的交往中都深感自卑，但也促成了他獨特的人生哲學，讓他重新建立起對自我身份的非歧視性認同。卷四 33 章，敘述者圍繞「平凡的世界」發表了一通議論：人的一生只有一兩個輝煌的瞬間，大部分時間都只會在平淡無奇中度過，但即使是最平凡的人，也要爲這個世界的存在而戰鬥，所以沒有一天是平靜的，

> 普通人時刻都在爲具體的生活而傷神費力——儘管在某些超凡脫俗的雅士看來，這些芸芸眾生的努力是那麼不值一提……

> 不必隱瞞，孫少平每天竭盡全力，首先是爲了賺回那兩塊五毛錢。他要用這錢來維持一個漂泊者的起碼生活。更重要的是，他要用這錢幫助年邁的老人和供養妹妹上學。

此時的孫少平已經成爲一名熟練的攬工漢，路遙寫他對底層生活的適應，「不洗臉，不洗腳，更不要說刷牙了。吃飯和別人一樣，端著老碗往地上一蹲」，嘴裏帶響，也會說粗魯話了，走路還故意弄成羅圈型，別人都看不出他是個識字人，只有「在晚上睡覺時常常失眠——這是文化人典型的毛病」。只會賣力氣的文盲可以獲得包工頭的信任，與其說孫少平是像高加林那樣用彆扭的改裝來發泄自怨自艾的情緒，不如說他是自覺認識到了尋常生活中的生命之重。無論是「普通」與「不平凡」的辯證法，還是體力勞動創造價值的尊嚴感，這裡都不僅僅是對毛澤東時代「人民創造歷史」與「勞動美德」等理想主義資源的簡單繼承；站在改革的歷史前沿，「吃飯哲學」在一定程度上正彌補了革命意識形態可能忽視的問題：任何理想主義都必須首先回到對個體生存層面日常生活的關注上來。孫少平的形象因而是更真實、也更接地氣的，他白天踏踏實實地做工，晚上點著蠟燭在破被褥裏讀蘇聯小說，路遙

既沒有讓他成為地道的城裏人或高加林那樣搖身一變的精神貴族,也沒有讓他成為一個普通的攬工漢或莊稼人,這兩個世界本來投映著社會差別難以調和的社會現實,卻彷彿在孫少平的生活裏找到了一個平衡共生的中間地帶。

正是這一點真正吸引了田曉霞,甚至翻轉了她在和孫少平關係中最初作為「啟蒙者」的天然優勢。高中畢業時田曉霞還曾提醒孫少平千萬不要成為「滿嘴說的都是吃」的世俗的農民,並推斷即使像孫少平這樣有獨特氣質的人,也一定也會環境所征服,陷入小農意識的汪洋大海,等上大學後的田曉霞再次與孫少平相遇時,卻沒有了當初的自負與強勢,她猛然間發現這個攬工漢是另外一種類型的同齡人:

> 他們顧不得高談闊論或憤世嫉俗地憂患人類的命運。他們首先得改變自己的生存條件,同時也不放棄最主要的精神追求;他們既不鄙視普通人的世俗生活,但又竭力是自己對生活的認識達到更深的層次……

> 在田曉霞的眼裏,孫少平一下子變成了一個她十分欽佩的人物。過去,都是她「教導」他,現在,他倒給她帶來了許多對生活新鮮的看法和理解。儘管生活逼迫他走上了這樣一條艱苦的道路,但這卻是很不平凡的。

此時的田曉霞正處於難以排解的精神苦悶中:「內心常常感到騷動不安,一天裏充滿了小小的成功與歡樂,充滿了煩惱與憂傷,充滿了憤懑與不平」,看著月亮發呆,「吮吸著深春的氣息」,「她突然發現自己未免有點『小布爾喬亞』了」;而畢業後不願按照正常分配成為中學教師,又讓她動了請父親走後門的心,「不可避免地沾染上某些屬於市民的意識」──路遙用敏銳的筆觸,寫出了 80 年代城市青年既「浪漫感傷」又「切實際」的兩面性,80 年代理想主義很可能在激烈燃燒中剩下虛無主義與功利主義的餘燼,而這也是新啟蒙話語喚醒「現代自我」後必須解決的身心問題。因此,改霞的自我反省併非只是革命時代重新劃分「知識」等級的結果,儘管孫少平的個體勞動已經缺乏毛澤東時代關於「勞動」的主體想像,但孫少平的意義在於他提供了一種溝通世俗生活與更高精神追求的生存狀態:在這個田曉霞原本以為絕對衝突的二元結構中,艱苦庸常的世俗生活,反而才是個體獨立意志和社會承擔的體現,是成就不平凡人生的必要前提。

必須說明的是,孫少平的苦難哲學並非弱者的「精神勝利法」,也絕不同

於後來新寫實小說中那種麻木承受瑣碎生活的「過日子哲學」。在《平凡的世界》中,孫少平一直在成長,如果說他初到荒原攬工時,忘掉溫暖、忘掉溫柔,把幸福與飢餓受辱劃等號,的確還只是自我安慰的勵志宣言,那麼在他成爲一名煤礦工人之後,「苦難」也因爲其「勞動」內涵的昇華被轉化成了一種更具普遍性價值的尊嚴感與自豪感:

> 幸福,或者說生存的價值,並不在於我們從事什麼樣的工作。在無數艱難困苦之中,又何嘗不包含人生的幸福?他爲妹妹們的生活高興,也爲他自己的生活而感到驕傲。說實話,要是他現在拋開煤礦馬上到一種舒適的環境來生活,他也許反倒會受不了……

> 他已經被命名爲銅城礦務局的「青年突擊手」,過幾天就去出席表彰大會。他不全是爲榮譽高興,而是感到,他的勞動和汗水得到了承認和尊重。他看重的是勞動者的尊嚴和自豪感。在這個世界上,只有人的勞動和創造才是最值得驕傲的。

　　1985 年 8 月,路遙以兼任銅川礦務局黨委宣傳部副部長的身份,正式到鴨口煤礦去體驗生活。王天樂回憶,就是在路遙第一次下井幹活後的那天晚上,路遙提出要改動孫少平的命運,他說孫少平最遠只能走到煤礦。王天樂認爲這是因爲路遙對大城市生活並不特別熟悉,但這段眞實的井下生活,或許也讓路遙體會到了農村青年在離鄉背井後可能擁有的另一種「幸福」生活〔註37〕。這不再是一個人嚴酷的體力勞動,井下作業要求礦工們共同承擔風險、精密協作,王師傅惠英嫂給予了孫少平家人般的溫情,當他想要考礦大、搞技術革新時,一種崗位意識更被關聯到支持國家工業化的遠大理想中去。此處對「勞動」與「美德」關係的描述,倒的確包含了些毛澤東時代強調集體性和人民主體性的含義。

　　正如批評家指出的,孫少平「始終將克服『匱乏』的途徑放在默認『匱乏』的前提之後的個體奮鬥與自我完善之上;將『不平等』待遇看作素質提升所必須經歷的嚴酷考驗」,這種改革年代的「苦難哲學」實際上成爲化解危

〔註37〕王天樂:《苦難是他永恒的伴侶》,引自《路遙紀念集》,馬一夫、厚夫、宋學成主編,北京:人民文學出版社,2007 年。另據煤礦文學作者黃衛平回憶,路遙在銅川煤礦時,不僅親自下井,還熱心幫助礦區的業餘文學創作,認識他的人都說他不像作家,倒像個典型的礦工形象。參見黃衛平:《一名眞正的礦工》,引自《路遙十五年祭》,李建軍編,北京:新世界出版社,2007 年,65～67 頁。

機的黏合劑,「對『匱乏』與『不平等』的歷史性、制度性與結構性障礙卻沒有太多思考」〔註 38〕;孫少平以爲自己可以保持勞動主體的地位,卻不得不在 80 年代向 90 年代的轉移中成爲被金錢市場核算的「廉價勞動力」〔註 39〕;——這些判斷的確深刻地洞見到了路遙的歷史局限性,但它們又畢竟是改革開放「三十年」後批評家的後見之明。如若回到改革初期的歷史語境中,重新強調日常生活和傳統的家庭倫理規範,承認按勞分配的合法性,鼓勵通過勤奮勞動創造與實現個人價值,這些主流意識形態無疑都釋放出了改革的最大動力。路遙的小說固然有他對新時期的樂觀情緒和對國家話語的政治敏感,但當他沿著自己的切膚之痛去關照田曉霞、孫少平們身處時代變局中的精神焦慮時,這種「苦難哲學」又的確提供了一種暫時安頓個人身心的有效方案:「家庭」與「勞動」成爲平衡被解放的個人精神世界的支點,使農村青年不會被城市化的浪潮迅速席卷到更爲物質主義、個人主義的現代生活追求上去,使得孫少平們能夠發揮主體意識去表達他們對「幸福」和「尊嚴」的獨特認識,拒絕像高加林那樣將個人實現直接依附於對既有身份等級制度的承認之上,保持一種自決的生活形式。

3.2.2　孫少安的致富煩惱:誰的「家業」,何種「光榮」?

　　孫少安:1952 年生,1964 年與潤葉一起考上了石圪節高小。上完兩年高小後,雖然小升初考試名列全縣第三,但因家貧上不起縣裏初中,從此決心開始自己的農民生涯。1970 年 18 歲被選爲生產隊隊長,被視爲村中一號「能人」。1978 年率社員簽訂承包責任制合同,但很快被當做「走資本主義道路」典型通報批評。1982 年全縣實行責任制以後,孫少安通過自辦磚窯廠致富,最後位至村委會主任。

　　孫少安的人生,絕對算得上 80 年代改革新政下農民富裕起來的榜樣,而且走的還是一條「離土不離鄉」的致富道路。1978 年初〔註 40〕,雙水村生

〔註 38〕　金理:《在時代衝突和困頓深處:回望孫少平》,《文學評論》2012 年第 5 期。

〔註 39〕　黃平:《從「勞動」到「奮鬥」——「勵志型」讀法、改革文學與〈平凡的世界〉》,《文藝爭鳴》2010 年第 5 期。

〔註 40〕　路遙交代孫少安是聽到一個安徽拋出來的鐵匠說他們村裏實行了承包制,才動了改革的念頭。這裡可能是時間上的錯誤,安徽在地方政權支持下試行包產到戶的著名案例就是小崗村實驗。「1978 年底,鳳陽縣小崗生產隊幹部和群

產隊長孫少安召集社員秘密開會，草擬了一份分組承包的生產合同，儘管這第一次改革嘗試很快被扼殺在搖籃中，但已經預示了孫少安這個村中的一號「能人」，勢必成為新時代的弄潮兒。就像柳青旨在敘述農民走合作化道路的必然性那樣，路遙也特別注意要將「改革」寫成是農民的自發性選擇。為了讓一家六口人不再過食不果腹的苦日子，孫少安琢磨過擴大自留地，貸款買騾子到縣城工地去拉磚，最後還辦起了自己的磚窯廠，這些放手一搏的舉動頗有些當年梁生寶「買稻種」、組織社員進山砍竹的氣魄，只不過今日的生產隊長不再把一門心思都撲到「公家」上，反而更接近梁三老漢樸素的「發家」理想，要為父母紮一孔新窯洞，要供弟弟妹妹上學。這是孫少安必須面對的現實和人生起點，當他因為潤葉的愛情表白感到幸福而溫暖時，他馬上意識到，「一個滿身汗臭的泥腿把子，怎麼可能和一個公家的女教師一塊生活呢？儘管現在說限制什麼資產階級法權，提倡新生事物，也聽宣傳說有女大學生嫁了農民的，可這終究是極少數現象」——沒有能力去創造「新生事物」，對農民卑微社會身份的無奈接受，路遙用孫少安破敗的「家業」暗示了柳青時代「創業史」的最終失敗。以這樣的安排為敘述起點，《平凡的世界》本可以成為一部典型的改革小說，田福軍就是《新星》中李向南式的改革派領袖，孫少安則是農業戰線上的喬廠長，但有意思的是，當路遙展開孫少安的改革實踐時，他的寫作重心卻並不在「如何致富」，而是孫少安富裕以後的煩惱。

　　少安的磚窯廠生意終於紅火起來，卻馬上遇到了新問題。包產到戶後由於少平進城，家裏短缺勞動力，少安夫婦一面要經營磚窯廠，一面又要幫父親去幹地裏的活兒，賀秀蓮開始嚷嚷著要「小兩口單家獨戶過日子」，「咱們雖說賺了一點錢，可這是一筆糊塗賬！這錢是咱兩個苦熬來的，但家裏人人有份！這家是個無底洞，把咱們兩個的骨頭填進去，也填不了個底子！」賀秀蓮盤算著，如果把家分開，就算地荒了，拿磚窯廠掙的錢生活，三口人一年也能多出口糧來。過去她雖然也有這種想法，但一眼看見不可能，「可現在這新政策一實行，起碼吃飯再不用發愁，這使得她分家的念頭強烈地復發

眾舉行秘密會議，宣誓、按手印寫好一份分田到戶協議書。一致商定：由於分包田地，使幹部挨批、住監獄，其家屬生計由全村共濟之。」對照杜潤生的描述，路遙很可能在這段情節安排上受小崗村事件啟發。參見杜潤生：《杜潤生自述：中國農村體制變革重大決策紀實》，北京：人民出版社，2005年，第 125 頁。

了」,年輕人不能像老年人一樣,只爲塡飽肚子活著,「還想過兩天排排場場輕輕快快的日子」。

賀秀蓮的分家意識體現了 80 年代初農村改革對傳統家庭結構產生的影響。據閻雲翔總結相關研究顯示,農村分家習俗在改革開放時代發生了重要變革:第一是分家的時間比過去提前,從父居的時間相應縮短。在他做調查的下岬村,50 年代到 80 年代初期,爲社會所接受的時間都是在從父居 3～5 年生育後,或者次子結婚之後長子才提出分家要求,但從 83 年集體化結束開始,這個時間越來越早;第二是一種新的「系列分家」模式的出現,父母財產保持不分割狀態,繼續對未婚子女的經濟支持,離開的兒子會帶走一部分家庭財產,而由於土地使用權分給個人並非家庭,父親和成年兒子分到的土地一樣,分家後也就會帶走屬其份額的土地。雖然經濟獨立核算提高了家庭生產效率與協作能力、促進了家庭生活民主化等正面影響以外,但人類學家又更多注意到了私人生活領域中家庭成員之間可能出現的緊張關係〔註 41〕。在《平凡的世界》中,賀秀蓮嫁入孫家沒有要彩禮,避免了財務上的更多糾紛,可是分家後的情形的確反映出改革以來的新問題:獨佔新窯洞後,賀秀蓮的分家意識愈發強烈,另起爐竈吃飯,「對待老人的態度也不想前幾年那樣乖順;回到家裏,常常悶著頭不言不語。很明顯,在老人和秀蓮之間,已經出現了一種危險的裂痕。」儘管分家以後少安的勞力危機大爲緩解,他卻越來越感到了不安:

> 孫少安太痛苦了。這些天來,他幾乎不願意和別人説什麼話。晚上吃完飯,他也不願立刻回到那院新地方去安息。
>
> 朦朧的月光中,他望著自己的燒磚窯和那一院其實非凡的新地方,内心不再想過去那樣充滿激動。他不由得將自己的思緒回溯到遙遠的過去……是的,最艱難的歲月也許過去了,而那貧困中一家人的相親相愛是不是也要過去了呢?
>
> 一切都很明確──這個家不管是分還是不分,再不會像往常一樣和諧了。生活帶來了繁榮,同時也把原來的秩序打破了……

與「家庭」在孫少平成長故事中扮演的重要角色相似,當少安輟學務農、

〔註 41〕 關於農村「分家」情況的歷史描述,參見閻雲翔:《私人生活的變革:一個中國村莊裏的愛情、家庭與親密關係》,龔小夏譯,上海:上海書店出版社,2009 年,161～164 頁。

甚至放棄了潤葉的感情時,正是因為作為長子擔負著對一家人的責任,才讓他不後悔也不抱怨成為農民,反而為自己感到驕傲,這是孫少安為之奮鬥的「家業」。因此,按照農村習俗、或者考慮到承包責任制後農民改善生活有了更多欲求,即使另立門戶情有可原,分家也意味著「家業」內涵的收縮。正如小說所敘述的,「二十年前,中國農村的合作化運動是將分散的個體勞動聚合成了大集體的生產方式,而眼下所做的工作卻正好相反」──如果說孫少安的創業起點,已經是從梁生寶為「公家」的社會主義理想下降到了「三十畝地一頭牛,老婆孩子熱炕頭」的小農理想,那麼這次「分家」更加速了家庭的私人化。柳青《創業史》題敘中那句農村格言:「家業使弟兄們分裂,勞動把一村人團結起來」──似乎再次成為孫少安煩惱的中心:艱難的勞動曾讓貧困的一家人相親相愛,難道已經實現的繁榮「家業」反而會打破過去生活的和諧嗎?

　　路遙很快通過少安破產的情節,化解了這次「分家」危機。當孫玉厚為兒子的災難愁得整夜合不住眼,又將少平給老兩口箍窯的錢塞到少安手中時,少安「再一次感受到了骨肉深情」,連秀蓮也忍不住「在鍋臺那邊用圍裙揩眼淚」,一家人在苦難的共同承擔中重新團結到一起。就像前述路遙在少平的人生中啓用家庭原則來克服高加林式的個人主義一樣,路遙也試圖用親情為新時期「個人」的「發家致富」安裝一個倫理基座,他讓孫少安用「諾亞方舟」一詞來強調家庭人員「分享艱難」的一面,更高度契合了孫少平的「苦難哲學」。如果將這種寫法放到 80 年代農村改革的後續發展中,它還蘊含了更多的歷史內容。社會人類學家蕭樓用「家族─個人主義」來形容這種新社會秩序:中國的分家是分中有繼也有合,「繼」表現為對老人的贍養義務,對祖先的繼嗣業務,「合」則表現為本家與分家,分家與分家之間的文化約定。這種新的家庭結構的存在,有可能使得「個體化的『向外發力』轉向家庭合作『向外發力』」,也就意味著提供了一種村社互助、辦鄉鎮企業,實現全村工業化的可能性。」〔註 42〕雖然少平最終拒絕回村跟哥哥合作辦窯,但當少安開始在同村雇工考慮幫扶貧困戶以及後來建小學等情節陸續展開時,可以看到,路遙在孫少平的致富故事中對「家庭」的敘述,其實同樣預留了一個從「小家」到「大家」的倫理空間。

〔註42〕蕭樓:《夏村社會:中國「江南」農村的日常生活和社會結構(1976～2006)》,北京:三聯書店,2010 年,96～102 頁。

　　孫少安發財了,「村裏一些有困難的人乞求似的找到他門上」,想要給他當雇工,在農忙前掙點儲備金。之前還順心如意的孫少安,心情又沉重起來:

　　　村裏人多口眾的幾家人,光景實際上還不如大集體時那陣兒。

　　那時,基本按人口分糧,糧錢可以賴著拖欠。可現在,你給誰去賴?

　　因此,如今在許多人吃得肚滿腸肥時,個把人竟連飯也吃不上了。

　　事實上,農村貧富兩極正在迅速地拉開距離。這是無法避免的,因

　　爲政策允許一部分人先富起來。這也是中國未來長遠面臨的最大問

　　題,政治家們將要爲此而受到嚴峻的考驗。

　　本來以《創業史》失敗〔註43〕爲開端的改革故事,竟奇妙地走回到與《創業史》類似的歷史問題上。面對土改後新的階級分化,柳青是在突顯自發勢力與集體事業的矛盾中,敘述農民如何轉變個人發家致富的私有觀念、接受公有制、走上合作化道路,但從城鄉二元格局以及農業支持國家工業化積累的歷史事實來看,《創業史》中的合作化與人民公社並沒有眞正解決「共同富裕」的問題。十一屆三中全會以後,倡導「允許一部分人先富」的新政策,仍以實現共同富裕爲最終目標,並有效地改善了農民的生活水平:農民人均純收入在 1954 年到 1978 年間只增加了 70 元,「實行新政策之後,6 年中我國農民的人均純收入就增加了 221 元」。但是,「農民收入的增長程度是存在差距的。據國家統計局測算,高低收入戶之間的差距,1978 年爲 1.9 倍,1984 年爲 2.6 倍,6 年擴大了 0.7 倍。」爲防止兩極分化,80 年代中期的農業政策特別強調「合作經濟」,認爲其推動力來自農民要求擴大經營規模的自主需求,主張「在家庭經營基礎上建立和健全適合當地情況的各種形式的經濟聯合」〔註44〕。從這一點看,路遙顯然是非常熟悉當時的農村政策的,他借孫少安的煩惱道出了「先富」、「共富」的矛盾,但與農村問題專家更側重從經

〔註43〕《平凡的世界》中老作家黑白,很像是路遙隱射柳青創造的人物。黑白一生最重要的文學作品《太陽正當頭》,就是一部描寫農村合作化運動和大躍進的長篇小說。《平凡的世界》卷三 26 章有一段敘述黑白回到故鄉,看到責任制改革下農村的樣子後痛苦不已,「完全是一派舊社會的景象嘛!集體連個影子也不見了。大家各顧各的光景,誰也不管誰的死活。」又自嘲:「你想想,自己一生傾注了心血而熱情讚美的事物,突然被否定得一乾二淨,心裏不難過是不可能的!」路遙藉田福軍的視角安慰黑白,他的創作是眞誠的謳歌,但畢竟有其時代局限性。路遙的這段敘述,也可以看作是他在新時期重讀柳青後的感觸。

〔註44〕杜潤生:《先富後富和共同富裕》(1985 年 12 月 20 日),引自《杜潤生文集(1980~2008)》上冊,太原:山西經濟出版社,2008 年,271~275 頁。

濟規律出發找對策不同，他又用自己文學家的敏感和農民之子的生命體驗，
提供了另一種規劃改革的歷史可能：

> 政策是政策，人情還是人情。作爲同村鄰舍，怎能自己鍋裏有
> 肉，而心平氣靜地看著周圍的人吞糠咽菜？

> 這種樸素的鄉親意識，使少安內心升騰起某種莊嚴的責任感
> 來。他突然想：我能不能擴大我的礦場？把現有的製磚機賣掉，買
> 一臺大型的，再多開幾個燒磚窰，不是就需要更多的勞力嗎？

　　從對個人小家庭的責任感，到對整個鄉村「大家庭」的責任感，路遙幾
乎是高度理想主義地將孫少安的「資本主義道路」，從「爲利潤」的擴大再生
產，急劇扭轉回了「爲共同富裕」的集資置業。路遙的文學敘述，與國家扶
植個體經濟發展鄉鎮企業的政策方向並無二致，但更注重微觀個體生命的文
學表達，又使他把如何在「思想意識」層面促進共富的重要性，提到了依靠
生產力提高物質條件的前面。從形式上看，這一點無疑帶有毛澤東時代的理
論特徵〔註45〕，但從內容上看，他又不像《創業史》那樣直接強調集體主義
與國家利益，孫少安所領悟的「人情」、「樸素的鄉親意識」，已經更接近於前
述那種基於「家庭原則」的傳統儒家道德，或者一種由士紳階層主導的共同
體想像〔註46〕。而從對「個人／小家」和「村莊／大家」的關繫上看，當革
命倫理在「文革」後自我瓦解並逐漸失效時，路遙恰恰通過重新啓用傳統價
值規範，在一定程度上延續了革命從集體形式出發強調共同富裕的基本訴求。

　　無論是「分家」還是「雇工」，路遙寫這兩個生活故事，都是爲了借孫

〔註45〕莫里斯・邁斯納指出，毛澤東主義同馬克思對歷史客觀決定性力量的堅定信
　　　　念不完全一致，更強調主觀因素或説一種主體性力量，「認爲社會主義制度的
　　　　實現並不依賴於物質生產力的發展，而依靠一代『新人』的美德——這些人
　　　　能夠也必將把他們的社會主義思想意識賦予歷史現實。」這種觀點也被許多
　　　　研究者認同。參見〔美〕莫里斯・邁斯納：《馬克思主義、毛澤東主義與烏托
　　　　邦主義》，張寧等譯，北京：中國人民大學出版社，2006 年，第 50 頁。
〔註46〕溝口雄三在描述中國明清時期「公／私」觀念變遷時，曾描述了這樣一種以
　　　　承認富民階層在本地統治權爲前提的鄉村結構，富民階層爲了維護利益、對
　　　　抗皇權的全民性掠奪，越發打算保全依附於他們的「人民」的田產和生存。
　　　　參見〔日〕溝口雄三：《中國前近代思想的演變》，索介然、龔穎譯，中華書
　　　　局，2005 年，13～17 頁。羅崗將這一「鄉里空間」形象地表述爲，「富貴的
　　　　一味寬宏愛人，貧賤的一味畏懼守法」，並對鄉里空間在晚晴民初的崩潰有過
　　　　詳細論述。參見羅崗：《人民至上：從「人民當家作主」到「社會共同富裕」》，
　　　　上海：上海人民出版社，2012 年。

少安的成長建立起一種關於「富裕生活」的新認識。當孫少安代表「冒尖戶」參加「誇富」會時,披紅掛花騎在馬上的他眼睛都濕潤了,全身心地沉浸在一種幸福之中:「自從降生到這個世界上,他第一次感到了作為人的尊貴」;當孫少安也學會請客送禮的生意經,提著黑人造革皮包、一身洋打扮進城時,「他懷裏揣著一卷子人民幣,卻又一次陷入到深深的痛苦之中」;當孫少安出於「人情和道義感」雇了村裏很多人,還被樹立為幫窮扶貧的萬元戶典型時,眾人的熱烈情緒讓他感動了,「在生活中,因為你而使周圍的人充滿希望和歡樂,這會給你帶來多大的滿足!」;當孫少安在弟弟的開導下,想到要重建雙水村小學時,「一種使命感強烈滴震撼了這個年輕莊稼人的心」,他終於意識到雙水村才是他生活的世界,他一生的苦難、屈辱、幸福、榮耀都在這個地方,「農村,就得靠生活在其間的人來治理」。——從金錢帶來的尊嚴感,到失去農民本分的深深困惑,生活富裕沒能給孫少安帶來精神上的安寧;孫少安也曾被人忽悠著差點去投資電視劇為了賺取虛名,但在路遙看來,這種因長期處於較低社會地位想出人頭地的強烈欲望,與那種暴發戶式的「露富」心態一樣,固然值得同情,卻都是素養不夠不懂得如何支配財富的表現。路遙最終用動人的筆觸,描寫了學校建成儀式上少安一家分享「光榮」的喜悅,雖然他還是用賀秀蓮的死,給孫少安的人生畫上了一個必須重新從苦難出發的句號,但「富裕」生活對於少安來說,已不再僅僅是一個人的家業殷實。

　　《文藝報》從 1984 年第 3 期開始專設「怎樣表現變革中的農村生活」的批評專題,連續討論五期,幾乎每期都涉及農民致富的話題〔註47〕。首期圍繞如何評價《魯班的子孫》,《芳草》雜誌編輯易元符就直接發問:富了的農民會不會繼承剝削階級的思想,為富不仁的原因是什麼?或許因為王潤滋這篇小說的主題所限,批評家從一開始就將討論收縮到了如何看待城鄉之間現代精神與傳統道德的衝突上,於是,關於新時期農民致富的討論,就演變成了商品生產與傳統道德的關係問題:一方面要求作家衝出「圍城」,不要以為商品生產必然帶來兩極分化和剝削關係,要關注並刻畫所謂「專業戶」、

〔註47〕相關討論文章主要有:《社會主義作家的歷史重任》,《文藝報》1984 年第 3
　　　　期。宋爽:《漫談幾篇反映農村變革的小說》,《文藝報》1984 年第 5 期。張一
　　　　弓:《聽命於生活的權威——來自農村的報告》;葉蔚林:《眼睛往哪裏看》,《文
　　　　藝報》1984 年第 6 期。葉文玲:《「衝進去」與「逃進來」》,《文藝報》1984
　　　　年第 7 期。

「重點戶」通過商品經濟脫貧的改革事實；另一方面，又要思考這一過程中出現的新的道德倫理觀念。王蒙將之概括爲兩點：首先，「承認一部分人可以先富裕起來；承認一些比較會找竅門的、會經營的人可以先富裕起來，這不是從純道德的角度來考慮的」，從長遠的生產力發展來說，符合歷史進步的需要；但是，又「絕對不能用具體的政策來代替共產主義的世界觀和道德規範」，「經濟的發展不能自發地產生共產主義的思想體系，也不能自動地調節人與人之間的關係……思想的問題，理想的問題，人與人的關係的問題，還是要靠建設以共產主義精神爲核心的精神文明來解決。」〔註48〕王蒙的意見基本確立了國家意識形態在文藝上的指導方針和政治期待，但事實是，作家們在所謂解放思想的前一方面雖然很快做出了藝術上的反饋，但在後一方面卻似乎止步於呈現新舊道德的對抗。王蒙的觀點暴露出了此類農村題材創作的困難之處：這個共產主義精神是什麼，毛澤東時代的革命倫理，怎樣才能有效轉化到當前以發家致富爲中心的農民的生活意識中去呢？令人感到反諷的是，康濯在一篇如何塑造新農民形象的批評中，還提出，「美國文學中反映十九世紀開發西部的創業者，以及描寫阿拉斯加淘金者頑強拼闖的作品，儘管那多是流盡了被剝削者血汗眼淚的資本主義創業，總也還有可資我們借鑒之處」〔註49〕——在開出良方的同時，又讓所謂共產主義精神建設的要求顯得更難以自圓其說。

正是在這樣的創作背景中，孫少安的人生有了它格外突出的典型意義。同樣觀察到致富之後可能給農村社會結構帶來的負面影響，路遙其實並非像後來批評家所質疑的那樣，迅速在城鄉衝突或所謂現代性焦慮中選擇了對鄉村文化、倫理道德的情感認同。路遙筆下的孫少安雖看重家庭責任，也逐漸萌發了爲鄉村公共生活盡一份力的心意，但他還沒有眞正上升到看透金錢名利的大公無私，而是始終徘徊在改革「新人」和小農意識之間；路遙筆下的雙水村雖有過齊心協力的溫情，但也並非人人樸質善良的「世外桃源」，同樣有過爲一己私利忘恩負義的時候（如少安磚窯破產時受幫扶過的村民催工錢時的不顧人情）。然而，路遙彷彿就是在這種混雜狀態中，發現了一種能弱化衝突的情感結構。當知識界精英們爲現代性焦慮寢食難安未雨綢繆時，孫少安們或許已經自覺不自覺地形成了一種新的生活倫理——「如何做一個工於

〔註48〕王蒙：《描寫農村的新生活交響樂章》，《文藝報》1984 年第 4 期。
〔註49〕康濯：《「農民」這個概念變了》，《文藝報》1984 年第 8 期。

算計的好人」：當「人情」仍然充當著村民判斷一個人是否會做人的重要標準時，「個體利益的追求同社會義務的履行混合在一起。最高水平的算計必須在經濟回報和富有人情之間尋求微妙的平衡」〔註 50〕。雖然孫少安還沒有走進如此實用主義的生意經，但他對致富煩惱的克服，畢竟提供了在社會轉型期新舊調和的可能方向。

3.3 改革時代的「創業史」：轉型鄉村的田野調查

《平凡的世界》僅僅講述了一個青年成長故事嗎？或許是因為孫家兄弟的命運太容易讓時代困頓中的青年們產生共鳴，讀者們往往忽略了它更為廣闊的歷史內容。事實上，早於《花城》，《平凡的世界》（第一部）卷一 26～28 章就以《水的喜劇》為名，發表於《延河》1986 年第 4 期上。這三章講的是 1976 年夏雙水村遭旱，書記田福堂率領村民豁壩搶水的故事。前附作者的話，稱這幾章並不佔有特別位置，截取它們只是因為構成了一個較連貫的情節。這三章的確與孫家兄弟的線索沒有太多關係，題材看似也並不新鮮，村幹部的小農意識、不同村子宗族間的利益衝突，都是十七年文學中常有的內容。但如果把這個片段放到整部小說從 1975 到 1985 的歷史背景中，它既暴露出「文革」後期鄉村基層黨組織執行力的喪失，隱含了對真正改變農民生存危機的改革的需要，又揭示了農民小生產者的狹隘性；而當路遙用悲喜劇式的筆觸描寫這段包產到戶前的最後一次大團結場景時，它既有對公社時期集體主義的諷刺，又用「驚人的犧牲精神」、「親熱得像兄弟一樣並肩戰鬥」等略帶緬懷的修辭，彷彿為改革提出了新的難題：如何在調動個人積極性的同時，創造一種更為有效的集體形式與互助意識。不管這些「過度闡釋」是否在小說中落實下來，正如編輯介紹語所說，這一段節選都已經讓讀者窺出整個長篇的大致風貌，是要「描寫近十年間的當代城鄉社會生活」，「追求恢弘的氣勢與編年史式的效果，讀來撼人心魄。」〔註 51〕

因此，與其說《平凡的世界》的主人公是孫家兄弟，不如說是雙水村、原西縣、黃原市，乃至改革時期的整個中國社會。從這一龐大主題來看，路

〔註 50〕閻雲翔：《中國社會的個體化》，陸洋等譯，上海：上海譯文出版社，2012 年，第 244 頁。

〔註 51〕路遙：《水的喜劇》，《延河》1986 年第 4 期。

遙用「王滿銀賣老鼠藥」一事切入,的確是神來之筆〔註52〕。不僅通過孫家這一飛來橫禍,寫出孫家兄弟的早慧成熟,通過孫少平的腳步交代了雙水村與鄰村的地理環境和宗族關係,通過孫玉亭組織批鬥會交代了 75 年改革前夕的政治氛圍,重要人物悉數出場;還以孫少安的脈絡,通過潤葉進出田福軍家,帶出縣一級李向前和田福軍的矛盾,公社一級徐治功和白明川的衝突,村一級田福堂和孫少安、金俊武等年輕人的衝突,寫出了各級農村基層組織中改革派與保守派的政治鬥爭和路線鬥爭,從小說開頭就給全書大規模描寫改革的步履維艱、風雲際會打好了基礎。

　　路遙說過,之所以選擇 1975～1985 這十年,是因爲它代表了「中國大轉型期的社會生活」,各種社會形態、思想形態都交織滲透在一起。而「轉型」最爲直接的標識就是從「革命」到「改革」。柳青反覆強調:「《創業史》這部小說要向讀者回答的是:中國農村爲什麼會發生社會主義革命和這次革命是怎樣進行的。回答要通過一個材莊的各階級人物在合作化運動中的行動、思想和心理的變化過程表現出來。這個主題思想和這個題材範圍的統一,構成了這部小說的具體內容。」〔註53〕套用柳青的話,《平凡的世界》恰恰是在解決:中國農村爲什麼必須告別革命、走向改革,以及新時期改革是怎樣進行的;而路遙同樣汲取了柳青的題材選定標準,要在幾個典型人物的生活故事中寫出改革推進過程中人心的常與變。如果在柳青的「蛤蟆灘」與路遙的「雙水村」之間建立某種歷史關聯,把路遙筆下的雙水村看作是在蛤蟆灘這一「歷史遺址」上建成的,那麼路遙的寫作就彷彿是在完成一個考古工作者的田野調查,從他所收集的鄉村故事裏提取出歷史的遺留物:比如帶有階級鬥爭印記的批鬥會、作爲人民公社化運動產物的農業學大寨;雙水村人身上也隱約浮現著「前代人」的印記,孫玉厚與梁三老漢、孫少安與梁生寶、田福堂與郭振山等等,他們都扮演了蛤蟆灘上曾經出現的角色,又在改革時代內涵轉

〔註52〕　路遙在《早晨從中午開始》中專門敘述了關於小說開頭的構思過程:怎樣盡可能在少的篇幅中讓盡可能多的人物出場,必須找到一種情節的契機。「某一天半夜,我突然在床上想到了一個辦法,激動得渾身直打哆嗦。我拉亮燈,只在床頭邊的紙上下了三個字:老鼠藥。」通過王滿銀賣老鼠藥,大約用七萬字,把全書近百個人物中的七十多個都放到讀者面前,並且避免了簡歷式的介紹人物,初步交叉起人物與人物的衝突關係。參見路遙:《早晨從中午開始》,《路遙全集:散文、隨筆、書信》,廣州:廣州出版社,太白文藝出版社,2000 年,第 31 頁。

〔註53〕　柳青:《提出幾個問題來討論》,《延河》1963 年第 8 期。

變了的「創業史」中發展出不同的命運。當路遙關注改革進程中社會各階層的重組與分化時，他所敘述的鄉村生活和人際關係已經是被革命改造後的結果，而正是這種延續而非斷裂的歷史眼光，使得《平凡的世界》在一定意義上成爲對柳青《創業史》的「續寫」，深刻地反映了路遙對「轉型鄉村」的理解，並同時包含了「社會繼替」與「社會變遷」兩個方面〔註 54〕。

　　《平凡的世界》是以《創業史》的失敗爲起點的，革命的壓力構成了改革的動力。《平凡的世界》第一部開始於 1975 年孫少安飢餓艱辛的求學生活，結尾於 1978 年孫少平帶領社員自發搞責任制的失敗嘗試。通過描寫孫家窮困潦倒的生活光景，村幹部在批鬥會、農業學大寨等鄉村政治活動中的荒唐行爲，以及田福軍等面臨的改革阻力，路遙深刻地反映了「文革」後期農民在生活和精神上的雙重貧困，而「洗不掉的出身」幾乎成爲每個人物出場時自覺攜帶的旁白:「茱分三等」首先讓孫少平感受到了城鄉出身不同、幹部子弟與貧民子弟之間的差別;孫少安「不敢娶潤葉」的苦惱背後是他心中「公家人」與「莊稼漢」之間邁不過的溝壑;郝紅梅疏遠孫少平接近顧養民，是爲了給地主出身的自己尋條活路;田福堂憑藉其革命時期的政治資本成爲村裏的特權階層，但在女兒的婚事上又不敢高攀，是覺得「太高了不好，因爲他是個農民嘛!」——這些細節完全顛覆了社會主義革命對農村下層民眾的「翻身」許諾，由於國家對經濟自由競爭的制度性取締以及對社會流動的控制，「革命」話語在打碎私有制形態下的階級結構之後，又形成了一套以家庭成分、「農業－非農」戶口、職業身份、幹部內部的工作級別，等等因素區分的「身份制」，這基本代表了新時期以來對「前三十年」社會分層系統的歷史判斷。

　　但與「傷痕小說」大書特書「極左政治」扭曲人性不同，路遙又並未將寫作重心放在「挖苦根」上:

　　首先，在強調革命改變傳統鄉村社會文化結構的同時，路遙筆下的許多細節都展現出傳統鄉土社會未被新政治改造的一面。且不說前述一直強調的孫家爲創立個人家業樸素的勞動意識，就是像孫玉亭這樣被革命造就的人物，即使會爲了表革命忠心將親人揪鬥成階級敵人，但在少安結婚時，也不

〔註 54〕 費孝通指出，「社會繼替是指人物在固定的社會結構中的流動，社會變遷卻是指社會結構本身的變動。這兩種過程並不是衝突的，而是同時存在的，任何社會絕不會有一天突然變出一個和就有結構完全不同的樣式……」。參見費孝通:《鄉土中國》，北京:北京出版社，2005 年，第 110 頁。

忘要請侄兒夫婦到家裏吃頓飯，連孫少安都禁不住感慨，「以爲二爸只熱心革命，把人情世故都忘了。想不到他還記著這個鄉規」。第一部寫到王彩娥被捉姦後金王兩家惡鬥，寫到田福堂帶村民豁壩搶水等場景，也都突出表現了村莊中並未完全依據階級認同處理日常生活的宗族關係與公私意識。正如社會學家較爲持中的判斷，「各類政治運動主要改變的是村莊的縱向社會結構（政治標準成爲了占主導地位的分層標準），而村莊的橫向社會結構──以『己』爲中心、以『倫常』爲標準往外『推』的圈層結構──並未發生實質性的變化。」〔註 55〕

　　另外，當路遙寫出革命正走向自身反面的合法性危機時，他彷彿又要趕在歷史轉軌之前保存下革命時代的遺留物。若爲小說第一部做一個編年史，可以看到路遙在寫法上有意地將關乎國家命運的大事件與個人生活史縫合起來：潤葉在少安結婚後陷入到了失戀的痛苦煎熬中，但當她得知「四‧五」天安門事件後，一下子就把自己的不幸擱到了一邊，敘述者夾敘夾議道，「是啊，只要是一個有良知的公民，當國家出現不幸的時候，個人的不幸馬上就會自動退到次要的位置。」而孫少平在田曉霞的啓蒙下將生活視野從「小家」擴展到「大家」，秘密抄寫《天安門詩抄》一事，更讓農民出身的孫少平和幹部出身的田曉霞、顧養民達成了一種革命同志間的友情，路遙還以敘述者全知全能的口吻強調，正是國家不幸和社會動盪讓年輕人成長起來。雖然《平凡的世界》中的年輕人並沒有梁生寶那樣不斷自覺昇華的政治意識，這種對個人與集體、國家關係的強調，也並不是爲了完成召喚革命主體性的階級教育，但正如本章第一節所述，路遙的寫法本身已經透露出源自社會主義經驗的關於歷史現實的基本認識，而這種不僅僅指向個人的理想主義，很可能繼續發揮其歷史作用，幫助人們在改革推進的社會重組過程中完成人生意義之構建。

　　於是，作爲「改革前史」的第一部不僅寫出了改革發生的必然性，實際上還爲改革中可能要面對的社會問題整理出了可茲借鑒的歷史資源。無論是傳統鄉土社會的禮俗倫常，還是毛澤東時代以集體主義爲核心的人生觀，從前述孫家兄弟的人生故事中可以看到，它們既持續性地面臨著農村改革的新一輪衝擊，又以新的形式繼續成爲安頓個人身心的可能方案。

〔註 55〕譚同學:《橋村有道：轉型鄉村的道德權力與社會結構》，北京：三聯書店，
　　　　2010 年，第 153 頁。

　　小說第二、三部集中寫責任制實施前後幾年間的社會生活，按照第一部的結構安排，首先展開的就是「文革」後原有社會分層系統解體和重新結構化的過程。延續第一部的編年史寫法，重大政治事件仍是通過個人生活史或雙水村地方史中的某一次「意外」體現出來。路遙巧妙地運用了鄉村公共生活中「閒話中心」這一有趣的觀察視角，先是寫地主金光亮家的兒子金二錘參軍，以「政治暴發戶」一詞標識了革命出身原初政治內涵的失效，接著又寫金俊文家的金富成了「經濟暴發戶」，雖然暴露出道德失範的危機，卻也撕開了新時期個人以財富佔有改變身份等級的缺口。在新一輪權力資本的重新分配過程中，「過去尊敬的是各種『運動』產生的積極分子，現在卻把仰慕的目光投照到這些腰裏別著人民幣的人物身上。」「致富」迅速成為雙水村村民們日常生活的核心問題，除了像金俊武那樣憑勞動技能在土地上苦幹，田福民夫婦養魚，金俊民養奶牛，地主金光亮養蜂，許多人走上跟孫少安類似的道路。而金波頂替父親招工進城、金秀、蘭香靠知識改變命運等，則與孫少平一起，代表了改革後社會流動有所開放的新形勢下，農村新一代面向村莊之外的人生選擇。不僅是向外發力的改革新動向，路遙還不忘繼續整理歷史遺留物，既有孫玉亭這樣念念不忘國家大事和紅火集體生活的逃避主義，又有田福堂那樣重新執拗地撿起莊稼活的孤獨，還有原生產隊飼養員田萬江深夜與牲口說話、擔心牲口分給個人後受罪的溫情。在這樣的整體歷史敘述中，路遙真正實踐了他所說的，以巴爾扎克式「書記官」的姿態，觀察社會大背景下人們的生存與生活狀態，作品中對某些特定歷史背景下政治性實踐的態度，看似作者的態度，其實基本是那個歷史條件下人物的態度，而人物類型輻射面越廣，歷史的複雜性就越能通過各種不同處境中人們的心靈感受體現出來。

　　這種對歷史內在矛盾的多線條描述，使得路遙對轉型鄉村的「田野調查」不止於現象描述，第二、三部的改革敘事，很快偏離了初期改革小說以圖解新政策、表現改革阻力和塑造改革派英雄為主題的一貫模式，反而越來越呈現為以敘述日常生活為中心的問題小說。當路遙明確判斷責任制實施後農村貧富兩極分化的現象日益加劇時，《平凡的世界》實際上回到了柳青《創業史》的老問題上。杜潤生曾將「包產到戶」看作是土地改革以後對土地的第二次打亂平分，「土地改革時基本上是『中間不動兩頭平』，現在則是通通都動，平均的程度超過當年的土地改革。好處是提供了起點公平，實現了公平競爭，

初始資源的公平配置」〔註 56〕。杜潤生所說的「中間不動兩頭平」，其實就是
《創業史》一開篇時土改後的農村格局，富農姚士傑、中農郭世富既體現了
土改的政策特徵，又隱含了農村保留小農經濟自發思想後可能導致的進一步
階級分化，而《創業史》的解決方式則是要通過階級鬥爭「孤立堅持走資本
主義道路的富裕中農和站在他們背後的富農」，「千方百計顯示集體勞動生產
的優越性，採用思想教育和典型示範的方法，吸引廣大農民走上社會主義道
路。」〔註 57〕如果說雙水村是通過包產到戶解決了蛤蟆灘最初面對的「起點
公平」，那麼它同樣還需繼續保障「過程公平」和「結果公平」，而新政策「允
許一部分人先富起來」以及對個人發家致富的鼓勵，已然決定了路遙必須尋
找另一條路徑去完成柳青的敘述。

　　因此，同樣是描述農村的貧富分化現象，不同於柳青的階級分析，路遙
的寫法其實更接近於一種以財富（經濟地位）、權力（政治地位）或聲望（社
會地位）為標準的社會分層理論。80 年代中後期有關社會不平等的研究從馬
克思轉向韋伯，有論者指出，分層分析的基本視角是功能論的，認為社會不
平等是社會系統功能分化的結果，是勞動力市場自然演化的結果，個人通過
努力、憑藉個人能力獲得相應的社會地位；而階級分析的基本視角則是衝突
論的，認為所謂「地位獲得」的公平想像背後，其實只是滿足統治階級的分
配需要〔註 58〕。

　　身處改革的初始階段，路遙筆下的雙水村還無需面對 90 年代後更為殘酷
的市場邏輯，改革承諾農民獲得支配自己勞動及其勞動產品的權力，更建立
起了憑藉個人勞動改變命運的生活想像，這些歷史因素都使得路遙即便在書
寫改革負面效應的同時，仍然保持著一種較為樂觀的積極心態。儘管他在孫
少安的曲折創業中也隱約觸及到了價格雙軌制、城鄉差別等利益衝突，但他
還是迅速將貧富分化的問題，轉換成了「如何增加財富」和「如何支配財富」
的問題」。相比柳青上升到私有制問題的政治經濟學分析和意識形態批判，這
種著眼於如何約束農民經濟理性行為的寫法，自然更容易停留在普泛的道德
規範上。這是路遙與改革同時代的認識局限，但又是這種局限性，使他更多

〔註 56〕 杜潤生：《杜潤生自述：中國農村體制改革重大決策紀實》，北京：人民出版
　　　　 社，2005 年，第 155 頁。
〔註 57〕 柳青：《提出幾個問題來討論》，《延河》1963 年第 8 期。
〔註 58〕 參見《中國社會轉型中的階級》，蘇陽、馮仕政、韓春萍編，導論：把階級還
　　　　 給不平等研究，北京：社會科學文獻出版社，2010 年。

地關注個人經驗層面的具體問題，並在解決具體問題的過程中，從事先清理的歷史遺留物中尋找可能性，再將這種具體性轉換為具有普遍意義的歷史典型。從這一點來說，《平凡的世界》的確部分回到了柳青的遺產，他對「個人」的理解，既不是高加林式與社會對抗的原子化的個人觀念，也不是80年代現代主義思潮興起後否認社會化指向的存在主義的個人想像，小說中每個人物的意識行動，始終處於與他人乃至整個社會分層結構的關係之中，因而也攜帶了可能被納入某個共同體中去的文化傳統與歷史記憶，個人成長的終點必然是一個在對共同文化的分享中完成的「社會化」過程。

1984年3月，路遙參加了由《文藝報》《人民文學》召開的涿縣農村題材小說創作座談會，隨後在3月22～27日又參加了作協陝西分會的農村題材座談會，會議以學習杜潤生講話和84年一號文件開始，穿插實地考察，而討論中有幾點內容特別值得關注：一是與會代表提出要注意歷史感與現實感的統一，「尤其不要對建國後幾十年農村的歷史和在這個歷史背景下的農村幹部進行簡單的否定」；二是在寫社會主義新人的問題上，不能因為過去作品中出現過分拔高的「失真」，就否定這一概念的理論意義與客觀存在，「許多同志在發言中不同意用『強者』、『文學新人』這些缺乏質的固定性的含混不清的概念來代替「社會主義新人概念」；三是關於倫理道德觀念和社會經濟發展的問題，要避免用過去「左」的一套簡單否定當前農村湧現的致富戶和專業戶，但仍要注意發揚「勞動人民的傳統美德，人民革命的優良傳統」；四是關於研究生活和研究政策的關係問題，文學不能圖解政策，但當前農村變化的核心原因是黨的正確政策，作品著眼點應該放到變革中的農民心理而非政策效應上〔註59〕。1985年秋路遙正式開始《平凡的世界》第一稿的寫作，參照這次會議精神，《平凡的世界》是非常符合當時文學界的整體規劃的，很有些如今所謂「主旋律」小說的意思。這種極力彌合歷史斷層的文學敘述，在後來者眼中既過於保守又對現實缺乏批判能力，但如果正視文學自覺參與改革政治實踐的歷史意識，就可以看到，並不如《人生》超前的《平凡的世界》，反而獲得了更多與同時代持續對話的意義再生的空間。

未完稿的《創業史》雖然只截取了從初級互助組到高級社過程中圍繞主要人物和主要矛盾的幾個場景，但其背後是一個已經由政治意識形態明確規

〔註59〕 春歌：《生活呼喚著作家──作協陝西分會農村題材創作座談會紀要》，《延河》1984年第6期。

定了因果關係和發展邏輯的封閉的歷史敘述；而《平凡的世界》雖然完整展現了七八十年代轉型社會的方方面面，卻是以一個開放的歷史敘述爲背景的，難以在文本中建構起一個關於現實的穩定的意義秩序。用一個不太恰當的比喻來形容這種區別，如果用「理論」來代表革命時代的歷史敘述原則，那麼「實踐」恰恰更能代表 80 年代改革意識形態的敘述需要，而路遙的價值，就在於他仍試圖不斷從具體的生活故事中建立起具有普遍意義的理論思考，爲個人在大曆史中識辨人生方向提供一種感性形式。

3.4　小結　路遙的「交叉地帶」：一種共同文化的發展

從路遙的整個創作歷程來看，《平凡的世界》是一個重要轉向，它既是對《人生》主題的進一步回應，又是對《人生》敘述方式的反叛：如果說《人生》以其有爭議的個人主義傾向溢出了批評界「回收十七年」的文學成規，那麼在《人生》之後的創作調整中，路遙則自覺回收了他這一代人的文學閱讀記憶，以對「羅曼蒂克精神」的強調重新轉換毛澤東時代的理想主義資源。但正如本章分析路遙如何繼承「柳青的遺產」時所示，新時期文學的創作姿態不僅已經缺乏「十七年」農村題材小說的階級政治維度，所謂被「文革」挫傷的革命倫理也難以有效回應「告別階級鬥爭」之後的主體存在問題。因此，《平凡的世界》成爲一次尋找新路的嘗試：如何在文學敘述中反映社會轉型期的城鄉關係？是不是可能通過文學敘述影響人們認識「交叉地帶」的態度與方式，從而重建人生之意義，爲改革時代的轉型鄉村提供一套安頓身心的生活想像？

高加林的人生抉擇代表了理解 80 年代農村改革的兩種傾向：一是「個體化」〔註 60〕，集中體現爲高加林極力以其獨異之身擺脫農民階層，從封閉落後的鄉村「出走」；二是「城市化」，城鄉差別被轉換爲「現代／傳統」，「文明／落後」的價值等級，單一的現代化方向使得小說中的農村形象被描述爲無法生成意義的地方。《人生》之後，路遙其實越來越明確了改革小說在農村

〔註 60〕關於理解個體化的三個維度：「脫嵌，即個體從歷史限定的、在支配和支持的傳統語境意義上的社會形式與義務中撤出（解放的維度）；與實踐知識、信仰和指導規則相關的傳統安全感的喪失（去魅的維度）；以及再嵌入——其含義在此已轉向與個體化的字面意義完全相反的一面——即一種新形式的社會義務（控制或重新整合的維度）。」參見閻雲翔：《中國社會的個體化》，陸洋等譯，上海譯文出版社，2012 年，第 352 頁。

題材方面必須思考的重要問題:一方面,80 年代農村改革的基本出發點就是為個人鬆綁,不僅從經濟生產和社會流動上給予農民部分自由自主的權利,也在集體主義的革命意識形態中打開了合理利己主義的缺口。正如上一章所述,高加林雖然借助這種個體化趨勢突破了城鄉二元結構下的身份等級制,但「更衣記」式的自我重構並未對既有社會分層提出實質性挑戰,反而使個人陷入到必須不斷進取卻又無所依傍的浮躁狀態中,更不要說在制度上城市仍難以充分接納並給與農村青年一個平等自由的生存空間。另一方面,儘管路遙設置了高加林「浪子回頭」的結局,但「城優於鄉」的價值判斷,使得「紮根農村」的理想動員實際上缺乏扶持個人實現人生價值的充分證明,而「包產到戶」的農村新政鼓勵農民發家致富,雖在一定程度上有效縮小了城鄉差別,使農民過上了有尊嚴的生活,卻又不得不繼續面對如何克服農村社會重組過程中新一輪貧富分化的問題。

正是這兩方面思考,促使路遙在《平凡的世界》中將高加林一分為二,通過孫家兄弟的人生故事試驗另一種關於「交叉地帶」的認識方式:

孫少平最初也幻想過:「未來的某一天,他已經成了一個人物,或者是教授,或者是作家,要麼是工程師,穿著體面的制服和黑皮鞋,戴著眼鏡,從外面的一個大地方回到了這座城市,人們都在尊敬親熱地和他打招呼」,但是,路遙並沒有讓他走上這條高加林式的自我實現道路,對於孫少平來說,幸福不是物質主義、個人主義的現代生活,而是承擔家庭重負、自食其力的艱苦勞動。

孫少安代表了新時期農村改革中「離土不離鄉」的致富典型,「自從降生到這個世界上,他第一次感到了作為人的尊嚴」,甚至也如「陳奐生上城」一樣揣著一卷子人民幣享受了一下城裏人的待遇,但是,路遙又沒有將孫少安的自我實現僅僅敘述為個人發家致富,對於孫少安來說,如何支配財富不僅僅是學習理性計算的生意經,還是如何維持人情倫理的道德問題。

孫少平的苦難哲學雖始於知識啟蒙後的個人追求,卻終於煤礦工人的集體勞動和精神互助;孫少安的家業理想雖始於解放個體經濟的發家致富,卻終於參與鄉村公共建設的光榮感。在孫家兄弟的人生故事中,作為成長起點的個體化,最終都指向了一種新的共同體經驗,而且始終不曾把農村或農民階層放到自我實現的對立面上;與此同時,路遙的「城市」書寫也不再是一個與農村構成鮮明對比的現代符號,抽象的城市想像被還原為更具體複雜的

生活故事，並通過不同人物之間的衝突對照與農村社會密切關聯。

　　從小說敘述中可以看到，孫家兄弟的人生觀同時汲取了多種歷史資源：既有傳統鄉土社會重家庭倫理的禮俗規範，又有強調集體主義與平等訴求的革命倫理，還有尊重個人權利與日常生活價值的新時期意識；而像勞動高尚的精神信仰，更混合了革命時代強調「人民主體性」的尊嚴政治，以及承認按勞分配合法性的改革共識。從這一點來看，路遙對轉型鄉村的現實敘述，始終保持著一種連續而非斷裂的歷史態度。批評家往往基於現代性焦慮的二元論，就認為路遙在面對改革的強大歷史推動力時徘徊於現代理性與傳統道德之間猶豫不決，陷入到所謂戀史情結與戀土情結的內心衝突中，但這種批評恰恰忽略了路遙在實際敘述 1975～1985 的社會轉型過程中，特別是在如何清理革命時代歷史遺留物的問題上，可能對「現代／傳統」二元論的超越。正如本章所述，繼承「柳青的遺產」，通過對農村社會階層重組的全景式分析，路遙既肯定了新時期改革嘗試解決「前三十年」社會主義實踐遺留問題的歷史進步性，又在這種積極的應對方式中發現了新的危機。例如雙水村在責任制實施後出現的貧富分化現象，當然也可以被解釋為封閉已久的農村遭遇現代性衝擊後的道德失範，但它同樣應當被放回到農村歷次土地改革的實踐後果中予以反思。

　　於是，在《平凡的世界》中，「交叉地帶」不僅僅體現了空間意義上的城鄉關係，還蘊含了時間意義上從「革命」到「改革」的歷史層疊。這種寫法使得路遙特別強調一種共同經歷轉型社會的集體經驗，就像他關於孫家兄弟的人生觀討論，通過清理多種歷史資源，不僅捕捉到同時代人們理解現實的感覺結構，還在分析這種感覺結構如何因襲傳統的生成過程中，建立起一種基於共同文化的新的生活想像。參照雷蒙德・威廉斯關於「文化」的定義，文化不僅僅是一種「理想的」，人類追求自我完善過程中所依據的普遍的價值，而且還是「社會的」，是「對一種特殊生活方式的描述，它表現了不僅包含在藝術和學識中而且也包含在各種制度和日常行為中的某些意義和價值」，它是社會成員賴以相互溝通的各種特有形式〔註61〕。一種共同文化的發展，在一定程度上可能有效緩和個人在面對社會差別時的緊張情緒，關於人

〔註61〕關於「共同文化」的論述，參見〔英〕雷蒙德・威廉斯：《漫長的革命》，倪偉譯，上海：上海人民出版社，2013 年，第 57 頁。〔英〕雷蒙德・威廉斯：《文化與社會》，高曉玲譯，長春：吉林出版集團，2011 年，332～348 頁。

生意義感的認定方式，不再僅僅是個人主義的「自我實現」，或以城市爲藍本的「現代生活」。

　　這個共同體可能是以家庭、宗族、鄉村爲單位的，強調傳統鄉土社會的人倫禮俗；也可能是超階層的愛情、友情或像孫少平在煤礦生活中體驗到的集體勞動意識，帶有毛澤東時代的理想主義色彩；甚至還是路遙通過田福軍和孫少安兩條線索搭建的改革共同體，憑藉對新時期的樂觀信念分享艱難——它始終是開放的，可能將被社會分層結構排除出去的那一部分人，重新納入到一種共同文化的發展中來，重新定義關於尊嚴、幸福等的價值標準。而小說不斷製造「苦難」與「匱乏」，既是對共同體堅實度的考驗，又通過對個人如何克服苦難的敘述，加固了共同體之於自我完善的意義。然而不能迴避的是，對共同文化的強調，雖然爲面對改革複雜性的同代人提供了一種整理個人經驗的模板，使個人不至於像無力的小舟在大歷史河流中顛簸，但路遙與現實和解的理想主義方案，也在一定程度上喪失了對社會分層結構形成與再生產的意識形態批判。隨著改革不斷遭遇新的體制化危機，《平凡的世界》必然在激化的現實矛盾中，暴露出更多無法縫合的文本裂隙。

第 4 章 城鄉之辯、中西之辯與 80 年代的現實主義危機

　　1991 年初冬至 1992 年初春，路遙完成了長篇創作隨筆《早晨從中午開始》。站在 90 年代再度回憶《人生》備受爭議的結尾，路遙提出了一個頗具理論含量的看法：「毫無疑問，廣大的落後農村是中國邁向未來的沉重負擔」，但「城裏人無權指責農村人拖了他們的後腿。就我國而言，某種意義上，如果沒有廣大的農村，也不會有眼下城市的這點有限的繁榮。放大一點說，整個第三世界（包括中國在內）不就是全球的『農村』嗎？因此，必須達成全社會的共識：農村的問題也就是城市的問題，是我們的共有的問題。」要出自眞心去理解農村人的處境和痛苦，「而不是優越而痛快地只顧指責甚至嘲弄醜化他們——就像某些發達國家對待不發達國家一樣。」〔註 1〕不僅是高加林們，改革時代的中國同樣站在一個世界格局視野下的「交叉地帶」中，個人面對城鄉差別的態度背後，其實也折射出民族國家在世界範圍內面對現代化程度差別時必然面對的挑戰。

　　城鄉之辯實乃中西之辯。一方面，這種判斷隱含了 80 年代與「五四」時期逐漸同構的現代化意識，儘管路遙站在鄉土中國的立場上爲農村辯護，但這種城鄉二元結構背後，仍然預設了「工業／農業」，「現代／傳統」，「文明／野蠻」等縱向歷史發展上的程度差別，並且被擴展爲「先進的西方」與「落後的中國」，在橫向的不同社會類型比較之間建立起了文明等級論。早在 30、

〔註 1〕路遙：《早晨從中午開始》，《路遙全集：散文、隨筆、書信》，廣州：廣州出版社，太白文藝出版社，2000 年，66～67 頁。

40 年代，馮友蘭撰《新事論》，就在《辨城鄉》一文中感慨：「對於英美等國來說，整個底中國，連帶上海南京在內，都是鄉下；整個底英美等國，連帶其中底村落，都是城裏」〔註2〕，而之所以英美諸國可以佔據優勢，皆因其工業革命發端的社會類型發展所致。儘管馮友蘭反對全盤西化論，要求現代化與民族性相結合，但在中國文化的現代建設問題上，就像農村必須完成生產方式與生活城市化一樣，中國也必須以「歐化」的現代性道路擺脫文明被殖民的劣勢地位。從這個角度出發，路遙小說中的傾向性一旦被詮釋為「傳統情感與現代理性」、「戀土情結與戀史情結」等同義反覆的現代性焦慮，上述那段為農村辯護的效果必然被弱化，如果農村城市化、中國現代化是克服差別的唯一方式，那麼路遙就只能暫時借助樸素的民族主義情緒為落後的中國農村博得一些理解與同情，無論是農村還是中國，最終都不得不為歷史進步付出沉重的代價。

　　但值得注意的是，當路遙用「第三世界」、「發達國家」等帶有毛澤東時代印記的詞彙，來描述世界格局中的城鄉關係與中西關繫時，這種發自農民血統中的不平之氣，是不是還兼具另一種可能呢？正如莫里斯·邁斯納所說，毛澤東挑戰了馬克思社會發展階段論中基於資本主義工業化的城鄉關係，在毛澤東看來，歷史的進步並不必然與城市的至高無上相一致，當這種以農村包圍城市的革命主張與「第三世界」理論以及國際共產主義運動相結合時，就「變成了一個關於世界革命過程的、影響遍及全球的觀點：由經濟落後地區構成的『革命農村』必將戰勝歐美發達國家構成的『城市』。」〔註3〕從這個角度去理解，路遙完全可以更有自信地為農村辯護，因為整個第三世界（包括中國在內）作為全球的「農村」，恰恰具備一種「落後的優勢」。然而反諷的是，在路遙的爭辯中，這種革命底氣幾乎完全消失了。當路遙指出城市的繁榮其實建立在對農村的盤剝之上時，他已經指出了他所親歷的烏托邦主義的負面事實，關於農村的落後貧瘠，「這個責任應由歷史承擔，而不能歸罪於生活在其間的人們。簡單地說，難道他們不願意像城裏人一樣生活得更好些嗎？」「前三十年」試圖以「新人」美德或階級意識克服城鄉差別的嘗試宣告失敗，可是新的問題也隨即而生，呼籲城裏人換位思考，把農村不幸的歷史

〔註2〕 馮友蘭：《辨城鄉》，引自《新事論》，《三松堂全集》第 4 卷，鄭州：河南人民出版社，2001 年，219～229 頁。
〔註3〕 〔美〕莫里斯·邁斯納：《馬克思主義、毛澤東主義與烏托邦主義》，張寧、陳銘康等譯，中國人民大學出版社，2006 年，第 54 頁。

包袱甩到過去，這樣的歷史敘述就眞的能解決農民「洗不掉出身」的自卑感嗎？

　　無論採取上述哪一種歷史敘述，當城鄉之辯被置於中西之辨中思考時，以何種文學形式表達新時期城鄉關係，都不再僅僅是如何再現現實的問題，還必然包含了一種 80 年代如何與西方他者對話的自覺意識。從世界觀來說，如何看待中西之辯即改革時代中國特色的發展模式，決定了如何理解城鄉建設的歷史經驗和現實問題；從文學觀來說，如何理解 80 年代文學與世界文學的關係，又決定了如何繼承與轉換工農兵文學中農村題材小說傳統的形式問題。非常有趣的是，就在路遙這段爲農村辯護、爲第三世界辯護的表白之後，他緊接著又爲現實主義一辨：

　　　　我同時認爲，文學的「先進」不是因爲描寫了「先進」的生活，而是對特定歷史進程中的人類活動作了準確而深刻的描繪。發達國家未必有發達的文學，而落後國家的文學未必就是落後的——拉丁美洲可以再次作證。我們看到，出現了一些新的概念化或理論化傾向的作品，而且博得了一些新理論「權威」的高度讚揚。某些批評已經不顧及生活實際上是怎個樣子，而是看作品是否符合自己宣揚的理論觀念。那麼，我們只能又看到了一些新的「高大全」——穿了一身牛仔服的「高大全」或批了一身道袍的「高大全」，要不就是永遠畫不好圓圈的「高大全」。〔註4〕

　　這段話雖然並未直接挑明 80 年代現實主義與現代主義之爭，但路遙所反對的時代風潮，正是用社會形態與發展程度的「發達／落後」，來判斷文學形式的新舊高下，實則與中西之辯和城鄉之辯共享著同一套現代化意識形態。「高大全」本來是新時期文學用來批評「十七年－文革」文學的，是社會主義現實主義文學爲政治犧牲「藝術眞實」的弊病，路遙在這裡卻巧妙地用「新的高大全」來批判新潮文學的爲藝術而藝術，恰恰顛倒了現代主義相比現實主義後來居上的進化論。所謂「穿了一身牛仔服」讓人想到劉索拉、徐星等城市新青年的現代派律動，「批了一身道袍」讓人想到後來大談儒釋道文化的尋根派，而「永遠畫不好圓圈」難免讓人想到馬原等先鋒小說家們的「鬼打牆」。路遙的這些俏皮話固然刻薄，但從他所堅持的現實主義美學出發，加上

〔註4〕路遙：《早晨從中午開始》，《路遙全集：散文、隨筆、書信》，廣州：廣州出版社，太白文藝出版社，2000 年，第 67 頁。

中西之辨與城鄉之辯的潛在視野，都使他更爲警惕這種借助西方時髦理論追求本土文學的「現代化」。

因此，路遙及 80 年代現實主義的問題並不僅僅是一個形式美學的問題，也不僅僅是文學場內部權力重新分配的問題。什麼是改革時代農村或鄉土中國的「眞實」面貌？什麼是能夠眞實反映城鄉問題與中國發展模式的文學形式？怎樣理解路遙小說中城鄉「交叉地帶」背後的中西之辯？這種認識與 80 年代主導文化之間的關係如何？正是對這些問題的解答，決定了人們採取何種解釋框架給予路遙一個文學史定位，也重新劃定了文學表達現實的疆界。

4.1 路遙與賈平凹的 1986 年：在「農村改革」與 「鄉土尋根」之間

1985 年 5 月 22～25 日，「陝西長篇小說創作促進會」召開，連續兩屆「茅盾文學獎」陝西省都沒能推薦出一部長篇小說，以胡采爲核心的作協領導決定要給本省青年作家打打氣，「促進」一下。陳忠實後來回憶，「有幾位朋友當場就表態要寫長篇小說了。確定無疑的是，路遙在這次會議結束之後沒有回西安，留在延安坐下來起草《平凡的世界》第一部。實際上路遙早在此前一年就默默地做著這部長篇小說寫作的準備了。」〔註 5〕這次會議對於陝西文學界無疑意義深遠，就在第二年，路遙《平凡的世界》（第一部）在《花城》第 6 期發表，賈平凹 4 月完成《浮躁》初稿，1986 年 6 月改畢，稍後發表於《收穫》1987 年第 1 期上，兩部作品眞正開創了陝西文壇長篇創作的新局面。

出道以來便是強有力的競爭對手，路遙與賈平凹的 1986 年有著許多交集。年初中國文聯出版社編輯李金玉到陝西組稿，本來是盯準了賈平凹的《浮躁》，不想晚到一步，《浮躁》手稿已經被作家出版社約去，最終帶回了路遙 30 多萬字的《平凡的世界》第一部。兩部小說都寫農村改革，同樣從「文革」寫到家庭承包責任制，寫時代變局中的家族衝突，寫農村青年男女的愛情糾葛與創業致富；《浮躁》中的主角金狗，更與高加林有著精神上的血脈聯繫，爲了個人實現走上進城道路，不得不走後門、捲入權力鬥爭，面對人生道路

<hr>

〔註 5〕陳忠實：《尋找屬於自己的句子：〈白鹿原〉創作手記》，上海：上海文藝出版社，2009 年，第 57 頁。

上的真俗兩難；而他們生命中又都有一個巧珍似的姑娘留守在黃土地上，或如小水棲居在州河邊，為浪子回頭保存一個慰藉心靈的精神家園。描摹 70、80 年代中國社會轉型期的心態史，兩部小說在母題上非常相似，又都屬於現實主義的長篇結構，只不過藝術手法上一實一虛，《平凡的世界》如其原題《普通人的道路》所示，不慌不忙地鋪敘苦難幸福交織的各色活法，賈平凹則抓住「浮躁」這一意象，著力營造平靜州河邊人們看似安分過活中的暗潮湧動。

　　然而奇怪的是，這兩部小說後來的評價與定位卻越來越呈現出分歧之勢。面對 80 年代中後期現代派與新潮文學的強力挑戰，批評家雖然都不約而同地強調兩部小說對現實主義文學的拓展，但方向上已有所不同。如李星所說，1983 年以來文壇「重客觀、面向大眾世界的反映論遭到批評，重主觀、面向自我的表現論受到推崇，抽象主義、象徵主義、直覺主義、神秘主義，成為許多作家競相追逐的目標。這不能不在選擇了現實主義文學目標的路遙心理上造成一定的壓力。」〔註6〕因此，路遙選擇了以柳青為代表的「心理現實主義」、而非「社會現實主義」傳統，將政治衝突心靈化，不拘泥於典型理論，體現出更多的個性意志。且不論這種「柳青的遺產」說是否恰當，在李星對《浮躁》的批評中，儘管他同樣指出「作家主觀認識和情緒感受在作品中不斷地積極介入」，似乎背離了現實主義的美學秩序，但關於這種主觀意志究竟是什麼，卻開始與賈平凹的「民族審美意識」等文化主題聯繫起來，顯示出撇開現實主義成規闡釋《浮躁》的可能性。這種新的方向很快在「尋根批評」中獲得了更為清晰的說明，例如：「『浮躁』已取得了某種形而上的本體論的品格，就像西方現代主義的『荒誕』一樣」〔註7〕；小說設置了和尚和考察人兩個特殊敘事視角，「兩人皆無名無姓，實際上和尚可謂是中國傳統文化中隊世界人生的直覺觀感精神，考察人可看做現代理性精神，一出世，一入世。……『儒禪互補』，傳統思想與現代意識交叉。」〔註8〕——一旦拋開現實主義的「鏡子說」，《浮躁》作為農村改革題材的客觀反映功能，自然不如它表現文化衝突的象徵主題更受批評家親睞。而批評家關於賈平凹作為「文化苦旅者」〔註9〕的形象塑造，更彷彿讓《浮躁》獲得了比新時期以來同類改

〔註6〕　李星：《無法迴避的選擇——從〈人生〉到〈平凡的世界〉》，《花城》1987 年第 3 期。

〔註7〕　徐明旭：《說「浮躁」》，《文藝評論》1987 年第 6 期。

〔註8〕　刑小利：《〈浮躁〉疵議》，《小說評論》1988 年第 1 期。

〔註9〕　《浮躁》發表後不久，周介人評述說「賈平凹是文化的苦旅者」，「我們清晰

革小說都更勝一籌的文化深度與哲學意識。

　　事實上，不僅是尋根批評，與路遙強烈「要求」批評家一道堅守現實主義陣地不同，賈平凹本人幾乎是自覺地從現實主義後退。《浮躁》有兩篇序言，在晚些寫於 86 年 7 月本要用作跋的一篇中，賈平凹自嘲道，「寫《浮躁》，作者亦浮躁」，先後作廢十五萬字，翻來覆去修改了三四遍：

> 　　但也就在寫作的過程中，我由朦朦朧朧而漸漸清晰地悟到這一部作品將是我三十四歲之前的最大一部也是最後一部作品了，我再也不可能還要以這種框架來構寫我的作品了。換句話說，這種流行的似乎嚴格的寫實方法對我來講將有些不那麼適宜，甚至大有了那麼一種束縛。
>
> 　　（……）
>
> 　　一個時代有一個時代的作品，我應該為其而努力。現在不是產生絕對權威的時候，政治上不可能再出現毛澤東，文學上也不可能再會有托爾斯泰了。中西的文化深層結構都在發生著各自的裂變，怎樣寫這個令人振奮又令人痛苦的裂變過程，我覺得這其中極有魅力，尤其作為中國的作家怎樣把握自己民族文化的裂變，又如何在形式上不以西方人的那種焦點透視法而運用中國畫的散點透視法來進行，那將是多有趣的試驗！有趣才誘人著迷，勞作而心態平和，這才使我大了膽子想很快結束這部作品的工作去幹一種自甘受活的事。〔註 10〕

　　這段小序表達了賈平凹在 86 年關於現實主義文學思考，並且宣佈了他將在《浮躁》之後告別「寫實方法」的藝術轉向〔註 11〕。儘管賈平凹關於藝術

地看到了一個『文化化』的賈平凹」。參見孫見喜：《賈平凹傳》，127 頁，上海人民出版社，2008 年。汪曾祺也說過：「他就不是一般意義上的『農民作家』。他讀老子，讀莊子，也讀禪宗語錄。他對三教就留、醫卜星相都有興趣，都懂一點。這些，他都是視為一種文化現象來理解，來探究的」，也正因為如此，《浮躁》寫文化心理嬗變，就沒有停留在寫鄉鎮企業的隆替上，「這樣，這本小說就和同類的寫改革的小說取了不同的角度，也更為深刻了。」參見汪曾祺：《賈平凹其人》，《瞭望》1988 年第 50 期。

〔註 10〕賈平凹：《浮躁》，北京：作家出版社，2009 年。

〔註 11〕在《浮躁》完成後，賈平凹因肝病住院。出院後發表了一系列直接取材民間傳說的作品，如《龍捲風》、《癟家溝》、《太白山記》等，頗有點魔幻現實主

上虛實相間的探索由來已久，在其早年感傷詩意風格被批評後，也曾以《小月前本》等作品老實回應改革文學的題材需要，在創作《商州》時，還有意借鑒略薩的結構現實主義手法，試圖用散文結構寫改革中民俗風情的「常與變」，但他與 80 年代前期文學主潮仍保持著一種慢半拍的不適感。這種既追求藝術個性、又擔心不合時宜的焦灼情緒，在寫作《浮躁》的 1986 年顯然積壓到了極點，而賈平凹所述「中國作家怎樣把握自己民族文化裂變」的問題，無疑加劇了這種藝術上告別現實主義的焦慮。「一個時代有一個時代的作品」，如果毛澤東文藝方向不再是政治正確的唯一選擇，托爾斯泰所代表的 19 世紀批判現實主義傳統也會過時，那麼，什麼才是在中西文化之辯的化學反應中重生的、合乎當代意識的中國文學呢？

看上去，這種後來被明確為「尋根」的文化民族主義訴求，同樣被路遙用來批評文壇對西方新思潮的盲從，認為「現在好多人是把外國人的擦屁股紙拿回來嚇唬中國人」〔註 12〕，但區別在於，當賈平凹感到中國文學若要走向世界就必須擺脫現實主義美學的統治地位另闢蹊徑時，路遙反而把「現實主義」當作堅守陣地的標誌。雖然路遙對他所堅持的「現實主義」是什麼，一貫描述得粗略又缺乏理論性，基本就是新時期初在回收十七年基礎上形成的「寫真實」與「寫人性」，但對比賈平凹，路遙的寫作仍是以「社會的書記官」、「時代的鏡子」、「為人民代言」等並未割斷與工農兵文學傳統聯繫的文學觀為前提的。陝西文壇的老前輩胡采曾評價說：「平凹的創作，既不是為藝術而藝術，也不是什麼『道家空靈學派』，而是一種積極的、甚至包含某些革命功利思想在內的現實主義者。」〔註 13〕然而當「藝術自律」與「文化熱」成為 80 年的文壇新貴時，胡采急於為賈平凹正名，反倒暴露出了賈平凹與革命現實主義傳統漸行漸遠的事實。如果說路遙仍在思考如何處理文學與現實的關係問題，中西之辯只不過豐富了他看待改革的視野，那麼同樣走在 80 年代文學革命的道路上，賈平凹就要「與時俱進」得多。中西之辯的結果，首

義的新潮文學氣質。

〔註12〕 路遙還說，雖然文學與經濟一樣要改革開放、走向世界，「但有一個問題，就是我們不能自己丟失自己」，與深受拉美魔幻現實主義的尋根作家一樣，路遙也讚揚拉美作家迫使西方世界反過來學習他們的創舉。參見路遙：《文學·人生·精神——在西安礦院的演講（1991.6.10）》。收入十月文藝出版社即將出版的新《路遙全集》，未刊。

〔註13〕 《當代小說發展與陝西中篇創作》，《小說評論》1986 年第 3 期。

先便是建立一套有別於左翼文學傳統的新的世界文學觀。儘管賈平凹並沒有把現實主義一竿子打死，他關於借鑒國畫散點透視的意見，也可看作是對現實主義傳統的有效調整，但賈平凹以及尋根文學賴以與世界文學平等對話的重心，已經從內部轉向外部，或者說，關於現實主義文學「寫什麼」與「怎麼寫」的討論，只有在與西方他者對照後建立「文化－民族」主體性的情況下，才具有實際意義。

1986 年初陝西作協分會理論批評委員會和《筆耕》文學研究小組召開學術討論會，討論 1985 年陝西中篇小說創作情況。與會者普遍贊同陝西作家急需在「現代意識」方面有所提高，而如何評價賈平凹的小說成為討論熱點。費炳勳認為，所謂現代意識「總的一個精神是反傳統，衝擊歷史惰性，在世界範圍內，能在當代最新理論水平上看現實、看歷史」，而賈平凹較早有對這種現代意識的主動追求，不僅敢於嘗試性愛描寫，還調整了傳統全知全能的現實主義形式。但白描馬上批評了這種看法，「現在談現代意識，較多的是從道德觀念、價值觀念，從性意識、文化意識角度去談」，太簡單了，現代意識應該是對歷史走向與現實發展的整體把握，例如《人生》的結尾被批評為觀念陳舊，反而才是路遙對現代生活的清醒認識〔註 14〕。費炳勳認為賈平凹更具現代意識，是因為他首先追隨了西方的「現代」眼光，預設了中國文學所缺乏的現代內容。相反，白描所謂「現代意識」的出發點，則不是文化上以西方他者為標準的「現代化」需要，從中國內部的改革邏輯來看，路遙看來保守的創作反而是現代的。當尋根文學主張「我們的責任是釋放現代觀念的熱能，來重鑄和鍍亮這種自我」〔註 15〕時，在路遙的判斷中，並不存在一個先於自我主體性的、具有普適價值的「現代」觀念：「什麼叫咱們的現代意識呢？我自己說一個觀點，什麼時候我們在自己的文化精神基礎上產生一種新的東西，然後讓西方人學習，讓西方人感到驚訝，讓他們感到我們的這些東西是先進的，這個時候，我們才能說我們具備了成熟的現代意識。」〔註 16〕——在特殊與普遍的辯證法中，民族文化主體性的建立，不僅僅是以特殊性的保留，來抵抗西方的普遍價值觀，更是要從自己具體的歷史展開過程中生

〔註 14〕 《當代小說發展與陝西中篇創作》，《小說評論》1986 年第 3 期。
〔註 15〕 韓少功：《文學的「根」》，《作家》1985 年第 4 期。
〔註 16〕 路遙：《文學・人生・精神——在西安礦院的演講（1991.6.10）》，收入十月文藝出版社即將出版的新《路遙全集》，未刊。

產出普遍性，去改變由西方現代性模式界定「何爲普遍」的規則〔註17〕。

　　1987 年 3 月，路遙隨中國作家代表團訪問西德，他說自己彷彿置身於另外一個星球，但他又竭力在這個陌生世界裏尋找人性方面的共通之處，還「穿過冷戰時期東西方的界標『柏林牆』到東柏林去玩了一天」，最後覺得「走了全世界最富足的地方，但我卻更愛貧窮的中國。」80 年代「文化熱」在思想界展開的中西之辯，如今成爲具體可見的經驗事實，社會主義中國的貧窮暴露在西方資本主義世界的富足中。很難簡單概括這次走出國門究竟對路遙意味著什麼，但是當路遙回應 80 年代中後期文壇追逐西方潮流的現象時，他特別提及了訪問西德的一段小插曲：

> 　　我在西德訪問的時候，見到他們現在在世的最偉大的作家，叫侖斯，這個人已經 70 來歲了，但在西德的影響最大。按照我們一般的觀念來說，他是資產階級作家，但他對世界上的各種文化都不是排斥的，他們也在學習毛澤東的著作、列寧的著作。他和你談話的時候，可以大段引用毛澤東的語錄和列寧的語錄，而且認爲那段話講得很好，好在什麼地方。這就是說，人家對整個世界文化，吸收其精華，具有一種特別博大的胸懷。人家選擇好與壞是根據一種標準，而咱們是一種潮流，根據潮流評判好與不好，潮流認爲現代意識某一方面是好的，大家就都以爲好，其它人跟在後邊就是個跑。〔註18〕

　　路遙所說的侖斯，應該是指西格弗里德・倫茨（Siegfried Lenz）——繼承 19 世紀批判現實主義文學傳統的西德著名作家，德國社會民主黨成員，曾經參與維利・勃蘭特政府嘗試打破冷戰格局的新東方政策。路遙用這樣一位資產階級作家讀毛選和列寧的事實，來駁斥人們關於現代意識的狹隘理解，儘管他不可能站在冷戰格局的背景中，去認識侖斯在與中國作家對話時徵引毛語錄行爲可能包含的更多意義，但這個例子多少暗示出 80 年代文學的「政治無意識」——隨著新時期文學走向世界的現代追求越來越強烈，社會主義現實主義不再因其反資產階級現代性的意識形態內涵獲得絕對權威，20 世紀現

〔註17〕關於普遍性與特殊性的辯證關係，參見張旭東：《全球化時代的文化認同——西方普遍主義話語的歷史批判》，北京：北京大學出版社，2006 年版。

〔註18〕路遙：《早晨從中午開始》，《路遙全集：散文、隨筆、書信》，廣州：廣州出版社，太白文藝出版社，2000 年，73～74 頁。

代主義成爲作家們競相模仿的新潮流,毛澤東時代的左翼文學遺產也被理所當然地視爲了過去時——而這種政治無意識的後果,就是陷入一種能否由自己支配關於「好與壞」標準的悖論之中。正如賀桂梅關於中國民族主義話語的簡短分析所示,一旦取消了50～70年代以「階級－政黨」爲核心的民族主義話語對資本主義現代性的批判維度,民族主體性的表述就只能被鎖定於「文化」認同之上,無論尋根思潮是強調本土民族傳統,還是繼承五四啓蒙話語挖掘傳統中的非主流文化,他們始終與被指認爲現代來源的西方保持著一種曖昧聯繫〔註19〕。從這個角度講,或許路遙才眞正是逆潮流而動,雖然他所堅持的現實主義也已經淡化了關於「中西之辯」的另一種政治構想。

如何理解中西之辯,決定了怎樣認識與「前三十年」社會主義實踐緊密關聯的社會主義現實主義傳統,也就決定了80年代現實主義文學理解和表達城鄉關係的方向與限度。賈平凹在寫作《浮躁》的過程中,曾仔細閱讀《中國文化的深層結構》一書:西方人重靈魂,因而高揚主體精神,中國人則重軀體、重人際,缺乏個性意識〔註20〕。這段中西比較深刻地啓發了他對改革初期整個社會尤其是農民階層心態的理解,「我一直認爲,主體精神的張揚嚴格講這不屬於中國文化的範疇之內的,中國文化就不是這樣要求的,這應該是西方的,正因爲現在國門打開以後,進行開放,吸收外來的一些東西,外來東西對農民來講,對農村各層人士來說不一定是明確地指著說我要咋樣,過去那古老的文化不適應地存在,他總想開闊開闊,但他從小生長到現在,血液裏全部是中國,他想主體意識高一些,但達到那是很難的事情」,「因爲中國文化說到底是消滅個性的。現在開放,吸收西方文化,西方文化就是強化過程。強化過程是慢慢來的,不是很明瞭的,但他又是很自覺地,在大潮中每個人都要受到種種衝擊,然後就產生種種的情況,就要產生籠而統一的一種浮躁情緒。」〔註21〕這種文化闡釋當然有其深刻性,但也遮蔽了另一種闡釋空間,如上一章所述,路遙在《平凡的世界》中同樣解釋了「浮躁」產生的原因及其克服方式,卻是從中國當代史處理城鄉關係的內部邏輯出發的。

〔註19〕賀桂梅:《「新啓蒙」知識檔案:80年代中國文化研究》,北京:北京大學出版社,2010年,215～218頁。

〔註20〕金平:《由「浮躁」延展的話題——與賈平凹病榻談》,《當代文壇》1987年第2期。

〔註21〕賈平凹:《與王愚談〈浮躁〉》,《人情練達即文章(賈平凹散文)》,南昌:江西教育出版社,2012年。

　　然而，新時期改革文學的發展，最終還是選擇了賈平凹。在蔡葵歸納的三階段論中：從初期寫改革家孤單英雄式的路線鬥爭，到四次文代會後更著重寫普通人自覺的改革意識，再到 1985 年後關於民族傳統文化心理的探索〔註22〕——從側重政治經濟學分析的農村改革題材，轉向文化闡釋學視野中的「鄉土中國」主題，愈發凸顯出 80 年代追慕「五四」的時間意識。文學史的時間軸彷彿被倒轉過來，農村題材小說重回以知識分子啓蒙立場爲核心的「鄉土文學」傳統。如果說現代文學史上二三十年代鄉土文學中有兩個脈絡，那麼路遙更接近於 30 年代左翼作家茅盾、張天翼、丁玲、沙汀、艾蕪等作家對鄉村的社會分析與政治批判，其發展方向就是建國後的農村題材小說，而賈平凹則拾起了沈從文、廢名、蘆焚等一脈對於鄉土「常與變」的詩性描繪。與賈平凹佔據時代先機不同，路遙將不得不面對新一輪文學革命的挑戰。

4.2　路遙與柳青「重評」：社會主義現實主義與「漫長的 19 世紀」

　　當農村改革題材進入「文化尋根」視野，對現實主義文學成規構成壓力的，不僅僅是如何從認識論上調整關於中西之辯與城鄉之辯的「十七年」經驗，還有一種新的「世界文學」〔註23〕觀念。身處 85 年以來關於文學主體性、語言轉向、尋根與先鋒文學的熱烈討論，批評家越用現實主義成就褒獎《平凡的世界》，越使路遙陷入 80 年代現實主義文學由盛轉衰的危機之中。而除去外部影響，現實主義文學成規在 80 年代的展開方式本身，也似乎從一開始就埋下了自我分化的危機。

　　若以倒帶的方式觀察 80 年代的柳青重評現象，當 1988 年《上海文論》以宋炳輝批評《創業史》一文打頭陣開啓「重寫文學史」運動時，宋炳輝攻

〔註22〕蔡葵：《反映改革小説的悲劇美》，《文藝評論》1987 年第 2 期。
〔註23〕80 年代的批評家作家預設了一個不證自明的、普遍的、「世界文學」觀。但回到歌德提出「世界文學」之初，這一概念本身就包含了民族性與普遍性的關係問題。白培德在批評夏志清《現代小説史》對 80 年代中國文學研究界的極大影響時指出，這種「世界文學」觀念與經濟上的殖民擴張以及資本主義全球市場的建立之間，其實存在著某種互爲依存關係，但這種基於馬克思主義的認識，在 80 年代中後期卻被忽略了。參見 Peter Button：*Configurations of the Real in Chinese literary and Aesthetic Modernity,* Leiden, Boston, 2009.

擊柳青的幾個要點絕非史無前例，只不過更加激進地使用了文學受制於「極左政治」的歷史判斷，並要求「重新檢視『回歸十七年』這一度無可懷疑的目標。」宋炳輝指出：第一，「《創業史》以狹隘的階級分析理論配置各式人物」，是機械的經濟決定論，是文學對政治運動直接模擬的結果；第二，作為解放區成長起來的作家，因為遵從《講話》的政治要求，認同並盲目誇大了以農民文化為本位的新文化，甚至以文化虛無主義的態度封閉了和 20 世紀除蘇聯以外世界文化的聯繫，「柳青當然也並沒有擺脫時代的這一局限」；第三，柳青的所謂深入生活，缺乏一個「具有獨立自主性的創作主體」，因而「只能在『先驗』的理論框架的規範中面對生活」，使生活喪失了原生態的豐富性與複雜性〔註24〕。總結這三點批評背後的認識裝置，第一是「文學／政治」的二元結構，第二是與「現代／傳統」、「文明／落後」等價值判斷同構了的中西之辯和城鄉之辯，第三則是個人與集體、主體意識與體制規訓的絕對衝突。如果說第二點是在 80 年代中期文化熱、現代化理論推波助瀾的產物，第三點是人道主義思潮以及文學主體性論爭的結果，那麼第一點其實從一開始就是新時期文學的起源性問題，是 80 年代文學得以展開並獲得合法性的首要環節。

《創業史》第二部連載後並未獲得很大反響，77、78 年間重評柳青，主要是為了批「四人幫」的「文藝黑線專政論」，但隨後兩年農村改革的開展，這種「回收十七年」的守成策略不得不去回應《創業史》敘述合作化運動的歷史真實問題：一面減弱《創業史》中的階級鬥爭主題，一面強調生產力與生產關係的辯證問題，強調中國農村改革、農民教育的重要與艱辛，突出表現柳青的人格魅力，並主要從美學原則而非黨性原則方面，概括柳青的現實主義文學特徵〔註25〕。1984 年 3 月 1～7 日，路遙參加了由《文藝報》《人民文學》編輯部在涿縣聯合召開的農村題材小說座談會，會上大家充分肯定了《創業史》、《三里灣》等反映土改與合作化運動的作品，但又特別提出，應當重申 1962 年大連農村短篇小說創作座談會的經驗，重評「十七年」文學經典的成敗得失。西戎說，「大連會議提出了『現實主義深化』，強調文學的真實性，正是對當時五風橫行、謊話泛濫的抵制，是維護了文學的革命現實主

〔註24〕 宋炳輝：《「柳青現象」的啟示──重評長篇小說〈創業史〉》，《上海文論》1988年第 4 期。
〔註25〕 張軍：《流動的經典──對柳青及〈創業史〉接受史的考察》，濟南：山東人民出版社，2012 年，73～99 頁。

義傳統。可惜，這個基本原則後來也被否定了。閻綱介紹說，柳青住在長安縣，曾經看到並親自抵制了許多『左』的東西，可是他沒有能夠在作品中如實地反映出來，這是令人遺憾的。」〔註 26〕由此可見，「文革」後現實主義文學成規的權威地位，是通過回收「十七年」中像「大連會議」這樣被壓抑的現實主義理論〔註 27〕來修復的，而這個過程首先需要完成的工作，就是以反左傾思想、政治掛帥的名義，建立一個「十七年－文革文學」中存在大量僞現實主義的歷史敘述。也正是在這次大連會議前後，嚴家炎與柳青筆戰，主張革命浪漫主義必須服從革命現實主義，批評《創業史》從政治理念出發寫梁生寶，不如梁三老漢眞實。80 年代初的柳青重評，同樣挪用了 60 年代初嚴家炎們的批評思路。

這種從「十七年」內部尋找「異端」思想的策略，雖然使社會主義現實主義相對克服了政治實踐失敗的危機，暫時保存了一批與具體政策宣傳難脫干係的「十七年」小說的經典地位，但是關於新的「眞實性」標準，又以「反政治」或「非政治」的內涵爲前提，愈發強化了文學與政治的二元對立，反而壓縮了社會主義現實主義作爲一種話語體制更爲複雜的「政治」內涵。比如嚴家炎依據現實生活印象中的「農民」形象，認爲柳青是根據合作化運動的政策需要塑造正面英雄人物梁生寶，違逆了藝術眞實〔註 28〕；而柳青卻以爲梁生寶才是合乎歷史唯物主義原理的「眞實」的農民形象，因爲他在合作化運動的階級鬥爭中逐步獲得了無產階級先鋒戰士的氣質，眞實反映了農民堅持走社會主義道路的自覺需要〔註 29〕。在社會主義美學的政治構架中，沒有一個康德意義上的先驗主體，現實主義藝術創作本身，就是一個認識論與實踐論意義上主體生成的過程，而孤立事實只有通過辯證的總體觀被理解爲歷史發展的重要環節時，才是眞正的現實範疇。因此，社會主義現實主義文學本身就是一種政治安排，這裡的「政治」不僅是指外在的黨性原則與政策制度，更是一種以美學方式滲入到革命主體與階級認同塑造過程中去的政治實踐。儘管新時期初官方意識形態仍然強調文學與政治的關係，如周揚在起

〔註 26〕《農村在變革中，文學要大步走——記〈文藝報〉〈人民文學〉召開的農村題材小說創作座談會》，本刊記者雷達、曉蓉，《文藝報》1984 年第 4 期。

〔註 27〕這些異端思想包括：胡風、馮雪峰的現實主義理論，百花文藝時期「干預生活」的文學創作與關於人性、人情的討論，60 年代初的「現實主義深化論」與「寫中間人物論」，等等。

〔註 28〕嚴家炎：《關於梁生寶形象》，《文學評論》1963 年第 3 期。

〔註 29〕柳青：《提出幾個問題來討論》，《延河》1963 年第 8 期。

草四次文代會報告的提綱中談及政治與文學的關繫時，就曾四次摘錄柳青〔註30〕，但這些有意摘抄的段落，在爲人民服務、爲經濟建設服務的新意識形態功能中，已經逐漸偏離了「階級政治」與「群眾政治」的歷史內涵。一旦只用「文學性」而非具有特殊歷史指向的「政治性」爲現實主義正名，關於「眞實」的理解就又回到了西方意義上的語言模仿論與客觀反映論，即使現實主義文學因爲歷史慣性與國家文學的體制約束予以保留，隨著 80 年代中後期「純文學」知識譜系的完備，也必然面臨新的挑戰，「因爲現代主義所理解的『眞實』，並不能通過反映現實生活便能找到，『人』的主體甚至還受到質疑，因此，社會主義現實主義在 80 年代後期更是名存實亡」。〔註31〕

克服危機的方式本身反而孕育了新的危機，相同的邏輯也發生在路遙身上。當路遙堅持繼承柳青的遺產時，這種回收已經攜帶了 80 年代的特殊眼光。在《早晨從中午開始》中，路遙這樣爲 80 年代現實主義辯護：「如果認眞考察一下，現實主義在我國當代文學中是不是已經發展到類似十九世紀俄國和法國現實主義文學那樣偉大的程度，以至我們必須重新尋找新的前進途徑？」「雖然現實主義一直號稱是我們當代文學的主流，但和新近興起的現代主義一樣處於發展階段，根本沒有成熟到可以不再需要的地步。」路遙接下來一段描述，幾乎就是前述 80 年代重評「十七年」社會主義現實主義文學的翻版：如果把現實主義不僅僅作爲一種創作方法，而且是一種精神，「縱觀我們的當代文學，就不難看出，許多用所謂現實主義方法創作的作品，實際上和文學要求的現實主義精神大相徑庭。幾十年的作品我們不必一一指出，僅就『大躍進』前後乃至『文革』十年中的作品就足以說明問題。許多標榜『現實主義』的文學，實際上對現實生活作了根本性的歪曲」，直到「文革」以後，才眞正出現一些現實主義品格的作品，可惜照舊把人分成好人壞人，即使「接近生活中的實際『標準』」，但還是存在簡單化傾向〔註32〕。

一方面，路遙對現實主義成熟程度的認定，諸如要求眞實地再現生活，要求寫人物多樣性，與 80 年代「回收十七年」現實主義傳統的表述如出一轍，

〔註30〕關於周揚起草四次文代會報告提綱及其引用柳青的段落，參見徐慶全：《風雨送春歸——新時期文壇思想解放運動紀事》，開封：河南大學出版社，2005年，204～212 頁。

〔註31〕陳順馨：《社會主義現實主義理論在中國的接受與轉換》，合肥：安徽教育出版社，2000 年，第 391 頁。

〔註32〕路遙：《早晨從中午開始》，《路遙全集：散文、隨筆、書信》，廣州：廣州出版社，太白文藝出版社，2000 年，第 16 頁。

這也就意味著他與唱「現實主義過時論」的人，其實已部分分享了關於「文學／政治」的二分法。正如楊慶祥所論，儘管路遙不合時宜地尊柳青為師，「卻沒有認識到這一點，柳青關於農村變革的書寫實際上更帶有一種烏托邦的色彩，它與毛澤東的政治理念結合在一起，從而使『現實主義』帶有實驗性質和『反抗現代性』的全球視野。但是，在路遙這裏，因為政治實踐上的失敗，現實主義的空間已經大大縮小，它開始失去其構建一個『新世界』的內涵，而回歸到一種比較樸素的、帶有原生態的寫作觀念或者創作手法的意義上去。」〔註33〕如果迴避開社會主義美學的政治性，就只能陷入到 80 年代「純文學」話語關於「文學／政治」二分法的爭論中去，要麼質疑柳青等「十七年」小說是政治大於藝術，僅從社會歷史文獻的功能上對其予以肯定，要麼剝離開政治語境談藝術修辭。而後來文學史敘述難以給路遙一個恰當的位置，正是依循了同樣的思路，更何況一般教育出身、自學文藝的路遙，在寫作技巧和語言上都難及柳青的純熟。

　　另一方面，路遙的這段話裏又包含了一個重要信息，即他把十九世紀俄國和法國現實主義文學，與「柳青的遺產」並置，尊為自己理想中的文學典範。可以從路遙的創作談、小說中整理出一份書單：俄羅斯古典文學和蘇聯文學、《紅樓夢》、《創業史》、《簡愛》、《百年孤獨》，以及魯迅、托爾斯泰、巴爾扎克、肖洛霍夫、司湯達、莎士比亞、恰剋夫斯基、艾特馬托夫、泰戈爾等的作品〔註34〕。這種奇怪的組合必然帶出兩個問題：二十世紀在蘇聯確立並發展到中國的社會主義現實主義文學，與十九世紀現實主義文學之間，是否存在著反思與超越的關係？如果是，路遙是否完全誤讀與背叛了「柳青

〔註33〕楊慶祥：《路遙的自我意識和寫作姿態——兼及 1985 年前後「文學場」的歷史分析》，《南方文壇》2007 年第 6 期。

〔註34〕這裏還可以比較柳青的書單：「少年時狂熱於讀蔣光慈的小說和一些根本看不懂的哲學和政治經濟學書籍。中學時讀高爾基《母親》，法捷耶夫的《毀滅》等」。「這個時期的學習特別注重英文，讀了從上海信購的開明版的全套英漢對照的小說，包括柴霍甫，莫泊桑，哈代等的作品。」整風時期，「讀了五本斯大林選集，特別注意那些關於黨的工作和農村問題的演說」，從縣上教員那裡借了一本英文的《悲慘世界》，「這是本寫善與惡的書，jean von jean 的生活精神對我有很大影響，雖然我清楚他是早期的基督教信徒，而我是馬克思主義信徒」。從這些回顧中可以看出，即使像柳青在社會主義現實主義規範下的創作，其實也存在著多樣的文學資源，而如何理解社會主義美學與 19 世紀人道主義思想之間的關係，也是一個值得進一步探討的問題。參見《柳青寫作生涯》，蒙萬夫等編，天津：百花文藝出版社，1985 年。

的遺產」呢？賀桂梅認爲，如若比較路遙與柳青，「路遙是全面地撤回了 19 世紀，但這個 19 世紀是包含了《紅與黑》、《鋼鐵是怎樣煉成的》，是那個帶有浪漫主義的、塑造了一個積極的個人主體的 19 世紀」，而不是狄更斯式的批判的 19 世紀。一方面，這種浪漫主義的現實主義使得路遙延續柳青的主題，要去構想一個更好的社會和一種更有現代價值的人的生活方式（這一點符合我對路遙追求羅曼蒂克精神的分析），但另一方面，「回到 19 世紀」又使得路遙改變了柳青以鄉村共同體爲出發點的現實主義。在賀桂梅的分析中，無論是高加林還是孫少平，幾乎都是「有點兒像原子化的主體」，因爲路遙更強調個人價值與個人奮鬥，即個人只有在與社會環境的對抗中才能成爲主體〔註35〕。

在我看來，當人們用於連的形象來理解高家林時，路遙看似的確回歸到了現實主義小說關聯資產階級個人主義的歷史需求中〔註36〕，然而，正如我在對《平凡的世界》的分析時所述，路遙對於社會主義現實主義遺產的繼承，又絕非完全的斷裂姿態。如果從路遙的整個創作發展上看，《平凡的世界》其實是一個重要的轉向，路遙幾乎是用孫家兄弟的人生模式，否定了高加林或者說於連式注定失敗的個人主義哲學。孫少平的苦難哲學始於知識啓蒙後的個人追求、終於煤礦工人集體的精神互助；孫少安的家業理想始於解放個體經濟的蓋房娶妻、終於參與鄉村公共建設的光榮──因此，在處理個人與社會的關係層面上，很難說《平凡的世界》只是簡單地回歸到了 19 世紀資產階級人道主義的脈絡上去；而以柳青的現實主義遺產爲中介，更難說路遙完全沒有 20 世紀中國革命以「農民－農村」革命爲根基的歷史記憶與階級意識。

這或許才是歷史的奇妙之處，當路遙以「去政治化」的方式將「柳青的

〔註35〕 賀桂梅的這段論述，見《「80 年代」文學：歷史對話的可能性──「路遙與『80 年代』文學的展開」國際學術研討會紀要之二》，江麗整理，《文藝爭鳴》2012 年第 4 期。

〔註36〕 華萊士・馬丁指出，「絕大多數把現實主義與 19 世紀小說等同起來的批評家同時也認爲，資本主義在那一時代中正在改變社會和階級關係。因而，難怪我們在現實主義小說中發現了「個體之間的相互衝突，因果性與偶然性之間的相互撞擊，私人意向或個人理解與超乎個人的意義之間的衝突」。參見〔美〕華萊士・馬丁：《當代敘事學》，伍曉明譯，北京：北京大學出版社，2006 年，第 52 頁。伊恩・瓦特則以《魯濱遜漂流記》爲標誌，討論了現代小說興起與經濟個人主義的關係。參見〔美〕伊恩・瓦特：《小說的興起》，高原、董紅鈞譯，北京：生活・讀書・新知三聯書店，1992 年。

遺產」合法地接續到 80 年代現實主義文學時，也抽空了社會主義現實主義的意識形態內容，不得不面臨新一輪經典重評中「純文學」標準的質疑，但他又的確將柳青式現實主義的形式保存了下來。而形式不是一個能被任意填充的空殼，古跡重建後的形式必然會在新的文學表達中重新激發被遺忘的歷史內容。路遙歸納的現實主義藝術技巧，多師法柳青：例如二人都善用對照法，強調不依賴情節，用典型人物來結構長篇，《平》從幾條人物線索鋪敘開來，雖然不講階級鬥爭，但同樣用典型人物的性格衝突再現了改革之初的路線鬥爭，把個人生活故事放到總體的社會分析中去理解，使得路遙的現實主義不止於個人化的微觀經驗；再比如心理描寫，為了體現革命感覺在日常經驗中生成的過程，柳青寫小說人物的思維活動時，經常摻入敘述者的理論思辨，孫少平關於「苦難哲學」的幾次頓悟也混合了許多敘述者的聲音，儘管這些人生格言顯得生硬幼稚，不再具有革命時代的明確理想指向，但也使得《平》不會像後來新寫實小說刻意保持零度敘事那樣掏空了改變世界的敘述衝動；另外，路遙還特別強調「讀者」問題，即使缺少餓了柳青時代文藝「大眾化」的階級性內涵，但反對艱深的形式主義，要求語言通俗簡明，強調文學的社會教育功能，也使他為 80 年代後日趨精英化的文學提供了反例。正是在這些方面，路遙的「雜糅」與「落後」，反而使它保存了重新審視 20 世紀中國現實主義文學傳統的豐富性，其中不僅包括「五四」以來更貼近 19 世紀小說的寫實主義、自然主義資源，同樣包括 30 年代左翼文學受馬克思歷史唯物主義影響後、更注重社會各階層分析的現實主義，以及「十七年」社會主義現實主義文學。

　　因此，當人們籠統地把《平凡的世界》與《人生》都讀作「個人奮鬥」的故事時，並不是因為路遙完全退回到 19 世紀現實主義的藝術法則與社會圖景，而恰恰是因為人們用對自身歷史處境的感知方式與精神需要，強行把路遙的現實主義窄化成了一個 19 世紀的現實主義版本。無論是用批判現實主義針砭「制度之禍」，還是用浪漫主義的現實主義讚美「理想個體」與自我精神，這種 90 年代以來盛銷的「勵志型閱讀」〔註37〕都已經承認了社會

〔註37〕黃平認為，在 90 年代以來的「勵志型」讀法中，孫少平們的「勞動」被輕易替換成了以承認既定社會結構為前提的「奮鬥」，但回到社會主義關於「勞動」不同於資本主義「工作」倫理的知識譜系上，孫少平絕對不是「拉斯蒂涅」的延續。因此，『「勵志型」讀法可以被視作『90 年代』的一個發明，以『心若在，夢就在』之類修辭方式，將社會結構的問題轉化為精神世界的問題。

與個人的二元對立,承認了各種價值觀固化了的社會差別與等級秩序。於是,高加林成為按照遊戲規則改變個人命運的精神偶像,孫家兄弟則成為失敗者暫時能夠與現實和解的心靈慰藉。如果說 80 年代「純文學」的強勢出場把路遙的現實主義擠到了藝術殿堂的角落、以「20 世紀文學」的歷史敘述宣告了現實主義的過時論,那麼 90 年代後「重評」路遙,恰恰暗示了一個19 世紀幽靈的歸來。這種時間關聯的建立正如汪暉所述:由於 90 年代與包含了社會主義革命的 20 世紀歷史的斷裂,「一個奇異的景觀恰好是:這一時代看起來與『漫長的 19 世紀』有著更多的親緣關係,而與『20 世紀』相距更加遙遠。」中國經濟崛起,帝國主義戰爭繼續,傳統工人階級解體,新的農民工主體形成,市場將人們變成以金錢交換勞動的雇工,「那些構成 19 世紀之特徵的社會關係重新登場,彷彿從未經歷革命時代的衝擊與改造一般。」〔註38〕在這樣的時間重影中,路遙及其現實主義彷彿獲得了新生,但必須看到,這種讀法本身也限制了路遙的意義,如果割斷路遙與「革命的 20 世紀」的聯繫,割斷 80 年代現實主義與柳青所代表的社會主義現實主義文學傳統的繼承與變異,就不能更有效的反思那種批評路遙缺乏「文學性」的文學觀與歷史觀,也就難以看到身處 80 年代這一過渡階段,路遙所提供的另一種文學想像與歷史意識。

4.3 小結 路遙式現實主義:分裂時代的整體觀

對於路遙來說,堅持現實主義文學不僅僅是一個藝術取向的問題,還意味著如何在 80 年代思考中西之辯與城鄉之辯。通過比較幾乎同期發表主題相似的《浮躁》與《平凡的世界》,可以看到,在「文化熱」與「現代化理論」的影響下,一套關於中西之辯的新的認識論,正在逐漸取代毛澤東時代基於國際共運與「第三世界」理論的中西之辯,理解新時期城鄉關係的視角,也因此越來越傾向於「傳統 / 現代」、「落後 / 文明」等文化闡釋學與人類學

只要社會結構沒有發生根本性地轉變,《平凡的世界》就會一直暢銷。」同理,如果用 19 世紀現實主義來理解路遙及 80 年代現實主義文學的發展傾向,不重視社會主義美學對 19 世紀人道主義話語的批判,對路遙的文學評價就很難超越這種「勵志型」讀法。參見黃平:《從「勞動」到「奮鬥」——「勵志型」讀法、改革文學與〈平凡的世界〉》,《文藝爭鳴》2010 年第 5 期。

〔註38〕汪暉:《去政治化的政治:短 20 世紀的終結與 90 年代》,北京:三聯書店,2008 年版,2～3 頁。

的二元認識論。而「尋根文學」思潮在一定程度上改變了農村改革小說的寫作方向,儘管它批評盲從西方現代派的新潮文學,但同樣以走向「世界文學」的觀念重新確立起新的美學原則,實際上動搖了「十七年」農村題材小說的現實主義成規。從 80 年代現實主義自身展開的邏輯來看,雖然「回收十七年」的策略有效地修復了社會主義現實主義文學的統治地位,但這種策略的兩個要點:借助「十七年」被壓抑的 19 世紀的西方哲學與文藝資源重塑「人」與「真實」;以「去政治化」的思路重新打撈左翼文學遺產的「文學性」——必然使其在現代主義思潮與 80 年代後期更為完備的「純文學」知識譜系中遭遇新的危機。同理,當路遙帶著 80 年代的眼光,將「柳青的遺產」接續到新時期社會思潮與文學場中時,也將不得不面臨被主流文學界邊緣化的挑戰。

　　雷蒙德・威廉斯曾這樣論述西方現實主義小說的衰落,是因為它自身在 20 世紀分裂成了「社會」小說與「個人」小說,破壞了作為現實主義文學傳統最為成熟標誌的「整體觀」:即認識到「一種整體生活方式的具體內容能在多大程度上積極地影響到最內在的個人經驗」,「事實上我們既是人,同時也是生活在社會之中的人」。「現實主義小說顯然需要一個真正的共同體,構成這種共同體的個人不是只通過一種關係——工作關係、朋友關係或家庭關係——而是通過許多種互相勾連的關繫連在一起的。在 20 世紀,要找到這樣一種共同體,顯然很困難。」〔註39〕威廉斯的觀點,可以幫助我們思考 80 年代文學的展開過程。如果說站在社會主義現實主義文學的延長線上,80 年代文學仍始於提供一種關於個人與共同體關係的新知識,那麼,這種整體觀最終也趨於分化,在先鋒小說那裡,社會變成高度個人化的心靈景致或破碎經驗,在新寫實小說那裡,個人成為公式化社會生活的載體,而這種無力感在 90 年代越發明顯。文學要如何表達一個碎片化的歷史情境中的特殊經驗,是不是有可能提供另一種安頓人心的整體想像?路遙的意義或許就在於此。

　　從《人生》到《平凡的世界》,可以清晰地看到路遙是如何在內容上背離柳青的遺產,又最終在形式的保留中回到柳青。按照威廉斯給「社會主義現實主義」概括的四要素,在人民性、黨性與理想性方面,路遙都已經與柳青的時代隔開了一段距離,但在典型性方面,路遙卻繼承了社會主義現實主義

〔註39〕 〔英〕雷蒙德・威廉斯:《漫長的革命》,倪偉譯,上海:上海人民出版社,
　　　　 2013 年,291～307 頁。

的基本精神：在人物塑造上追求「具體的普遍」；在歷史觀上強調從社會總體關係的變動中把握現實發展的規律。在前一個方面，正如批評家所說，路遙小說非常關注個體的人的命運，儘管他的作品仍然存在臉譜化的傾向，但已不同於社會主義現實主義首先按照集體主義人性觀塑造人物的藝術原則。路遙的小說中，每個人物都是一個單獨的個體存在，閱讀時讓人感受到的不再立刻是與國家或階級相關的宏大敘事，而是與己相關的非常個人化的經驗，在許多批評家和讀者看來，這一點正是路遙小說最打動人心的地方。但批評家也意識到，路遙並沒有停留於寫個人性，與當下文學寫作中求新求異的小說人物不同，路遙的每個人物都蘊含著普遍性，他們甚至只是在不斷重複並不波瀾起伏的尋常人的生活。這種普遍性不是一個個具體人生的疊加，而是經驗事實背後每個人面臨的生命的質的問題，是只有在「大歷史」探測下才能顯影的「眞實」。

　　因此，當批評家質疑路遙的戀土情結，認爲他迴避了對城鄉二元制度的明確批判，一方面的確洞察到路遙在寫法上不能自圓其說的許多刻意操作與理想化傾向，但另一方面又忽略了路遙可能基於對文學功用的特殊理解，對他身處時代的主動介入。這一點正對應於批判現實主義與社會主義現實主義的根本區別：雖然 19 世紀批判現實主義暴露了資本主義世界秩序的毒瘡，並以人道主義理想創造出具有主動性和高尙道德的人物，但是「正面人物依舊是某種不完全明確的、尙未最後形成爲社會典型的東西」，而「在批判現實主義中佔有如此重要地位的人的積極性和生命活動力的問題，在社會主義現實主義中得到了具有原則意義的新的補充和新的內容。以改變人類社會生活和個人生活爲目的的從事改造的積極性和行動，這就是社會主義現實主義藝術的最主要對象。」〔註40〕

　　路遙文學世界的重心顯然不止於批判揭露制度之禍，他從生活於制度中的人們寫起，寫他們爲物質生存和精神需要自發的生活，又從這種自然展開的生活形式中提煉出一個理想形態。這裡面當然有他對自己身處時代的樂觀情緒，有他這一代人無法超越的認識局限。但也正因如此，路遙的現實主義不是對觀察到的經驗現實的直接複製，他既追蹤了「改革」的歷史走向，又

〔註40〕　〔蘇〕伊瓦憲柯：《論批判現實主義和社會主義現實主義》，原載蘇聯《文學問題》1957 年第 1 期。轉引自《世界文學中的現實主義問題》，中國社會科學院文學研究所編，知識產權出版社，2010 年版，第 267 頁，第 294 頁。

彷彿在預見到改革的現實問題之前，試圖憑藉他筆下人物的「理想」人生，提供了「改革」的另一種歷史鏡象。然而，這種有原則、有組織的選擇，已經缺乏柳青小說中的明確態度與理論性。路遙處於這樣一個過渡時期中，舊有革命意識形態建立的意義秩序瓦解了，暴露出解決具體現實問題的結構性危機，而新的意識形態還沒有建立起一套真正有效的整合社會分化的方案。這是路遙的局限，但他粗糙卻又雜糅了各種寫作資源的現實主義文學觀，畢竟保留下了探訪歷史蹤跡，並重新思考文學與現實關係的可能路徑。

結語　路遙的遺產

與路遙在 80 年代的主流地位、及其在讀者接受層面的驚人暢銷不同，在文學史敘述和學院研究中，路遙經常處於被邊緣化的尷尬位置。在這樣的背景下，「為何」以及「怎樣」重評路遙，是我有待進一步思考的問題。正如緒論中提到的，一些二元對立的思維模式，如「文學／政治」、「現代／傳統」、「形式／內容」等，限制了路遙研究的拓展空間：一方面，在文學如何反映城鄉關係的問題上，受西方現代性理論影響，研究者習慣於在傳統鄉土社會受現代衝擊後何去何從的大敘事中，討論路遙創作的文化意義。這種思路雖延續了「鄉土小說」的研究傳統，但難以細緻區分路遙與「十七年」農村題材小說、80 年代「尋根文學」思潮、以及 90 年代後城鄉敘事等不同脈絡的問題關聯，也容易忽略路遙關於「交叉地帶」獨特的歷史經驗。另一方面，按照 80 年代以來「去政治化」氛圍中逐漸形成的「純文學」標準，路遙的語言形式、主題先行等特徵都必然成為他審美價值不高的軟肋。雖然研究者已在作家姿態、讀者意識等方面重建路遙的意義，但能不能跳出這種「經典化」成規，以路遙為方法，更新我們關於「文學」的基本認識，再在新的認識框架中把路遙「歸位」呢？

本書選取「柳青的遺產」給路遙建立歷史參照，也是嘗試對以上兩點有所突破：

首先，從反映城鄉關係的主題來看，柳青及其所代表的「十七年」文學，形成了一套關於如何克服「三大差別」的認知裝置與寫作形式：當柳青敘述徐改霞的「進城」苦惱時，他其實在討論這樣一個問題——面對城鄉差別的農村青年，應當如何正確思考「國家利益與個人前途」、「國家工業化與農村

合作化」之間的關係。雖然在社會主義現代化進程中,農村在經濟方面屈服於城市,但在文化層面上,農村仍然有它自足的意義空間,城市現代生活既是豐富的,又是危險的,可能腐化革命青年的正確人生觀,而經濟落後的農村作爲革命的策源地,反倒可能提供另一種「現代」想像。

通過分析路遙從「文革」到 80 年代的進城之路與創作調整,可以看到路遙關於城鄉關係的認識,經過了一個發展變化的過程:雖然他在「文革文學」的體制規訓下也歌頌過「紮根農村」的新人形象,但成長記憶中陝北農村的現實苦難、「文革」中的獨特經歷,都使他不可能再信服並依循上述柳青式的經驗與傳統;而《人生》中的高加林形象,代表的正是 80 年代農村改革在克服城鄉差別方面的新方向,即通過在經濟制度上爲農民鬆綁,努力爲個人實現自我價值、追求現代生活,創造一條面向村莊之外的人生道路;但正如之前所述,路遙對高加林的進城故事仍抱有疑慮,這促使他繼續關注農村改革進程中可能出現的新問題,比如農民進城後的尊嚴問題,比如農村新一輪貧富分化的問題——從《人生》到《平凡的世界》,路遙其實越來越回到了柳青的寫法,通過社會各階層分析,完成對轉型鄉村的歷史敘述與典型塑造。儘管路遙不再在階級政治的框架中思考社會差別與平等主義的矛盾衝突,但他也像柳青一樣,試圖在思想層面提供一種關於人生意義的感知方式,讓農民尤其是農村知識青年,即使在制度層面暫時無法解決城鄉分隔的狀況下,也能在相對匱乏的世俗生活與社會轉型中安頓身心,體會到尊嚴感和幸福感。

因此,「什麼是幸福」、「什麼是現代生活」、「什麼是有意義的人生」,這些如今看來老套又無解的命題,恰是路遙曾眞摯思考過的。他通過筆下普通人的生活世界,提供了許多關於生活價值衡量的不同標準,既有重家庭責任的傳統禮俗規範,又有重提集體主義的革命倫理,既有對勞動美德的贊許,也有對日常生活價值和表達自我意識的肯定,等等。站在當下「三農問題」的研究視野中看,路遙的文學實踐正符合這樣一種普遍共識:農民或農村的問題,並不僅僅是一個純粹的經濟問題,更是一個文化問題——「在農民事實上不可能快速轉移入城市,農民收入不可能得到迅速提高的情況下,站在農民主體立場的新農村建設的核心,是重建農民的生活方式,從而爲農民的生活意義提供說法;是從社會和文化方面,爲農民提供福利的增進;是要建設一種『低消費、高福利』的不同於消費主義文化的生活方式,也就是要建設一種不用金錢作爲生活價值主要衡量標準,卻可以提高農民滿意度的生活

方式。」〔註1〕在路遙的小說中，鄭小芳的紮根信念、孫少平的苦難哲學、孫少安的致富煩惱，田曉霞們超階級的愛情──這些生活故事和理想抉擇，在今天看來或許都太像是一個個黃金時代的夢，但相比如今底層青年的夢（通過殘酷競爭不斷從一個較低的位置，擠進一個較高的位置，最終過上城市中有房有車的中產生活），路遙至少提供了另一種生活想像。

從「純文學」觀念對路遙重評的限制來看，以「柳青的遺產」為參照，或許也有助於重新思考路遙及其現實主義文學的當下意義。雖然80年代文學已經逐漸脫離了社會主義現實主義的文學成規，但在寫法上，路遙仍通過繼承柳青，以一種過渡狀態保存了左翼文學的兩個重要方面：一是注重社會各階層分析的小說結構，使得路遙在強調個性意識的同時，仍然以「典型性」為人物塑造的最終目的。相比後來「純文學」知識譜系中越來越強烈的孤獨的現代人形象，路遙小說中每個人物背後，彷彿都能不斷繁衍出一系列極為相似的形象族群。或許可以參照社會科學領域的研究轉向，來理解90年代後被批評家稱為「個人化」、「私人化」的寫作困境──如何設法走出一種兩難境地：「一方面是在1960年代主導它們的東西，即注重結構、等級和客觀立場的研究方式；另一方面是復原個人的行動、策略和表象以及人際關係的願望，儘管這種願望在各學科的表現形式和追求目標不盡相同。」〔註2〕從這一點看，《平凡的世界》既提供了總體歷史意識中的結構分析，也從微觀層面記錄了個人日常生活中的諸多細節。

另外，路遙特別強調「讀者」問題。《早晨從中午開始》連載於發行量巨大的《女友》雜誌上，當80年代末「先鋒小說」越來越傾向於一個精英化的文學圈子時，路遙卻在這篇創作隨筆中明確表示，他的寫作「不面對文學界」、「不面對批評界」，而是「直接面對讀者。」「讀者永遠是真正的上帝。」「考察一種文學現象是否『過時』，目光應該投向讀者大眾。」「出色的現實主義作品甚至可以滿足各個層面的讀者，而新潮作品至少在目前的中國還做不到這一點。」──這些觀點或多或少帶有左翼文學傳統中「讀者」概念的影子。雖然路遙的文學觀不再從革命政治角度思考《講話》關於「為群眾」及「如何為群眾」的核心命題，但路遙所強調的讀者，仍然以其「多數」、「非

〔註1〕 賀雪峰：《新農村建設與中國道路》，引自薛毅編：《鄉土中國與文化研究》，上海：上海書店，2008年，第67頁。

〔註2〕 〔法〕皮埃爾・布爾迪厄、羅傑・夏蒂埃：《社會學家與歷史學家》，馬勝利譯，北京：北京大學出版社，2012年。

精英」的特徵,把許多處於經濟弱勢和政治邊緣的底層民眾包含在內。在路遙看來,大多數讀者所受的業餘文學教育,使他們沒有能力去欣賞先鋒文學華麗的技巧,這並非文學的進步,恰恰是作家的失職。雖然隨著市場化原則的加入,讀者接受問題變得更為複雜,但採取「通俗文學/純文學」的二分法,並不意味著就能迴避開文學的公共性要求。

如果說 80 年代最突出的時代精神,是激發出每個人基於他個體生命的理想追求,那麼文學無疑發揮了相當重要的促進功能,這也是路遙小說最打動人心的地方。然而,路遙終究還是在 80 年代文學場新一輪分化重組中被邊緣化了。如果說農村青年路遙的進城之路是通過「文學」實現的,甚至他筆下的高加林、孫少平們,也都帶有那麼一點點 80 年代文學青年的氣質,那麼這個曾喚起許許多多普通人理想的「文學夢」,卻似乎在 80 年代文學的展開中漸漸變得可疑起來:

1985 年第 10 期《中國青年》「難題徵答」欄目,刊登了一則題為《我患了「文學病」嗎?》的讀者來信。一個 24 歲的山西農村女青年王銀花,在信中吐露了她的煩惱。王銀花熱愛文學,勤奮寫作,卻一直沒有獲得發表機會。因為對文學的癡迷,王銀花成了「遠近聞名的『酸鬼』」,男朋友不贊成她寫作,女伴也不再同她往來,「鄉親們對我說:『咱是莊稼人,莊稼人不就是種地、打糧食、養家糊口?哪能不務正業呢?」於是,痛苦中的王銀花寫信向編輯求助,「是不出嫁繼續寫下去,還是出嫁圍著鍋臺轉?」〔註3〕稍後第 12 期《中國青年》編發了三篇回應文章,除了一篇題為《一個不幸的人選擇了文學》,提供了一個男版王銀花的故事,另外兩篇都以「別讓文學誤了自己」為主題,要求文學青年們量力而行,選擇適合自己的道路,並且把做好本職工作,視為文學創作所必需的「體驗生活」〔註4〕。雖然編輯們將王銀花的苦惱,安全地導入到「素質論」的能力差異上去,但究竟是文學夢,還是文學病?——王銀花的故事、她作為農民的身份,仍然強行把城鄉差別的問題,再次插入到新時期文學關於「共同美」的許諾中。

王銀花來信時,還只是 1985 年,如果把時間推進到 80 年代末尾甚至當下,王銀花們的「文學生活」會是什麼樣的呢?千千萬萬王銀花們從鄉村湧入城市,成為城市各個角落懷揣夢想打拼的人們,他們中間是不是還有王銀

〔註3〕《我患了「文學病」嗎?》,《中國青年》1985 年第 10 期。

〔註4〕這三篇回覆「難題徵答」欄目的文章分別為:《別讓文學誤了自己》,《同在文學路上走》,《一個不幸的人選擇了文學》,《中國青年》1985 年 12 期。

花一樣敏感多思的文學青年？他們會讀什麼樣的作品呢？是我們如今載入文學史的經典作家們？還是被文學史拒斥在外的地攤文學或者盜版暢銷書呢？

或許，王銀花們還可以讀路遙，就像《平凡的世界》中的孫少平讀艾特瑪托夫的《白輪船》那樣：

> 他點亮蠟燭，就攤在牆角麥稭草上的那一堆破被褥裏，馬上開始讀這本小說。周圍一片寂靜，人們都已經沉沉地入睡了。帶著涼意的晚風從洞開的窗戶中吹進來，搖曳著豆粒般的燭光。
>
> ……
>
> 這一切都使少平的心劇烈地顫動著。當最後那孩子一顆晶瑩的心被現實中的醜惡所摧毀，像魚一樣永遠地消失在冰冷的河水中之後，淚水已經模糊了他的眼睛；他用哽咽的音調喃喃地念完了作者在最後所說的那些沉痛而感人肺腑的話……
>
> 這時，天已經微微地亮出了白色。他吹滅蠟燭，出了這個沒安門窗的房子。
>
> ……

農村來的窮小子孫少平在出賣體力的一整天困頓生活之後，躺在破被褥裏開始他的文學生活，文字散發的微光把他席卷到動人心扉的世界中去，而他就這麼帶著新生的理想重新迎接又一個白日。一個「沒安門窗的房子」，這或許就是路遙留下的文學遺產：路遙的文學實踐是粗糙的、不夠完美的，但他也以重新劃分文學空間的方式，讓那些曾被拒斥在外的人走進來，讓他們在文學世界裏尋找到與現實抗衡的人生支點，也讓閉塞其中的人，去看到那些曾被「牆壁」阻隔在外的——「他們」的生活世界。

附錄 1　路遙生平與創作年表 [註1]

1949 年　農曆 12 月 3 日生於陝西省清澗縣王家堡村，原名王衛國。

1957 年　過繼給伯父家，遷居陝北延川縣郭家溝。

1958 年　就讀馬家店小學

1963 年　考入延川中學。

1966 年　7 月畢業參加中專考試，被西安石油化工學校錄取。但因「文革」
爆發未能入學。據《延川縣志》記載，6 月 15 日中共延川縣委決定
派出兩個工作組，分別進駐延川中學、永平中學發動「文化大革命
運動」。10 月路遙隨同縣「紅衛兵」徒步去了北京，返回後以「衝
天笑」的筆名寫大字報、批鬥稿，獨自成立了一個紅衛兵組織名爲
「橫空出世誓衛東戰鬥隊」。後成爲本班 66 乙班紅衛兵組織「井岡
山」造反派領袖。不久延川中學教師學生分裂爲兩大派別，路遙率
領「井岡山」成爲「紅四野」骨幹力量，並擔任全縣革命兩大陣營
主流派「紅四野」軍長。

1967 年　據《延川縣志》記載，1 月 8 日，路遙就讀的延川中學等 20 多個縣
級機關紅衛兵組織聯合召開「把無產階級文化大革命進行到底」誓
師大會。3 月上旬，紅衛兵組織奪權。11 月 3 日延川中學「紅色造

〔註 1〕 此年表在梁向陽和安本實編版本基礎上，根據《路遙全集》以及新收集材料
重新校訂整理。特此感謝梁向陽老師、秦剛編輯、王淑紅編輯提供的相關材
料。

反派總司令部」（簡稱紅總司）在大禮堂文藝演出時，與延川中學「紅色造反派第四野戰軍」（簡稱紅四野）發生嚴重衝突。次日，紅四野煽動五六百農民進城毆打紅總司的學生、幹部。本縣武鬥從此開始。12月4日，紅四野配合延安地區「聯合造反指揮部」，搶劫延川縣人武部輕機槍4挺。

1968年　紅四野和延總司之間的武鬥一直持續到7月，經解放軍駐延支左部隊幹旋，延川兩派群眾組織相繼解散武鬥隊。9月15日，延川革命委員會成立大會在縣城舉行，大會通過了給毛澤東主席的致敬信和《延川縣革命委員會通告》。軍代表馬志亭任縣革命委員會主任兼黨的核心領導小組組長。查《延川縣志》記載，副主任中有「群眾代表，王維國，任期為1968年9月～1973年8月」，疑為路遙。另據其它傳記材料整理，9月15日路遙成為縣革委會副主任，但作為群眾代表並無實權。

1969年　1月23日，北京1300多名知識青年到延川縣插隊落戶。4月「九大」召開後，「文革」進入鬥批改階段，9月路遙因涉嫌武鬥故意致人死亡被審查，被罷免了縣委會副主任的職務。年底以返鄉知青的身份，回到延川縣農田基建隊勞動。

1970年　因養父王玉德的威望，受到大隊幹部庇護，成為延川縣城關公社馬家店小學民辦教師。後經曹谷溪幫忙，以路線教育積極分子的名額，調入革命委員會通訊組。以農民工（另一說是「創作員」、「代理教師」）身份調入縣毛澤東思想文藝宣傳隊（脫產搞創作，月薪18塊）。該年在新勝古大隊黑板報上發表詩歌《老漢走著就想跑》。

1971年　《車過南京橋》發表於延川縣文化館主辦油印小報《革命文化》上，本意署名「纓依紅」，詩人聞頻建議改名，選定「路遙」為筆名。後陝西省群眾藝術館主辦的《群眾藝術》轉載了這首詩。該詩發表不久後，路遙到宣傳隊上班。職務：創作員；身份：民工；月薪：十八元。
《蟠龍壩》（歌劇），與陶正合作，未刊。
該年發表作品：
《老漢走著就想跑》，《延安通訊》1971年8月13日。

《塞上柳》，《延安通訊》，1971 年 9 月 28 日。

1972 年　　與曹谷溪、聞頻、陶正（清華大學紅衛兵插隊延安）等成立業餘文
　　　　　藝小團體——延川縣工農兵文藝創作組。5 月，爲紀念毛澤東延安
　　　　　《講話》發表三十週年，以延川縣革委會政工組名義，曹谷溪主編
　　　　　詩集《延安山花》。收入路遙的六首詩：《老漢走著就想跑》、《塞上
　　　　　柳》、《電焊工》、《進了劉家峽》、《山村女教師》，《農村銷貨員》，以
　　　　　及與谷溪合寫的《燈》，《當年八路延安來》。由陝西人民出版社 1972
　　　　　年出版。9 月 1 日，創辦《山花》。曾用筆名「兩園」、「魯元」等。
　　　　　結識了後來的妻子，在縣政工組任通訊幹事的北京知青林達。10 月
　　　　　國慶節，與聞頻創作大型歌劇《第九支隊》。（收入 2000 年廣州出版
　　　　　社、太白文藝出版社版《路遙全集》）

　　　　　《樺樹皮書包》（敘事詩），發表於 1972 年《山花》文藝小報。（收入
　　　　　2000 年廣州出版社、太白文藝出版社版《路遙全集》）

1973 年　　9 月延安大學中文系黨總支書記申沛昌來延川開門辦學，谷溪推薦
　　　　　路遙到延安大學中文系就讀。陝西師範大學來延川招生時，縣革委
　　　　　會推選路遙，但學校在政審中發現其造反派經歷，拒絕錄取。後經
　　　　　由申易推薦，其弟申沛昌作爲負責學生工作的延安大學系總支副書
　　　　　記來延川開門辦學，擔保路遙在清隊時已做過審查結論。10 月到西
　　　　　安參加《延河》編輯部創作座談會，結識柳青、杜鵬程、王汶石等
　　　　　著名作家。
　　　　　該年發表作品：
　　　　　曹谷溪、路遙：《歌兒伴著車輪飛》，《陝西文藝》1973 年第 3 期。
　　　　　路遙：《優勝紅旗》，《陝西文藝》1973 年第 1 期創刊號。（此文爲路
　　　　　遙公開發表的第一篇短篇小說，實際寫於 1972 年，首發於《山花》
　　　　　72.12.6 第七期）
　　　　　路遙：《基石》，1973 年 5 月 23 日（總第 15 期《山花》）

1974 年　　1974～1975 年借調《延河》編輯部工作（1972 年陝西作協恢復工作
　　　　　《延河》復刊）
　　　　　該年發表作品：
　　　　　金谷、路遙：《紅衛兵之歌》，《陝西文藝》1974 年第 4 期。

路遙：《銀花燦燦》，《陝西文藝》1974 年第 5 期。

路遙：《老漢一輩子愛唱歌》，陝西人民出版社 1974 年《延安山花》增訂版。

1975 年　北上榆林報社進行新聞寫作的實習。

該年發表作品：

路遙：《燈火閃閃》，《陝西文藝》1975 年第 1 期。

路遙：《不凍結的土地》，《陝西文藝》1975 年第 5 期。（此時作者身份注明「延安大學工農兵學員」）

1976 年　9 月畢業分配至《陝西文藝》編輯部小說散文組，陝西省文聯創作研究室（1977.7 恢復《延河》名稱）

該年發表作品：

路遙、李知、董墨：《全黨動員，大辦農業，爲普及大寨縣而奮鬥：吳堡行》，《陝西文藝》1976 年第 1 期。

路遙：《父子倆》，《陝西文藝》1976 年第 2 期。

1977 年　該年發表作品：

《難忘的二十四小時──追記周總理一九七三年在延安》，《陝西文藝》1977 年第 1 期。

1978 年　1 月與延川插隊北京女知青林達結婚。9 月寫成《驚心動魄的一幕》，遭遇多次退稿，後由秦兆陽發表《當代》1980 年第 3 期。（6 月 13 日，柳青逝世）

該年發表作品：

《不會作詩的人》，《延河》1978 年第 1 期。（寫於 1977 年 11 月）

1979 年　11 月女兒路遠出生。

該年發表作品：

《在新生活面前》，《甘肅文藝》1979 年第 1 期。

《夏》，《延河》1979 年第 10 期。（寫於 1979 年 4 月～5 月，西安）

《今日毛烏素》，《山花》1979 年 5 月 23 日。（存疑）

1980 年　80 年冬動筆寫作《在困難的日子裏》，中途因《人生》的寫作中斷，至 81 年春完成。

該年發表作品：

《驚心動魄的一幕》，《當代》1980 年第 3 期。（寫於 1978 年 9 月，西安，改於 1980 年 5 月，北京）獲 1979～1981 年度《當代》文學榮譽獎。1981 年 5 月「文藝報中篇小說獎」二等獎。第一屆全國優秀中篇小說獎。

《匆匆過客》，《山花》1980 年第 4 期。

《病危中的柳青》（特寫），《延河》1980 年第 6 期。（寫於 1980 年 4 月 12～13 日，根據過去的印象和感受寫於西安）

《青松與小紅花》，《雨花》1980 年第 7 期。（寫於 1979 年 8 月，延安）

《賣豬》，《鴨綠江》1980 年第 9 期。

1981 年　《驚心動魄的一幕》獲全國第一屆中篇小說獎，81 年春至北京領獎。1 月，筆耕文學研究組在西安成立，1 月 13 日展開第一次學術活動，就文藝真實性和傾向性進行專題討論。4 月路遙參加筆耕組組織召開的座談會。1981 年夏於陝西甘泉縣招待所動筆寫作《人生》，二十天完稿，共 13 萬字，秋修改於西安、咸陽，冬修改於北京。10 月於西安「關於農村題材小說的創作座談會」上首次提出了「交叉地帶」的概念。

該年發表作品：

《姐姐》（後收入《姐姐的愛情》時改名），《延河》1981 年第 1 期。

《月夜靜悄悄》（發表於雜誌時名為《月下》），《上海文學》1981 年第 6 期。

《風雪臘梅》（寫於 1980 年 9 月陝北，1981.2 改於西安），《鴨綠江》1981 年第 9 期。獲 1981 年《鴨綠江》作品獎。

1982 年　6、7 月間回延安，在延安飯店與四弟王天樂聊了三天三夜。此時開始構思《平凡的世界》。9 月 17～19 日，縣人民政府主持召開《山花》創刊十週年座談會，路遙、賈平凹等人均有出席。路遙由陝西省作家協會《延河》編輯不兄啊說組組長的職位，轉為陝西省作家協會正式駐會作家。

該年發表作品：

《人生》，《收穫》1982 年第 3 期。

《在困難的日子裏（一九六一紀事）》，《當代》1982 年第 5 期。（寫於 1980 年冬～1981 年春，西安，此篇中的溫情和苦難中的自勵很快轉入《人生》中殘酷現實的寫作）

《痛苦》，《青海湖》1982 年第 7 期。（寫於 1981 年 12 月，北京，此時正修改《人生》）

《人生》，中國青年出版社 1982 年版。

《關於作家的勞動》，《延河》1982 年第 1 期。

《面對對新的生活》，《中篇小說選刊》1982 年第 5 期。

《關於〈人生〉與閻剛的通信》，《文藝報》1982.9.10 /《作品與爭鳴》1982 年第 2 期。

1983 年　7 月 18 日《人生》獲《當代》中篇小說獎，不久後又獲得全國第二屆優秀中篇小說獎。

該年發表作品：

《黃葉在秋風中飄落》，《小說界》1983 年中篇小說專號。

《當代紀事》（中短篇小說集），重慶出版社 1983 年 3 月版。（序為秦兆陽《致路遙同志》一文，編入目錄依次為：《青松與小紅花》《賣豬》《不會作詩的人》《夏》《匆匆過客》《痛苦》《在困難的日子裏》《驚心動魄的一幕》）

《東拉西扯談創作》，《文學簡訊》1983 年第 2 期。

《青年獲獎作者筆談：不喪失普通勞動者的感覺》，《青年文學》1983 年第 3 期。

《關於〈人生〉的對話》，《星火》1983 年第 6 期。

《柳青的遺產》（隨筆），《延河》1983 年第 6 期。（1983 年 4 月 9 日寫於上海）

1984 年　《人生》由吳天明導演、西安電影製片廠拍攝為故事片。3 月 22～27 日召開陝西省農村題材創作座談會，介紹涿縣會議精神。

該年發表作品：

《你怎麼也想不到》，《文學家》1984 年創刊號。

《我和五叔的六次相遇》，《鍾山》1984 年第 5 期。

《生活詠歎調》，《長安》1984 年第 7 期。

《頑強而執著地追求——記吳天明》，《大眾電影》1984 年第 9 期。

1985 年　完成《平凡的世界》第一卷。秋，以掛職鍛鍊的名義到銅川礦務局任黨委宣傳部副部長，收集創作素材。1985 年 4 月 21 日～24 日陝西省作協三屆二次理事會，路遙選爲副主席。

該年發表作品：

《一生中最高興的一天》，《西安晚報》1985 年 3 月 31 日。

《姐姐的愛情》（中短篇小說集），中國青年出版社 1985 年版。

《路遙小說選》（中短篇小說集），青海人民出版社 1985 年版。

《注意感情的積累》（隨筆），《文學報》1985 年 12 月 19 日。

1986 年　夏，在陝北吳旗縣人民武裝部開始創作《平凡的世界》第二部。

該年發表作品：

1986 年 4 期《延河》發表了《平凡的世界》（時命名爲《普通人的道路》）中第一部卷一的 26～28 章，題目臨時加爲「水的喜劇」。編輯介紹語：「青年作家路遙，其多卷體長篇小說《普通人的道路》第一部已脫稿。作品追求恢宏的氣勢與編年史式的效果，讀來撼人心魄。《水的喜劇》係從其中選發的三章。相對完整的一個事件，色調鮮明的一群人物。既可獨立成篇，又能窺出整個作品的大致風貌，相信會引起讀者的興趣。」小說前作者語：「正在寫作中的多卷長篇小說《普通人的道路》，描寫近十年間的當代城鄉社會生活。全書共三部。此篇是第一部卷一中的第二十六、二十七、二十八章。題目爲臨時鎖甲。這幾章再第一部中並不佔有特別位置，只是它構成一個較連貫的情節。正因爲這樣，本書的一些主要人物未能在此出現。這幾章內容的時代背景爲一九七六年夏天。」

《平凡的世界》（第一部），《花城》1986 年第 6 期。刊頭推薦語：「黃土地是歷史的沉積，信天遊是負重的歌吟。這是路遙繼《人生》之後推出的又一力作，這是一副紛繁複雜、縱深遼遠的農村生活畫卷。作品中有驚心動魄原始洪荒的械鬥場面，也有纏綿俳惻柔情似水的兒女之愛。」

《平凡的世界》（第一部），中國文聯出版公司 1986 年版。

1987 年　1 月 7 日，《小說評論》和《花城》編輯部在北京召開路遙長篇小說
　　　　　《平凡的世界》（第一部）座談會。

　　　　　3 月隨中國作家訪問團訪問聯邦德國。

　　　　　秋在榆林地區行署領導安排下，在榆林賓館開始創作《平凡的世界》
　　　　　第三部。

　　　　　該年發表作品：

　　　　　《從〈人生〉談創作──作家路遙答文學愛好者問》，《解放軍報》
　　　　　1987 年 1 月 11 日。

　　　　　《路遙小說選》自序，《小說評論》1987 年第 1 期。

　　　　　《關於審美理想和評價文學作品的最低標準答友人書》，《湖南師範大
　　　　　學社會科學學報》1987 年第 4 期。

1988 年　5 月 25 日完成《平凡的世界》全部創作。當年被授予陝西省人民政
　　　　　府「勞動模範」稱號。

　　　　　該年發表作品：

　　　　　《平凡的世界》（第三部），《黃河》1988 年第 3 期。

　　　　　《平凡的世界》（第二部），中國文聯出版公司 1988 年版。

1989 年　電視劇《平凡的世界》由中國電視劇製作中心開始拍攝。

　　　　　該年發表作品：

　　　　　《平凡的世界》（第三部），中國文聯出版公司 1989 年版。

1991 年　3 月 9 日《平凡的世界》獲第三屆茅盾文學獎。《在茅盾文學獎頒獎
　　　　　儀式上的致辭》，3 月 30 日在頒獎大會上演講。

　　　　　《早晨從中午開始》，1991 冬～1992 春連載於《女友》。

　　　　　自編《路遙文集》（五卷本），責任編輯陳澤順，陝西人民出版社。

　　　　　《喬維新的中國畫》，《文學報》1991 年 4 月 18 日。

　　　　　《寫作是心靈的需要》（講話稿），《女友》「91 之夏文朋詩友創作筆
　　　　　會」上發言。

　　　　　《生活的大樹萬古長青》，《文藝報》1991 年 4 月 13 日。（寫於 3 月
　　　　　14 日，西安）

1992 年　11 月 17 日去世

　　　　　《杜鵬程：燃燒的烈火》，《延河》1992 年第 2 期。

《少年之夢》，《少年月刊》1992 年第 2 期。

《早晨從中午開始》（創作隨筆集），西安大學出版社 1992 年。

附錄 2　《平凡的世界》主要人物表

　　《平凡的世界》第一部刊登於《花城》1986 年第 6 期，同年 12 月由中國文聯出版公司出版單行本《平凡的世界》（第一部），334 千字，平裝本印數 19400 冊，平裝本定價 3.35 元，精裝本 4.95 元。小說第三部刊登於《黃河》1988 年第 3 期，同年 4 月第二部由中國文聯出版公司出版，平裝本印數 9100 冊，平裝本定價 3.25 元，精裝本 4.95 元。該年中央人民廣播電臺先後播出了三次，吸引聽眾達 3 億〔註 1〕。1989 年 10 月第三部單行本由中國文聯出版公司發行，印數達 10500 冊，平裝本定價 5.6 元，精裝本定價 8.85 元。同年中國電視劇製作中心開始拍攝同名電視劇，並於 1990 年播出。1991 年三卷本《平凡的世界》獲得第三屆「茅盾文學獎」。

　　初版本版權頁印「內容提要」：「這是一部全景式地表現當代城鄉社會生活的長篇小說，全書共三部。作者在近十年間的廣闊背景上，通過複雜的矛盾糾葛，刻畫了社會各階層眾多普通人的形象。勞動與愛情，挫折與追求，痛苦與歡樂，日常生活與巨大社會衝突，紛繁交織在一起，深刻地展示了普通人在大時代歷史進程中所走過的艱難曲折的道路。」

〔註 1〕　新近發現路遙 1988 年 6 月 25 日致葉詠梅（中國人民廣播電臺文藝中心「長篇連載廣播」節目編輯）信，感謝北京的同志們在《平凡的世界》一事上的多方相助。並特別代問播講《平凡的世界》的李野墨同志，「他的質樸和才華，以及很有深度的藝術修養給我留下深刻的印象，他是一個視野很開闊的人，這在北京很不容易。恕我直言，許多北京人以爲天安門廣場就是世界上最大的地方。最大的地方其實是人的心靈。」如今在網上查閱，還能看到許多人關於當年收聽李野墨播講《平》的美好記憶。

一、國家級

1、高步傑：中紀委常委，省報記者高朗的爺爺。少年時參加革命，後來成為紅軍解放軍高級指揮員。解放後一直任部級領導。文革時被批鬥。後來被平反。

二、省級

1、喬伯年：省委書記

2、吳斌：省委常務副書記，兒子吳仲平

3、石鐘：省委副書記

4、張生民：省委常務副秘書長

5、秦富功：省府所在市的市長

6、黑白：原名黑耀其。1958年在原北縣深入生活，掛職兼任副縣長，寫一部反映山區合作化的長篇小說（後來這部書的內容一直寫到了『大躍進』和人民公社）。著名老作家。一生的代表作為描寫合作化運動和「大躍進」的長篇小說《太陽正當頭》。

三、黃原地區、市

1、苗凱：黃原地區革委會主任。地委書記、省紀監委書記

2、高鳳閣：地委副書記，黃原市包工頭胡永州的表弟

3、馮世寬：行署副專員

4、白元：地委書記苗凱的秘書，一直有向上爬的野心

5、武得全：地區人事局副局長，武惠良父親

6、武惠良：杜麗麗的丈夫。團地委書記，後任原西縣委書記

7、田潤葉：1953年生。田福軍侄女，與青梅竹馬的孫少安戀愛受挫後，與司機李向前結婚。先後任：原西縣中學教師、團地委少兒部主任、團地委副書記。

8、杜正賢：先後任原西縣文化館館長、地區文化局副局長。

9、杜麗麗：先在縣文化館工作，後調入地區文化館，任《黃原文藝》編輯。武惠良：杜麗麗男友

10、顧爾純：黃原師專中文系副校長，顧養民的父親。

11、顧養民：與孫少平、郝紅梅等是高中同學，畢業後考入省醫學院。母親是地區建築公司的工程師。祖父是有名的老中醫。

12、賈冰：黃原地區著名詩人、《黃原文藝》主編

13、古風鈴：省「第五代」詩人，杜麗麗與他發生了婚外情。

四、原西縣

1、田福軍：田曉霞的父親。先後任縣革委會副主任、黃原地區地委書記、省委副書記。

1930 年生，十三歲讀邊區黃原師範，畢業後到西北黨校秘書科做秘書。1950 年轉到黃原行署財經委員會當幹事，後來提拔為專屬統計科科長。1955 年進入中國人民大學學習農業統計專業。大學畢業後中央農業部要他，他要求回黃原地區，先後任專屬辦公室主任、地委農工部長、地委秘書長兼農村政策研究室主任等職。1966～1970 年間挨批鬥、關牛棚。1978～1978 借調省委組織部典型的知識分子形象。P92 愛讀書

2、馬國雄：縣革委會副主任，副縣長

3、李登云：縣革委會副主任，愛人劉志英，兒子李向前。後成為縣一把手。

4、馮世寬：縣革委會主任，因領導農業學大寨用功，被提拔到黃原地區革委會副主任。

5、張有智：縣革委會副主任，縣委書記

6、周文龍：柳岔公社主任，與石坎節公社主任白明川是高中同班同學，同一年當上武裝專幹，1972 年招收第一屆工農兵學員，被推薦上了西北農學院，1975 年秋畢業後向縣革委會寫申請書，說為了以實際行動限制資產階級法權，要求回柳岔大隊當農民。作為新生事物被表彰。

7、徐國強：退休「老幹部」，田福軍的丈人

8、徐愛云：田福軍的愛人，兒子田曉晨、女兒田曉霞

9、田曉晨：田曉霞的哥哥，北方大學畢業後留校

10、田曉霞：田福軍的女兒，孫少平的戀人，黃原師專中文系畢業，後任省報記者

五、鄉級（即石圪節公社）

1、白明川：曾任石圪節公社主任，後任縣委書記。66 屆高中畢業生（老三屆）。69 年底返鄉勞動。1970 年被縣武裝部招收，分在城關公社工作。組織民兵多訓時避免事故，被提升爲城關公社副主任，1974 年調任到石坎節公社做一把手。

2、徐治功：石圪節公社副主任。徐國強是他的叔叔。本來在縣裏做一般幹部，被提拔，但是又想回城裏機關去，所以要在公社掙表現，拉攏田福堂。把農田基建大會戰拉到雙水村。

3、楊高虎：石圪節武裝專幹

4、劉根民：石圪節公社文書，孫少安同學

5、周文軍：柳岔公社主任

6、劉志祥：柳岔公社副主任

7、曹書記：黃原市郊陽溝村支書

8、胡得福：石坎節食堂廚師

9、胡得祿：胡得福弟弟。

六、銅城大牙灣煤礦

1、雷區長：銅城礦務局大牙灣礦區區長

2、王世才：孫少平的師傅，因井下事故喪生。

3、惠英：王世才的妻子，兒子明明。王世才去世由孫少平照料。

4、安鎖子：孫少平師兄，一位 30 多歲娶不上媳婦的「媒黑子」

七、村級（即雙水村大隊）

1、田福堂：田福軍的哥哥，田潤葉和田潤生的父親。雙水村大隊黨支書。

2、田潤生：田福堂的兒子，孫少平的高中同學。後來娶了孫少平中學時的戀人、寡婦郝紅梅。

3、田海民：大隊會計、雙水村民兵隊長

4、田五：即田萬有，原一隊飼養員，鏈子嘴，角色類似雙水村的說書人

5、憨牛：田二之子，有智力障礙，後在少安磚瓦廠做工

6、孫玉厚：少安、少平、蘭花、蘭香的父親 1923 年生，1947 年參加村裏給解放軍送糧的運輸隊。

7、孫玉亭：孫玉厚的弟弟，大隊黨支部委員、農田基建隊隊長、貧下中農管理學校委員會主任。1934 年生。十三歲時被孫玉厚託關係送到山西柳林鎮讀書。1954 年初中畢業，到太原鋼廠做工人。1960 年困難時期，本是山西太原鋼廠工人突然跑回家要娶媳婦。

8、賀鳳英：孫玉亭的老婆，大隊婦女主任

9、孫蘭花：丈夫是「逛鬼」王滿銀，有兒女貓蛋、狗蛋。

10、王滿銀：罐子村村民，曾因販賣老鼠藥被階級鬥爭，常年在外地倒賣私貨。

11、孫少安：1952 年生，孫少平的哥哥；一隊隊長，被視為村中一號「能人」，後來自辦磚窯廠致富，最後擔任村委會主任。1964 年與潤葉一起考上了石圪節高小。上完兩年高小後，上不起縣裏的初中，雖然小升初考試名列全縣第三。從此決心開始自己的農民生涯。1970 年 18 歲被選為生產隊隊長。

12、賀秀蓮，孫少安的老婆，山西人，生虎子、燕子。

13、孫少平：1958 年生，1975 年春就讀於原西縣中學，1977 年元月中旬畢業，回村參加勞動。其叔孫玉亭為幫大隊書記田福堂解決兒子就業問題，提議在雙水村辦初中，為孫少平掙得了一個民辦教師的職位。10 月高考恢復，但因初高中基礎太差落榜。1980 年雙水村開始實施家庭承包責任制時，由於各家勞動力不足，大半學生輟學務農，村初中班解散。失業後的孫少平不甘心回村當農民，隻身到縣城做攬工漢。期間與縣委書記女兒田曉霞相戀。後來在曹書記和田曉霞「走後門」的幫助下，被招工到銅城礦務局做一名井下工人。田曉霞遇難身故後，孫少平在一次礦難中毀容。最終選擇留在礦區，照料已故師傅的遺孀惠英嫂和她的孩子。

14、孫蘭香：考入北方工業大學，男友吳仲平。

15、孫衛紅：孫玉亭的女兒，嫁給金強。

16、金俊文：妻張桂蘭，兒子金富、金強。

17、金俊武：二隊隊長，與孫少安同為雙水村「能人」，後擔任雙水村支書。

18、金俊斌：在「搶水」事件中淹死，老婆王彩娥。

19、王彩娥：丈夫金俊斌死後，先後與孫玉亭、徐治功有染，後改嫁石圪節理髮店理髮師胡得福。

20、金俊山：曾任大隊黨支部副書記，後任村委會主任。中農成分。1948年參加了民工擔架隊，隨解放軍達到蘭州，掛彩被評爲三等殘疾。1951年入黨，擔任村裏副職。

21、金俊海：黃原市東關郵政所司機，金波、金秀的父親。

22、金波：少平同學，參過軍，愛上一名藏族姑娘。後頂替父親在黃原市開郵車。

23、金秀：金波妹妹，考取省醫學院。

24、金富：流竄在外的小偷

25、金強：金富弟弟，起先爲村裏「二杆子」，後「改邪歸正」，娶衛紅。

參考文獻

一、作品類（按作者姓氏音序排列）

1. 浩然：《豔陽天》（全三冊），北京：人民文學出版社，2005 年。

2. 賈平凹：《浮躁》，北京：作家出版社，2009 年。

3. 賈平凹：《古爐》，北京：人民文學出版社，2011 年。

4. 路遙：《人生》，北京：十月文藝出版社，2009 年。

5. 路遙：《平凡的世界》，北京：十月文藝出版社，2009 年。

6. 路遙：《早晨從中午開始》，北京：十月文藝出版社，2012 年。

7. 路遙：《路遙全集：散文、隨筆、書信》，廣州：廣州出版社，太白文藝出版社，2000 年。

8. 路遙：《路遙文集》（全 5 卷），北京：人民文學出版社，2005 年。

9. 柳青：《創業史》，北京：中國青年出版社，2009 年。

10. 柳青：《柳青文集》（全 4 卷），北京：人民文學出版社，2002 年。

11. 王潤滋：《魯班的子孫》，中國作家協會創作研究部選編，《新時期爭鳴叢書》，長春：時代文藝出版社，1986 年。

12. 趙樹理：《趙樹理文集》（全 4 冊），北京：人民文學出版社，2005 年。

13. 張一弓：《張一弓集》，福州：海峽文藝出版社，1986 年。

14. 張煒：《古船》，北京：作家出版社，1996 年。

15. 周克芹：《許茂和他的女兒們》，天津：百花文藝出版社，1980 年。

16. 〔蘇〕拉斯普京：《拉斯普京小說選》，王乃卓譯，北京：外國文學出版社，1982 年。

17. 〔蘇〕尼・奧斯特洛夫斯基：《鋼鐵是怎樣煉成的》，梅益譯：北京：人民

文學出版社，2003 年。

18. 〔法〕司湯達：《紅與黑》，羅玉君譯，上海：上海文藝出版社，2007 年。

二、著作類（按作者姓氏音序排列）

1. 北島、曹一凡等：《暴風雨的記憶：1965～1970 年的北京四中》，北京：三聯書店，2012 年。

2. 北島、李陀編：《七十年代》，北京：三聯書店，2009 年。

3. 程光煒：《文學講稿：「80 年代」作爲方法》，北京：北京大學出版社，2009 年。

4. 程光煒：《文學史的興起》，開封：河南大學出版社，2009 年。

5. 蔡翔：《革命・敘述：中國社會主義文學：文化想像：1949～1966》，北京：北京大學出版社，2010 年。

6. 蔡志海：《農民進城──處於傳統與現代之間的中國農民工》，武漢：華中師範大學出版社，2008 年。

7. 陳順馨：《社會主義現實主義理論在中國的接受與轉換》，合肥：安徽教育出版社，2000 年。

8. 崔志遠：《現實主義的當代中國命運》，北京：人民文學出版社，2005 年。

9. 陳映芳：《「青年」與中國的社會變遷》，北京：社會科學文獻出版社，2007 年。

10. 陳映芳：《城市中國的邏輯》，北京：三聯書店，2012 年。

11. 程晉寬：《「教育革命」的歷史考察：1966～1976》，福州：福建教育出版社，2001 年。

12. 曹錦清：《黃河邊的中國：一個學者對鄉村社會的觀察與思考》，上海：上海文藝出版社，2003 年。

13. 董之林：《熱風時節：當代中國『十七年』小說史論（1949～1966）》，上海：上海書店，2008 年。

14. 鄧力群：《鄧力群自述：十二個春秋（1975～1987）》，香港：香港大風出版社，2006 年。

15. 定宜莊：《中國知青史：初瀾（1953～1968）》，北京：當代中國出版社，2009 年。

16. 杜國景：《合作化小說中的鄉村故事與國家歷史》，北京：中國社會科學出版社，2011 年。

17. 杜潤生：《杜潤生自述：中國農村體制改革重大決策紀實》，北京：人民出版社，2005 年。

18. 杜潤生：《杜潤生文集（1980～2008）》（上冊），太原：山西經濟出版社，

2008 年。

19. 費孝通：《鄉土中國》，北京：北京出版社，2005 年。

20. 費孝通：《中國士紳》，北京：三聯書店，2009 年。

21. 樊國賓：《主體的生成：50 年代成長小說研究》，北京：中國戲劇出版社，2003 年。

22. 高軍峰，姚潤田：《新中國高考史》，福州：福建人民出版社，2009 年。

23. 洪子誠：《當代文學史》，北京：北京大學出版社，2010 年。

24. 洪子誠：《我的閱讀史》，北京：北京大學出版社，2011 年。

25. 洪子誠：《作家姿態與自我意識》，北京：北京大學出版社，2010 年。

26. 黃曙光：《當代小說中的鄉村敘事》，成都：巴蜀書社，2009 年。

27. 黃文倩：《在巨流中擺渡：「探求者」的文學道路與創作困境》，臺北：國立臺灣師範大學出版社，2012 年。

28. 賀桂梅：《「新啟蒙」知識檔案：80 年代中國文化研究》，北京：北京大學出版社，2010 年。

29. 黃修己編：《趙樹理研究資料》，北京：知識產權出版社，2010 年。

30. 賀雪峰：《新鄉土中國：轉型期鄉村社會調查筆記》，南寧：廣西師範大學出版社，2003 年。

31. 賀雪峰：《什麼農村，什麼問題》，北京：法律出版社，2008 年。

32. 黃宗智：《中國的隱性農業革命》，北京：法律出版社，2010 年。

33. 黃平編：《鄉土中國與文化自覺》，北京：三聯書店，2007 年。

34. 何康編：《八十年代中國農業改革與發展》，北京：農業出版社，1991 年。

35. 金大陸、金光耀編：《中國知識青年上山下鄉研究文集（上）（中）（下）》，上海：上海社會科學院出版社，2009 年。

36. 蔣承勇：《十九世紀現實主義文學的現代闡釋》，北京：中國社會科學出版社，2010 年。

37. 曠新年：《寫在當代文學邊上》，上海：上海教育出版社，2005 年。

38. 李建軍編：《路遙十五年祭》，北京：新世界出版社，2007 年。

39. 李建軍編：《路遙評論集》，北京：人民文學出版社，2007 年。

40. 雷達主編：《路遙研究資料》，濟南：山東文藝出版社，2006 年。

41. 李運摶：《中國當代現實主義文學六十年》，天津：百花洲文藝出版社，2008 年。

42. 李楊：《50～70 年代中國文學經典再解讀》，濟南：山東教育出版社，2006 年。

43. 李強：《社會分層十講》，北京：清華大學出版社，2008 年。

44. 李懷印:《鄉村中國紀事:集體化和改革的微觀歷程》,北京:法律出版社,2010 年。

45. 劉劍梅:《革命與情愛:二十世紀中國小說史中的女性身體與主題重述》,上海:上海三聯書店,2009 年。

46. 劉小萌:《中國知青史──大潮（1966～1980）》,北京:當代中國出版社,2009 年。

47. 羅崗:《人民至上:從「人民當家作主」到「社會共同富裕」》,上海:上海人民出版社,2012 年。

48. 梁鴻:《中國在梁莊》,南京:江蘇人民出版社,2010 年。

49. 馬一夫、厚夫主編:《路遙研究資料彙編》,西安:中國文史出版社,2006 年。

50. 馬一夫、厚夫、宋學成主編:《路遙紀念集》,北京:人民文學出版社,2007 年。

51. 蒙萬夫等編:《柳青寫作生涯》,天津:百花文藝出版社,1985 年。

52. 蒙萬夫:《柳青傳略》,西安:陝西人民教育出版社,1988 年。

53. 孟廣來、牛運清編:《柳青專集》,福州:福建人民出版社,1982 年。

54. 馬玉田、張建業主編:《十年文藝理論論爭言論摘編（1979～1989）》

55. 潘維、瑪雅編:《人民共和國六十年與中國模式》,北京:三聯書店,2010 年。

56. 彭波:《潘曉討論:一代中國青年的思想初戀》,天津:南開大學出版社,2000 年。

57. 申曉編:《守望路遙》,西安:太白文藝出版社,2007 年。

58. 石天強:《斷裂地帶的精神流亡──路遙的文學實踐及其文化意義》,北京:北京大學出版社,2009 年。

59. 孫見喜:《賈平凹傳》,上海:上海人民出版社,2008 年。

60. 蘇陽、馮仕政、韓春萍編:《中國社會轉型中的階級》,北京:社會科學文獻出版社,2010 年。

61. 山東大學中文系編:《中國當代文學研究資料·柳青專集》,（內部發行）,1979 年。

62. 譚同學:《橋村有道:轉型鄉村的道德權力與社會結構》,北京:三聯書店,2010 年。

63. 童小溪:《極端年代的公民政治:群眾的文化大革命》,香港:中國文化傳播出版社,2011 年。

64. 王西平、李星、李國平等著:《路遙評傳》,天津:太白文藝出版社,1997 年。

65. 王德威：《寫實主義小說的虛構》，上海：復旦大學出版社，2011年。

66. 吳妍妍：《現代性視野中的陝西當代鄉土文學》，北京：人民出版社，2010年。

67. 汪暉：《去政治化的政治：短20世紀的終結與90年代》，北京：三聯書店，2008年。

68. 王斑：《歷史的崇高形象——二十世紀中國的美學與政治》，孟祥春譯，上海：上海三聯書店，2008年。

69. 曉雷、李星主編：《星的隕落》，西安：陝西人民出版社，1993年。

70. 徐慶全：《風雨送春歸——新時期文壇思想解放運動紀事》，開封：河南大學出版社，2005年。

71. 許子東：《重讀「文革」》，北京，人民文學出版社，2011年。

72. 蕭樓：《夏村社會：中國「江南」農村的日常生活和社會結構（1976～2006)》，北京：三聯書店，2010年。

73. 薛毅編：《鄉土中國與文化研究》，上海：上海書店出版社，2008年。

74. 楊健：《中國知青文學史》，北京：中國工人出版社，2002年。

75. 楊健：《「文化大革命」中的地下文學》，朝華出版社，1993年。

76. 印紅標：《失蹤者的足跡：文化大革命期間的青年思潮》，香港：香港中文大學出版社，2009年。

77. 閻雲翔：《私人生活的變革：一個中國村莊裏的愛情、家庭與親密關係（1949～1999)》，上海：上海書店出版社，2009年。

78. 閻雲翔：《中國社會的個體化》，陸洋等譯，上海：上海譯文出版社，2012年。

79. 鄭實：《浩然口述自傳》，天津：天津人民出版社，2008年。

80. 趙學勇：《生命從中午消失——路遙的小說世界》，蘭州：蘭州大學出版社，1995年。

81. 宗元：《魂斷人生——路遙論》，上海：上海文藝出版社，2000年。

82. 張均：《中國當代文學制度研究（1949～1976)》，北京：北京大學出版社，2011年。

83. 張軍：《流動的經典：對柳青及〈創業史〉接受史的考察》，濟南：山東人民出版社，2012年。

84. 張麗軍：《想像農民：鄉土中國現代化語境下對農民的思想認知與審美顯現（1895～1949)》，2009年。

85. 查建英主編：《八十年代訪談錄》，北京：三聯書店，2006年。

86. 張旭東：《全球化時代的文化認同——西方普遍主義話語的歷史批判》，北京：北京大學出版社，2006年版。

87. 祝東力：《精神之旅——新時期以來的美學與知識分子》，北京：中國廣播電視出版社，1998 年。

88. 鄒讜：《中國革命再闡釋》，香港：牛津大學出版社，2002 年。

89. 中國社會科學院文學研究所編：《世界文學中的現實主義問題》，北京：知識產權出版社，2010 年版。

90. 〔英〕安東尼・吉登斯：《現代性與自我認同》，趙旭東等譯，北京：三聯書店，1998 年。

91. 〔日〕柄谷行人：《日本現代文學的起源》，趙京華譯，北京：三聯書店，2006 年。

92. 〔俄〕別爾嘉耶夫：《俄羅斯思想》，雷永生等譯，北京：三聯書店，2004 年。

93. 〔加〕查爾斯・泰勒：《自我的根源》，韓震等譯，上海：譯林出版社，2001 年。

94. 〔美〕戴維・斯沃茨：《文化與權力：布爾迪厄的社會學》，陶東風譯，上海：上海譯文出版社，2006 年。

95. 〔日〕溝口雄三：《中國的公與私・公私》，鄭靜譯、孫歌校，北京：三聯書店，2011 年。

96. 〔美〕韓丁：《翻身——中國一個村莊的革命紀實》，韓倞譯，北京：北京出版社，1980 年。

97. 〔挪威〕賀美德、魯納編著：《「自我」中國：現代中國社會中個體的崛起》，許燁芳等譯，上海：上海譯文出版社，2011 年。

98. 〔美〕華萊士・馬丁：《當代敘事學》，伍曉明譯，北京：北京大學出版社，2006 年。

99. 〔前南斯拉夫〕密洛凡・德熱拉斯：《新階級》，陳逸譯，世界知識出版社，1963 年。

100. 〔美〕柯文：《在中國發現歷史：中國中心觀在美國的興起》，林同奇譯，北京：中華書局，2002 年。

101. 〔美〕詹姆遜：《政治無意識：作爲社會象徵行爲的敘事》，北京：中國社會科學出版社，2011 年。

102. 〔英〕雷蒙德・威廉斯：《漫長的革命》，倪偉譯，上海：上海人民出版社，2013 年。

103. 〔英〕雷蒙德・威廉斯：《文化與社會》，高曉玲譯，長春：吉林出版集團，2011 年。

104. 〔英〕雷蒙德・威廉斯：《馬克思主義與文學》，王爾勃、周莉譯，開封：河南大學出版社，2008 年。

105. 〔美〕麥克法誇爾、費正清編:《劍橋中華人民共和國史(下卷)》,北京:中國社會科學出版社,1998 年。

106. 〔匈〕盧卡奇:《歷史與階級意識》,杜章智等譯,北京:商務印書館,1992 年。

107. 〔美〕羅伯特・K・默頓:《社會理論和社會結構》,唐少傑等譯,北京:譯林出版社,2008 年。

108. 〔美〕莫里斯・邁斯納:《毛澤東的中國及後毛澤東的中國》,杜蒲、李玉玲譯,成都:四川人民出版社,1992 年。

109. 〔美〕莫里斯・邁斯納:《馬克思主義、毛澤東主義與烏托邦主義》,張寧等譯,北京:中國人民大學出版社,2006 年。

110. 〔法〕皮埃爾・布爾迪厄:《藝術的法則:文學場的生成和結構》,劉暉譯,北京:中央編譯出版社,2001 年。

111. 〔法〕皮埃爾・布爾迪厄,羅傑・夏蒂埃:《社會學家與歷史學家》,馬勝利譯,北京:北京大學出版社,2012 年。

112. 〔英〕史蒂文・盧克斯:《個人主義》,閻克文譯,南京:江蘇人民出版社,2001 年。

113. 〔英〕特里・伊格爾頓:《人生之意義》,朱新偉譯,上海:譯林出版社,2012 年。

114. 〔英〕特里・伊格爾頓:《審美意識形態》,王杰等譯,南寧:廣西師範大學出版社,2001 年。

115. 〔法〕雅克・朗西埃:《政治的邊緣》,姜宇輝譯,上海:上海世紀出版社,2007 年。

116. 〔美〕伊恩・瓦特:《小說的興起》,高原、董紅鈞譯,北京:生活・讀書・新知三聯書店,1992 年。

117. Peter Button: Configurations of the Real in Chinese literary and Aesthetic Modernity, Leiden, Boston, 2009.

118. Jacques Ranciere: The Politics of Aesthetics, Continuum international publishing group ltd. 2006.

三、論文類(按作者姓氏音序排列,發表於 90 年前的參考文獻未列入)

1. 程光煒:《新時期文學的「起源性」問題》,《當代作家評論》2010 年第 3 期。

2. 程光煒:《關於勞動的寓言——重讀路遙小說〈人生〉》,《現代中文學刊》,2012 年第 3 期。

3. 陳華積:《高加林的「覺醒」與路遙的矛盾——兼論路遙與 80 年代的關係》,《現代中文學刊》2012 年第 3 期。

4. 海波：《我所認識的路遙》，《十月》2012 年第 4 期。

5. 賀照田：《從「潘曉討論」看當代中國大陸虛無主義的歷史與觀念成因》，《開放時代》2010 年第 7 期。

6. 黃平：《從「勞動」到「奮鬥」──「勵志型」讀法、改革文學與〈平凡的世界〉》，《文藝爭鳴》2010 年第 5 期。

7. 賈平凹：《我是農民──鄉下五年的記憶》，《大家》1998 年第 6 期。

8. 江麗整理：《「80 年代」文學：歷史對話的可能性──「路遙與『80 年代』文學的展開」國際學術研討會紀要之二》，《文藝爭鳴》2012 年第 4 期。

9. 金理：《在時代衝突和困頓深處：回望孫少平》，《文學評論》2012 年第 5 期。

10. 李繼凱：《矛盾交叉：路遙文化心理的複雜構成》，《文藝爭鳴》1992 年第 3 期。

11. 李雪、崔秀霞整理：《「80 年代」文學：歷史對話的可能性──「路遙與『80 年代』文學的展開」國際學術研討會紀要之三》，《文藝爭鳴》2012 年第 6 期。

12. 李星：《在現實主義的道路上──路遙論》，《文學評論》1991 年第 4 期。

13. 孟繁華：《鄉村文明的變異與「50 後」的境遇──當下中國文學狀況的一個方面》，《文藝研究》2012 年第 6 期。

14. 薩支山：《試論五十至七十年代「農村題材「長篇小說──以〈三里灣〉、〈山鄉巨變〉、〈創業史〉爲中心》，《文學評論》2001 年第 3 期。

15. 王一川：《中國晚熟現實主義的三元交融及其意義──讀路遙的〈平凡的世界〉》，《文藝爭鳴》2010 年第 12 期。

16. 王欽：《「社會主義新人」的可能性及其瓦解》，華東師範大學，碩士學位論文，2011 年。

17. 邵燕君：《〈平凡的世界〉不平凡──「現實主義暢銷書」的生產模式分析》，《小說評論》，2003 年第 1 期。

18. 徐剛：《交叉地帶的敘事景象──試論十七年文學脈絡中的路遙小說創作》，《南方文壇》2012 年第 2 期。

19. 楊慶祥：《路遙的自我意識和寫作姿態──兼及 1985 年前後「文學場」的歷史分析》，《南方文壇》2007 年第 6 期。

20. 楊慶祥：《妥協的結局和解放的難度──重讀〈人生〉》，《南方文壇》2011 年第 2 期。

21. 張書群整理：《「80 年代」文學：歷史對話的可能性──「路遙與『80 年代』文學的展開」國際學術研討會紀要》，《文藝爭鳴》2011 年第 16 期。

22. 趙學勇：《路遙的鄉土情結》，《蘭州大學學報（社會科學版）》1996 年第

23. 朱傑：《人生「意義」的重建及其限制──「潘曉難題」的文學戰線（1980～1985）》，上海大學，博士學位論文，2010 年。

24. 張紅秋：《路遙：文學戰場上的「紅衛兵」》，《蘭州大學學報》2007 年第 2 期。

四、期刊文獻類

1. 《文藝報》（1979～1989）

2. 《中國青年》（1978～1989）

3. 《陝西文藝》（1973～1977）

4. 《延河》（1977～1988）

5. 《人民文學》（1977～1989）

6. 《作品與爭鳴》（1977～1986）

7. 延川縣地方志編纂委員會編：《延川縣志》，西安：陝西人民出版社，1999 年。

8. 中共中央文獻研究室編：《改革開放三十年重要文獻選編》，北京：中央文獻出版社，2008 年。

9. 復旦大學中文系資料室編：《新時期文藝學論爭資料（1976～1985）》（上、下），上海：復旦大學出版社，1988 年。

10. 遼寧省革命委員會宣傳組：《1958～1962 年圍繞資產階級法權問題論戰的部分文章彙集》，1975 年 3 月。

後　記

　　最初選定路遙做博士論文，更多是基於學術訓練上的考慮，希望能以作家作品論為中介推進我對「重返 80 年代文學研究」的理解。我大致清楚，路遙文學價值的爭議性、八九十年代以來在讀者接受層面的暢銷程度、他對農村問題的思考、看似落伍的現實主義手法等，都使他足以成為一個「現象」，可以在背後架構起一幅從「建國後三十年」到「改革開放三十年」文學與思想變遷的歷史圖景。但那時的我其實很心虛，出身工人家庭、從城鄉結合部順利「進城」、最終求學北京名校的我，真的可以理解路遙嗎？

　　直到 2012 年夏末，我第一次走進紐約第五大道的奢侈品賣場，為其一年的海外交流就要結束，媽媽在電話裏小心翼翼地說想要一個名牌包包，據說因為同事們都講美國的東西又好又便宜。我對奢侈品一無所知，數著價格表上的零，終於羞愧地從亢奮不已提著大包小包的同胞中逃竄出來。原以為我一定會帶著被人文教育薰陶過的自信對所謂物質至上、虛名浮利的生活追求嗤之以鼻，但我深深地記得當時的自卑與自責。後來回國還是給媽媽買了包（是她同事描述的牌子，雖然是那個品牌中最低端的產品），媽媽很激動，我還帶了另一件禮物，一張黑白攝影海報，就是那副著名的拍攝於 1932 年的《摩天樓上的建築工人》。媽媽是建築工人，我剛想把她的「美國同行」貼到牆上去，她冷不丁問我，「這都什麼人啊，髒兮兮地，貼在牆上也不好看……」。那一刻不知怎麼就想到了路遙，想起他小說裏不斷敘述的「勞動」。跟路遙幾乎是同代人的媽媽，當過知青，在毛澤東時代的「單位」體制裏體會過「工人老大哥」的榮耀，後來單位效益不好也跟著包工頭去跑工程，一輩子幹到退休。我知道媽媽是知足常樂的人，不會真在乎什麼奢侈品，也不

會爲自己的工人身份多想，但我還是遲疑了，或者說因爲她的反應有些失落。歸根結底，即使只是天眞的美學幻想，我多麼希望，那幅海報上滿臉油污的普通人，可以比第五大道上瘋狂購物的人們更驕傲。我在我的焦慮裏體會到了路遙小說中渴望建立「尊嚴感」的重量。雖然路遙是在 80 年代的歷史語境中思考農村底層知識青年的出路問題，但在貧富差距越來越大、社會階層固化、甚至將不平等內化到自我認識中去的當下，路遙的小說攪動了我的情緒。

我是帶著這份不安完成論文寫作的，儘管努力嘗試讓材料自己說話，力圖在歷史語境的還原中分析路遙文學實踐及其與社會互動的內在肌理，今天重讀還是能看到許多因強行植入理論訴求帶來的缺憾。論文完成後的兩年裏，爲工作爲生活疲於奔命，在大學任教，有機會跟更年輕的 90 後學生討論路遙，一面愈發覺得高加林、孫少平的人生故事仍然是我們這個時代中最激烈衝突的母題，一面更不敢再貿然翻開路遙的世界。終於感覺到文史研究所必需的人事體察和人情體貼，在個人經驗與學術寫作之間、在歷史研究與當下批評之間如何取得平衡並互爲動力，我還有許多路要走。

感謝我的導師程光煒教授，教我不急於求成、靜下心去讀報刊文獻，教我走筆行文、放下偏執與機巧，教我體悟小說人生，鼓勵我一步步去摸索自己的位置。一日爲師，終身爲父。

感謝我的碩士導師陳雪虎教授，引我入門，嚴苛地讓我對理論望而生畏，卻也教會我不斷思考「求眞」和「求善」。感謝李陀老師、劉禾老師，「龍燈花鼓夜，長劍走天涯」，沒有你們的鼓勵和鞭策，我不會有到哥倫比亞大學學習的機會，也不會知道「當世界年輕的時候」。感謝北京師範大學和中國人民大學諸位老師們的教誨。也感謝延安大學梁向陽老師、陝西師範大學出版社王剛編輯在路遙書信等史料方面給我提供的幫助。

就這麼磕磕絆絆地熬過學生時代最後的時光，如今在華中師範大學開始新的學習與工作，感念一直有朋友和家人的支持。文學至今也沒能讓我眞正找到身心安頓的自信，但它讓我可以一點點去認識自己，痛苦卻不是逃避地活著。

最後，要謝謝我的媽媽，在我們邋邋混亂的家裏，你常常像孩子一樣懶散、不愛動腦子，我於是一天天變成那個暴跳如雷、勉強負責的大人。我不斷挑起爭端，想要在這份怨念裏自暴自棄，你卻總用特別簡單的快樂，讓我

偃旗息鼓。我大概永遠也沒辦法用所學的知識去清晰地把握我們的生活，就像你永遠不會理解我在這些纏繞的文字裏敘述著什麼，但你一定會在這裡讀到，我叫你「媽媽」。

楊曉帆

2016 年 1 月 4 日於桂子山